Diogenes Taschenbuch 20734

de
te
be

Georges Simenon

Maigret und das Schattenspiel

Roman

Deutsch von Claus Sprick

Diogenes

Titel der Originalausgabe:
›L'ombre chinoise‹

Eine erste deutsche Übersetzung erschien 1959 unter dem Titel
›Maigret und der Schatten am Fenster‹.
Umschlagzeichnung von
Hans Höfliger

100/82/8/1
ISBN 3 257 20734 4

Inhalt

I

Der Schatten am Fenster

Es war zehn Uhr abends. Die Gittertore der Grünanlage waren geschlossen, und die Place des Vosges war menschenleer. Nur die Autos zeichneten ihre glänzenden Spuren auf den Asphalt, die Springbrunnen rauschten, umsäumt von kahlen Bäumen, und die Umrisse der Dächer hoben sich monoton und gleichförmig gegen den Himmel ab.

Unter den Arkaden, die den Platz wie ein gewaltiger Ring umschließen, brannten nur wenige Lichter. Kaum drei oder vier Läden. In einem der Läden, inmitten von Trauerkränzen aus Perlen, sah Kommissar Maigret eine Familie beim Abendessen sitzen.

Er versuchte, die Hausnummern über den Türen zu entziffern, aber kaum war er an dem Laden mit den Trauerkränzen vorbeigegangen, als eine unscheinbare Person aus dem Dunkel auf ihn zutrat.

»Sind Sie es, mit dem ich eben telefoniert habe?«

Sie mußte schon eine Weile dort auf ihn gewartet haben. Trotz der Novemberkälte trug sie keinen Mantel über ihrer Schürze. Ihre Nase war rot, ihre Augen unruhig.

Keine hundert Meter weiter, an der Ecke der Rue de Béarn, stand ein Polizist in Uniform auf seinem Posten.

»Haben Sie ihn nicht verständigt?« raunzte Maigret.

»Nein! Wegen Madame de Saint-Marc, die in den Wehen liegt . . . Sehen Sie! Da ist schon der Wagen des Arztes, den man dringend herbeigerufen hat . . .«

Am Bordstein parkten drei Wagen mit eingeschalteten Scheinwerfern und Rücklichtern. Wolken wanderten über den in fahles Mondlicht getauchten Himmel. Der erste Schnee lag in der Luft.

Die Concierge ging voraus unter den Torbogen des Gebäudes, den nur eine verstaubte 25-Watt-Birne beleuchtete.

»Ich will es Ihnen erklären . . . Dies hier ist der Innenhof, den man überqueren muß, wenn man in irgendeinen Teil des Hauses gelangen will, von den beiden Läden einmal abgesehen . . . Hier links ist meine Portiersloge . . . Sehen Sie nicht hin, ich hatte noch keine Zeit, die Kinder ins Bett zu bringen . . .«

Zwei Kinder, ein Junge und ein Mädchen, hockten in der unaufgeräumten Küche. Aber die Concierge ging nicht hinein. Sie zeigte auf ein langes Gebäude auf der anderen Seite des Hofes, mit mächtigen, aber harmonischen Proportionen.

»Dort ist es . . . Sie werden gleich sehen . . .«

Maigret betrachtete neugierig diese merkwürdige kleine Frau, deren fahrige Hände wie die einer Fiebernden wirkten.

»Da will jemand einen Kommissar sprechen!« hatte man ihm vor wenigen Minuten am Quai des Orfèvres gesagt.

Er hatte eine gedämpfte Stimme gehört und drei- oder viermal wiederholt: »So sprechen Sie doch lauter! Ich kann Sie nicht verstehen!«

»Das geht nicht . . . Ich rufe vom Tabakladen aus an. Es handelt sich . . .«

Eine verworrene, unzusammenhängende Mitteilung.

»Sie müssen sofort zur Place des Vosges 61 kommen . . . Ja . . . Ich glaube, es ist ein Verbrechen geschehen . . . Aber das darf noch nicht bekanntwerden! . . .«

Und nun zeigte die Concierge auf die hohen Fenster im ersten Stock. Hinter den Vorhängen sah man Schatten kommen und gehen.

»Dort ist es . . .«

»Das Verbrechen?«

»Nein, Madame de Saint-Marc, die ein Kind bekommt, ihr erstes . . . Sie ist sehr zart gebaut, verstehen Sie?«

Der Hof war noch dunkler als die Place des Vosges. Er wurde von einer einzigen Lampe an der Hauswand erleuchtet. Hinter einer Glastür konnte man eine Treppe ahnen, und hier und da sah man Licht in den Fenstern.

»Und was ist mit dem Verbrechen?«

»Eben! Um sechs Uhr sind die Angestellten bei Couchet gegangen . . .«

»Einen Augenblick! Was ist ›bei Couchet‹?«

»Das Gebäude dort hinten . . . Ein Laboratorium, in dem Serum hergestellt wird. Sie haben bestimmt schon davon gehört: Dr. Rivières Seren . . .«

»Das helle Fenster dort?«

»Warten Sie . . . Wir haben heute den Dreißigsten, also ist Monsieur Couchet hiergewesen. Er bleibt immer nach Büroschluß noch allein da. Ich habe ihn hinter dem Fenster in seinem Sessel sitzen sehen ... Sehen Sie selbst ...«

Ein Fenster mit Scheiben aus Mattglas. Ein merkwürdiger Schatten, wie der eines Mannes, der vornüber auf seinen Schreibtisch gesackt ist.

»Ist er das?«

»Ja. Gegen acht Uhr, als ich meinen Mülleimer ausleeren ging, habe ich einen Blick hierher geworfen. Er saß und schrieb. Man konnte genau sehen, daß er einen Federhalter oder Bleistift in der Hand hielt ...«

»Und wann hat der Mord ...«

»Einen Moment! Ich bin hinaufgegangen, um mich zu erkundigen, wie es Madame de Saint-Marc ging ... Als ich zurückkam, habe ich noch einmal hingeschaut. Er saß da wie jetzt, und ich habe geglaubt, er wäre eingeschlafen ...«

Maigret begann ungeduldig zu werden.

»Dann, eine Viertelstunde später ...«

»Saß er immer noch an derselben Stelle, ich weiß! Kommen Sie zur Sache!«

»Das ist alles. Ich habe mich vergewissern wollen ... Ich habe an die Tür des Büros geklopft, und als niemand antwortete, bin ich hineingegangen ... Er ist tot, und alles ist voll Blut ...«

»Warum haben Sie das nicht auf dem Kommissariat gemeldet? Das ist doch gleich um die Ecke, Rue de Béarn ...«

»Weil sie dann alle in Uniform hergekommen wären und das Haus auf den Kopf gestellt hätten! Ich sagte Ihnen doch, daß Madame de Saint-Marc ...«

Maigret hatte beide Hände in den Taschen und die Pfeife zwischen den Zähnen. Er betrachtete die Fenster der ersten Etage und hatte den Eindruck, daß es nicht mehr lange dauern konnte, denn die Schatten liefen aufgeregter hin und her. Man hörte, wie eine Tür geöffnet wurde und Schritte die Treppe herunterkamen. Eine hochgewachsene Gestalt erschien im Hof, und die Concierge, die den Arm des Kommissars berührte, flüsterte respektvoll:

»Monsieur de Saint-Marc . . . Ein ehemaliger Botschafter . . .«

Der Mann, dessen Gesicht nicht zu erkennen war, blieb stehen, ging wieder ein paar Schritte und blieb erneut stehen, während er unablässig zu den Fenstern seiner eigenen Wohnung hinaufsah.

»Man hat ihn sicher hinausgeschickt, so wie vorhin auch schon . . . Kommen Sie . . . Meine Güte! Schon wieder die beiden mit ihrem Plattenspieler! Und das genau über der Wohnung der Saint-Marcs!«

Ein kleineres, schwächer erleuchtetes Fenster im zweiten Stock. Es war geschlossen, und die Musik war eher zu ahnen als zu hören.

Die Concierge, flachbrüstig, nervös, mit geröteten Augen und unruhigen Händen, ging zum hinteren Ende des Hofes und zeigte auf eine kleine Treppe und eine halbgeöffnete Tür.

»Sie können ihn gleich links sehen . . . Ich möchte lieber nicht noch einmal hineingehen . . .«

Ein nichtssagender Büroraum. Helle Möbel. Eine einfarbige Tapete.

Und ein Mann von fünfundvierzig Jahren in einem Sessel. Sein Kopf lag auf den vor ihm verstreuten Papieren. Die Kugel hatte ihn mitten in die Brust getroffen.

Maigret lauschte: Die Concierge stand immer noch draußen und wartete auf ihn, während Monsieur de Saint-Marc weiterhin im Hof auf und ab ging. Von Zeit zu Zeit überquerte ein Bus den Platz, und der Lärm ließ die anschließende Stille noch absoluter erscheinen.

Der Kommissar berührte nichts. Er vergewisserte sich nur, daß die Waffe nicht im Büro geblieben war, und sah sich drei oder vier Minuten lang um, während seine Pfeife kleine Rauchwolken ausstieß. Dann ging er mit grimmigem Gesicht hinaus.

»Und?«

Die Concierge war immer noch da und sprach sehr leise.

»Na was schon, er ist tot!«

»Eben haben sie Monsieur de Saint-Marc hinaufgerufen . . .«

In der Wohnung gab es ein Durcheinander. Türen schlugen. Irgend jemand lief durch das Zimmer.

»Sie ist so zart!«

»Jaja!« knurrte Maigret und kratzte sich hinter dem Kragen. »Nur tut das jetzt nichts zur Sache. Haben Sie eine Ahnung, wer in das Büro eingedrungen sein könnte?«

»Ich? Wieso?«

»Ich bitte Sie! Von Ihrer Loge aus müßten Sie die Mieter doch ein und aus gehen sehen!«

»Müßte ich, ja! Wenn der Eigentümer mir eine

vernünftige Loge zur Verfügung stellen und mit der Beleuchtung nicht so knausern würde . . . Mit Mühe kann ich Schritte hören und abends Schatten sehen . . . Einige Mieter kann ich an ihren Schritten erkennen . . .«

»Haben Sie nach sechs Uhr nichts Ungewöhnliches bemerkt?«

»Nichts! Fast alle Mieter sind gekommen, um ihre Mülleimer auszuleeren. Hier, links neben meiner Loge . . . Sehen Sie die Müllkästen? Nach der Hausordnung dürfen sie sie nicht vor sieben Uhr abends benutzen . . .«

»Und niemand ist durch die Toreinfahrt hereingekommen?«

»Wie soll ich das wissen? Man merkt, daß Sie das Haus nicht kennen. Hier wohnen achtundzwanzig Mietparteien, die Firma Couchet mit ihrem ständigen Kommen und Gehen nicht mitgerechnet . . .«

Schritte im Hauseingang. Ein Mann mit steifem Hut erschien im Hof, wandte sich nach links, ging zu den Müllkästen und ergriff einen leeren Mülleimer. Trotz der Dunkelheit mußte er Maigret und die Concierge bemerkt haben, denn er blieb einen Augenblick lang unbeweglich stehen und fragte schließlich:

»Nichts für mich?«

»Nichts, Monsieur Martin . . .«

»Wer war das?« fragte Maigret.

»Ein Beamter der Registerbehörde, Monsieur Martin. Er wohnt mit seiner Frau im zweiten Stock.«

»Und wieso stand sein Abfalleimer . . .?«

»So machen es fast alle, wenn sie wegmüssen. Beim

Hinausgehen nehmen sie den Abfall mit, und wenn sie zurückkommen, nehmen sie den Mülleimer wieder hoch . . . Da, haben Sie das gehört?«

»Was?«

»Ich glaube, das hört sich wie ein Schreien an . . . Wenn die beiden da oben nur endlich ihren verdammten Plattenspieler abstellen würden! Die wissen nämlich genau, daß Madame de Saint-Marc ein Kind bekommt . . .«

Jemand kam die Treppe herab. Sie stürzte zum Treppenhaus.

»Nun, Doktor? Was ist es, ein Junge?«

»Ein Mädchen.«

Und der Arzt ging an ihnen vorbei. Man hörte, wie er seinen Wagen startete und davonfuhr.

Im Haus nahm das alltägliche Leben seinen Fortgang. Der dunkle Hof. Die Toreinfahrt mit ihrer erbärmlichen Glühbirne. Licht in einigen Fenstern. Die gedämpfte Musik des Plattenspielers.

Der Tote saß immer noch in seinem Büro, ganz allein, mit dem Kopf auf den verstreuten Papieren.

Plötzlich ein Schrei im zweiten Stock. Ein durchdringender Schrei, wie ein verzweifelter Hilferuf. Aber die Concierge zuckte nicht zusammen, sondern seufzte nur, während sie die Tür zu ihrer Loge aufstieß:

»Auch das noch. Schon wieder die Verrückte . . .«

Sie fing ihrerseits an zu schreien, weil eines der Kinder einen Teller zerbrochen hatte. Im Lichtschein sah Maigret ein hageres, abgespanntes Gesicht, eine Figur ohne Alter.

»Wann wird das anfangen mit den Formalitäten und so weiter?« fragte sie.

Der Tabakladen gegenüber hatte noch geöffnet, und einige Minuten später zog Maigret die Tür der Telefonkabine hinter sich zu. Auch er sprach halblaut, als er seine Anweisungen durchgab.

»Ja . . . Die Staatsanwaltschaft . . . Nummer 61, fast an der Ecke der Rue de Turenne . . . Und der Erkennungsdienst soll verständigt werden . . . Hallo? . . . Ja, ich bleibe am Tatort . . .«

Er kehrte über die Straße zurück, ging gedankenverloren unter der Toreinfahrt hindurch und blieb schließlich in der Mitte des Hofes stehen, mürrisch und mit vor Kälte hochgezogenen Schultern.

Die Lichter in den Fenstern gingen eines nach dem anderen aus. Der Tote zeichnete sich immer noch als Silhouette auf dem Mattglasfenster ab.

Ein Taxi hielt. Es war noch nicht die Staatsanwaltschaft. Eine junge Frau ging mit eiligen Schritten über den Hof und ließ eine Parfumwolke zurück. Sie stieß die Tür zum Büro auf.

2

Ein feiner Kerl

Es kam zu einer Kette von Fehlreaktionen, die zu einer absurden Situation führten. Die junge Frau entdeckte die Leiche und wirbelte herum. Im Türrahmen erblickte sie die massige Gestalt Maigrets. Automatisch reimte sie zusammen, was sie sah: hier die Leiche, dort der Mörder.

Sie hatte die Augen weit aufgerissen, zuckte zusammen, ließ ihre Handtasche fallen und wollte um Hilfe schreien.

Maigret hatte keine Zeit für lange Erklärungen. Er griff nach ihrem Arm und preßte ihr die Hand vor den Mund.

»Pst! Sie irren sich! Polizei . . .«

Sie begriff nicht sofort und sträubte sich verzweifelt, versuchte zu beißen und trat mit ihren Absätzen nach hinten aus.

Das Geräusch reißender Seide: der Träger des Kleides.

Schließlich wurde sie ruhiger. Maigret wiederholte:

»Keinen Lärm . . . Ich bin von der Polizei. Es hat keinen Zweck, das ganze Haus aufzuscheuchen . . .«

Das war das Eigenartige dieses Verbrechens: die

für derartige Fälle ungewöhnliche Stille und Ruhe, während für achtundzwanzig Mieter der Alltag weiterging – mit einer Leiche in ihrer Mitte.

Die junge Frau strich ihr Kleid wieder glatt.

»Waren Sie seine Geliebte?«

Sie warf Maigret einen kratzbürstigen Blick zu, während sie nach einer Nadel suchte, um ihren Träger festzustecken.

»Waren Sie heute abend mit ihm verabredet?«

»Um acht, im Select ... Wir wollten zusammen essen gehen und anschließend ins Theater ...«

»Und als er um acht Uhr nicht kam, haben Sie da nicht versucht, ihn anzurufen?«

»Ja, aber es war die ganze Zeit besetzt.«

Beide sahen gleichzeitig den Hörer auf dem Schreibtisch liegen. Der Mann mußte ihn mitgerissen haben, als er vornüberfiel.

Schritte im Hof, in dem sich die Geräusche an diesem Abend wie unter einer Glocke vervielfachten. Die Concierge rief ihn von der Schwelle aus, um die Leiche nicht sehen zu müssen:

»Herr Kommissar, die Beamten vom Revier sind da.«

Die Concierge mochte sie nicht. Sie waren zu viert oder zu fünft und gaben sich keine Mühe, unbemerkt hereinzukommen. Einer von ihnen erzählte eine witzige Geschichte zu Ende, und ein anderer betrat das Büro mit der Frage:

»Wo ist die Leiche?«

Der Revierkommissar war nicht im Dienst, so daß sein Vertreter erschienen war. Es war daher selbstverständlich, daß Maigret weiterhin die Leitung übernahm.

»Lassen Sie Ihre Leute draußen. Ich warte noch auf die Staatsanwaltschaft. Ich möchte nicht, daß die Mieter etwas merken.«

Und während der Beamte sich das Büro besah, wandte Maigret sich wieder der jungen Frau zu.

»Wie heißen Sie?«

»Nine . . . Nine Moinard, aber alle nennen mich nur Nine.«

»Kannten Sie Couchet schon lange?«

»Etwa sechs Monate . . .«

Er brauchte nicht viel zu fragen. Es genügte, sie anzusehen. Ein recht hübsches Ding, ziemlich jung. Ihr Kleid stammte aus einem guten Geschäft. Aber die Art, wie sie sich schminkte, wie sie ihr Täschchen und ihre Handschuhe trug und den Leuten fordernd in die Augen sah, verriet, daß sie in Cabarets zu Hause war.

»Tänzerin?«

»Ich habe im Moulin-Bleu gearbeitet.«

»Und jetzt?«

»Jetzt bin ich mit ihm zusammen . . .«

Sie hatte keine Zeit gehabt, zu weinen. Alles war zu schnell gegangen, und sie hatte die Wirklichkeit noch immer nicht ganz begriffen.

»Lebte er mit Ihnen zusammen?«

»Nicht ganz, er ist nämlich verheiratet. Aber eigentlich . . .«

»Wo wohnen Sie?«

»Im Hotel Pigalle, Rue Pigalle.«

Der Vertreter des Revierkommissars unterbrach ihn:
»Ein Raubmord war es jedenfalls nicht.«

»Wieso?«

»Schauen Sie! Der Geldschrank ist nicht abgeschlossen, aber der Tote sitzt unmittelbar davor, so daß man die Tür nicht öffnen kann!«

Nine, die ein kleines Taschentuch aus ihrer Handtasche gezogen hatte, schniefte und tupfte sich die Nase ab.

Einen Augenblick später änderte sich die Atmosphäre. Draußen hörte man Autos bremsen. Schritte und Stimmen im Hof, dann Händeschütteln, Fragen, lärmende Gespräche. Die Staatsanwaltschaft war da. Der Gerichtsmediziner untersuchte die Leiche, und die Fotografen bauten ihre Apparate auf.

Für Maigret war dies ein unangenehmer Moment. Nach ein paar unumgänglichen Erläuterungen ging er in den Hof, die Hände in den Taschen, zündete sich eine Pfeife an und stieß im Dunkeln mit jemandem zusammen. Es war die Concierge, die es nicht über sich brachte, Fremde in ihrem Haus herumlaufen zu lassen, ohne sich um ihr Treiben zu kümmern.

»Wie war doch gleich Ihr Name?« fragte Maigret freundlich.

»Madame Bourcier . . . Werden die Herren lange bleiben? Sehen Sie! Im Zimmer von Madame de Saint-Marc brennt kein Licht mehr. Sie muß eingeschlafen sein, die Ärmste . . .«

Der Kommissar betrachtete das Haus und bemerkte ein anderes Licht, einen crèmefarbenen Vorhang und dahinter die Silhouette einer Frau. Sie war klein und hager, wie die Concierge. Man konnte ihre Stimme nicht hören, aber das war auch nicht nötig, um zu erkennen, daß sie außer sich vor Wut war. Bisweilen blieb sie starr und unbeweglich stehen und fixierte jemanden, den man nicht sehen konnte. Dann sprach sie wieder auf ihn ein, gestikulierte dabei und ging einige Schritte nach vorn.

»Wer ist das?«

»Madame Martin. Sie haben vorhin ihren Mann nach Hause kommen sehen. Sie wissen doch: der, der seinen Mülleimer mit hochgenommen hat. Der Registerbeamte . . .«

»Haben die beiden häufiger Streit?«

»Sie streiten nicht . . . Sie allein ist es, die ihn anschreit. Er wagt nicht einmal den Mund aufzumachen.«

Von Zeit zu Zeit warf Maigret einen Blick zum Büro hin, in dem fast ein Dutzend Leute herumliefen. Von der Türschwelle aus rief der Untersuchungsrichter die Concierge zu sich.

»Wer ist, nach Monsieur Couchet, für die Leitung der Firma verantwortlich?«

»Der Geschäftsführer, Monsieur Philippe. Er wohnt nicht weit von hier, auf der Ile Saint-Louis . . .«

»Ist er telefonisch zu erreichen?«

»Gewiß . . .«

Man hörte, wie am Telefon gesprochen wurde. Gegenüber, eine Etage höher, war Madame Martin nicht mehr hinter dem Vorhang zu sehen. Stattdessen kam eine unscheinbare Gestalt die Treppe herunter, überquerte hastig den Hof und ging auf die Straße hinaus. Maigret erkannte den steifen Hut und den hellgrauen Mantel von Monsieur Martin.

Es war Mitternacht. Die Mädchen mit dem Plattenspieler löschten das Licht. Außer den Büroräumen war nur noch der Salon der Saint-Marcs im ersten Stock erleuchtet, wo der ehemalige Botschafter und die Hebamme inmitten eines abgestandenen Klinikgeruches saßen und sich halblaut unterhielten.

Als Monsieur Philippe eintraf, war er trotz der späten Stunde wie aus dem Ei gepellt, der braune Bart sorgfältig gestutzt, mit Handschuhen aus grauem Schweinsleder. Er war ein Mann um die vierzig, der Prototyp des seriösen Akademikers aus gutem Hause.

Natürlich überraschte, ja bestürzte ihn die Nachricht. Aber er blieb kühl und reserviert.

»Bei dem Leben, das er führte . . .« seufzte er.

»Was für ein Leben?«

»Ich würde niemals etwas Schlechtes über Monsieur Couchet sagen. Außerdem gibt es nichts Schlechtes zu berichten. Wie er seine Zeit verbrachte, geht niemanden etwas an . . .«

»Einen Moment! Hat Monsieur Couchet die Firma selbst geleitet?«

»Weder im Großen noch im Kleinen. Er hat sie allein aufgebaut. Aber sobald die Geschäfte liefen, hat er mir die ganze Verantwortung überlassen. Das ging so weit, daß ich ihn manchmal vierzehn Tage lang nicht zu Gesicht bekam. Heute zum Beispiel habe ich noch bis um fünf auf ihn gewartet. Morgen ist Ultimo. Monsieur Couchet sollte mir noch das Geld für die Gehälter der

Belegschaft bringen, ungefähr dreihunderttausend Francs. Um fünf Uhr mußte ich fort und habe ihm einen Bericht auf den Schreibtisch gelegt.«

Man fand den maschinengeschriebenen Zettel unter der Hand des Toten. Ein banaler Bericht: Vorschläge, das Gehalt eines der Angestellten zu erhöhen und einen der Laufburschen zu entlassen; ein Werbeprojekt für die lateinamerikanischen Länder, usw.

»Die dreihunderttausend Francs müßten also hier sein?« fragte Maigret.

»Ja, im Geldschrank. Wie Sie sehen, hat Monsieur Couchet ihn geöffnet. Nur er und ich haben den Schlüssel und kennen die Kombination.«

Um die Tresortür zu öffnen, mußte man erst die Leiche zur Seite schaffen, und sie warteten, bis die Fotografen ihre Arbeit beendet hatten. Der Gerichtsmediziner diktierte seinen Bericht. Die Kugel hatte Couchet in die Brust getroffen und die Aorta durchschlagen. Der Tod war sofort eingetreten. Der Abstand zwischen dem Mörder und seinem Opfer konnte auf drei Meter geschätzt werden. Und das Geschoß war vom gebräuchlichsten Kaliber: 6,35 mm.

Monsieur Philippe gab dem Untersuchungsrichter einige Erläuterungen.

»Hier an der Place des Vosges befinden sich unsere Laboratorien, gleich hinter diesem Büro.«

Er öffnete eine Tür, die in einen großen Raum mit einem Glasdach führte, in dem Tausende von Reagenzgläsern aneinandergereiht waren. Hinter einer anderen Tür glaubte Maigret ein Geräusch gehört zu haben.

»Und was ist dort?«

»Die Meerschweinchen . . . Und hier auf der rechten Seite die Büros der Angestellten und Schreibkräfte. Wir haben weitere Räume in Pantin, wo sich das Auslieferungslager befindet. Sie wissen sicherlich, daß Dr. Rivières Seren in der ganzen Welt bekannt sind.«

»Hat Couchet sie auf den Markt gebracht?«

»Ja! Dr. Rivière hatte kein Geld. Couchet hat seine Forschungsarbeiten finanziert. Vor ungefähr zehn Jahren hat er ein Laboratorium aufgebaut, das allerdings noch nicht so groß war wie dieses . . .«

»Ist Dr. Rivière noch an der Firma beteiligt?«

»Er ist vor fünf Jahren bei einem Verkehrsunfall ums Leben gekommen.«

Man schaffte schließlich Couchets Leiche fort, und als man die Tresortür öffnete, gab es eine Überraschung: von dem Geld, das er enthalten hatte, war nichts mehr zu sehen. Nur noch einige Geschäftspapiere lagen in den Fächern. Monsieur Philippe erklärte:

»Nicht nur die dreihunderttausend Francs, die Monsieur Couchet mitgebracht haben muß, sind verschwunden, sondern auch noch sechzigtausend Francs, die heute nachmittag eingegangen sind und die ich mit einem Gummiband darum selbst in dieses Fach gelegt habe!«

In der Brieftasche des Toten fand man auch nichts, bis auf zwei numerierte Karten für ein Theater an der Madeleine, bei deren Anblick Nine in Tränen ausbrach.

»Die waren für uns! Wir wollten zusammen dort hingehen . . .«

Das war alles. Die Unordnung war noch größer

geworden. Die Fotografen klappten ihre sperrigen Stative zusammen. Der Gerichtsmediziner wusch sich die Hände in einem Waschbecken, das er in einem Wandschrank entdeckt hatte, und der Protokollführer des Untersuchungsrichters gab sich keine Mühe, seine Müdigkeit zu verbergen.

Trotz der allgemeinen Unruhe hatte Maigret einige Augenblicke lang so etwas wie eine stumme Zwiesprache mit dem Toten.

Ein kräftiger Mann, untersetzt und eher rundlich. Ebenso wie Nine war er zweifellos immer ein wenig gewöhnlich geblieben, trotz seiner gutgeschnittenen Anzüge, seiner gepflegten Fingernägel und seiner nach Maß gefertigten Hemden. Sein blondes Haar lichtete sich schon. Seine Augen waren blau und hatten sicherlich einen etwas kindlichen Ausdruck gehabt.

»Ein wirklich feiner Kerl!« hörte Maigret eine Stimme hinter sich seufzen.

Es war Nine, die vor Rührung weinte und sich Maigret anvertraute, wohl, weil sie die unnahbaren Beamten der Staatsanwaltschaft nicht ansprechen mochte.

»Ich schwöre Ihnen, er war ein feiner Kerl! Sobald er den Eindruck hatte, daß irgend etwas mir gefallen könnte . . . Und nicht nur mir, egal wem! Ich habe noch nie einen Menschen gesehen, der so viel Trinkgeld gab wie er! Manchmal war ich ihm richtig böse deswegen. Ich sagte ihm, daß man ihn für einen Trottel halten würde. Aber er antwortete nur: ›Was macht das schon?‹«

Der Kommissar fragte ernst:

»War Couchet ein fröhlicher Mensch?«

»Eher fröhlich, ja . . . Aber im Grunde doch nicht. Verstehen Sie? Das ist schwer zu erklären. Er mußte immer etwas unternehmen, irgend etwas tun . . . Wenn er irgendwo saß und nichts tat, wurde er trübsinnig und unruhig . . .«

»Und seine Frau?«

»Ich habe sie nur einmal gesehen, von weitem. Ich kann nichts Nachteiliges über sie sagen . . .«

»Wo wohnte Couchet?«

»Auf dem Boulevard Haussmann. Aber meistens fuhr er nach Meulan. Er hat dort eine Villa . . .«

Maigret drehte sich plötzlich um und erblickte die Concierge, die nicht einzutreten wagte und ihm Zeichen gab. Dabei machte sie ein noch unglücklicheres Gesicht als sonst.

»Passen Sie auf, er kommt herunter . . .«

»Wer?«

»Monsieur de Saint-Marc . . . Bestimmt hat er all den Lärm gehört. Da ist er schon. Und das an einem Tag wie heute! Stellen Sie sich das einmal vor . . .«

Der ehemalige Botschafter trug einen Morgenrock und zögerte hereinzukommen. Ihm war nicht verborgen geblieben, daß die Staatsanwaltschaft hergekommen war. Außerdem war die Leiche auf einer Bahre an ihm vorbeigetragen worden.

»Was gibt es?« fragte er Maigret.

»Ein Mann ist umgebracht worden. Couchet, der Inhaber der Arzneimittelfirma . . .«

Der Kommissar hatte den Eindruck, daß seinem

Gesprächspartner plötzlich ein Gedanke durch den Kopf ging, so als erinnerte er sich an irgend etwas.

»Kannten Sie ihn?«

»Nein. Das heißt, ich habe von ihm gehört . . .«

»Und?«

»Nichts. Ich weiß nichts. Um wieviel Uhr war . . . Ich meine, wann hat . . .«

»Der Mord muß zwischen acht und neun Uhr begangen worden sein.«

Monsieur de Saint-Marc seufzte, strich sich das graue Haar glatt, nickte Maigret zu und wandte sich zur Treppe, die zu seiner Wohnung führte.

Die Concierge hatte sich abseits gehalten. Dann sprach sie mit jemandem, der mit gesenktem Kopf in der Toreinfahrt auf und ab ging. Als sie zurückkam, fragte der Kommissar sie:

»Wer war das?«

»Monsieur Martin. Er sucht einen Handschuh, den er verloren hat. Sie müssen wissen, daß er niemals ohne Handschuhe ausgeht, selbst wenn er nur fünfzig Meter weiter Zigaretten holt.«

Monsieur Martin ging nun um die Müllkästen herum, zündete einige Streichhölzer an, gab schließlich auf und ging wieder nach oben.

Im Hof verabschiedeten sich die Beamten der Staatsanwaltschaft voneinander. Der Untersuchungsrichter wandte sich noch einmal kurz an Maigret.

»Ich überlasse Sie jetzt wieder Ihrer Arbeit. Sie werden mich natürlich auf dem laufenden halten . . .«

Monsieur Philippe verbeugte sich vor dem Kommissar, immer noch korrekt, wie einem Modejournal entsprungen.

»Brauchen Sie mich noch?«

»Ich werde Sie morgen aufsuchen. Sie sind doch in Ihrem Büro?«

»Wie immer. Punkt neun.«

Unvermutet trat eine Situation ein, die einem naheging, obwohl nicht das mindeste geschah. Der Hof war immer noch in Dunkelheit getaucht. Dahinter die Tordurchfahrt mit ihrer verstaubten Glühbirne.

Draußen wurden Autos angelassen, glitten über den Asphalt und streiften einen Augenblick lang mit ihren Scheinwerfern die Bäume der Place des Vosges.

Der Tote war nicht mehr da. Das Büro war wie ausgeplündert. Niemand hatte daran gedacht, das Licht auszumachen, und das Laboratorium war hell erleuchtet wie für eine Nachtschicht.

Sie fanden sich zu dritt in der Mitte des Hofes, drei ungleiche Menschen, die sich vor einer Stunde noch nicht gekannt hatten und die dennoch ein mysteriöses Band zu vereinen schien.

Mehr noch: sie glichen Familienangehörigen, die nach einer Beerdigung allein zurückbleiben, wenn die Gleichgültigen gegangen sind!

Maigret hatte jedenfalls einen Augenblick lang dieses Gefühl, als er nacheinander das verstörte Gesicht Nines und die verhärmten Züge der Concierge betrachtete.

»Haben Sie Ihre Kinder ins Bett gebracht?«

»Ja, aber sie schlafen nicht. Sie sind unruhig. Beinahe so, als spürten sie etwas . . .«

Madame Bourcier wollte noch eine Frage loswerden, eine Frage, derer sie sich beinahe schämte, die aber äußerst wichtig für sie war.

»Glauben Sie, daß . . .«

Ihr Blick wanderte über den Hof und schien an allen dunklen Fenstern haften zu bleiben.

». . . daß es jemand aus dem Haus war?«

Und nun blickte sie auf die Toreinfahrt, auf dieses große Portal, das – jedenfalls bis elf Uhr abends – immer offen war, das den Hof mit der Straße verband und jedem Fremden den Zugang zum Gebäude ermöglichte.

Nine hatte eine verkrampfte Haltung eingenommen. Von Zeit zu Zeit warf sie dem Kommissar einen verstohlenen Blick zu.

»Die Untersuchung wird sicherlich eine Antwort auf Ihre Frage geben, Madame Bourcier. Im Augenblick scheint nur eines sicher zu sein, nämlich, daß derjenige, der die dreihundertsechzigtausend Francs gestohlen hat, nicht der Mörder Couchets ist . . . Das wäre zumindest unwahrscheinlich, denn Monsieur Couchet versperrte den Geldschrank mit seinem Rücken . . . Übrigens, haben Sie heute abend Licht im Laboratorium gesehen?«

»Warten Sie . . . Ich glaube ja. Aber es war nicht so hell wie jetzt. Monsieur Couchet hat wohl nur eine Lampe oder auch zwei angemacht, um zur Toilette am anderen Ende des Gebäudes zu gehen . . .«

Maigret ging noch einmal hinein und schaltete alle Lampen aus, während die Concierge auf der Schwelle stehenblieb, obwohl die Leiche nicht mehr da war.

Im Hof traf er auf Nine, die auf ihn gewartet hatte. Irgendwo über seinem Kopf hörte er ein Geräusch, das Geräusch eines Gegenstandes, der eine Fensterscheibe streift.

Aber alle Fenster waren geschlossen, alle Lichter erloschen.

Irgend jemand hatte sich bewegt, irgendwer wachte im Dunkel eines Zimmers.

»Bis morgen, Madame Bourcier . . . Ich bin morgen früh wieder hier, bevor das Büro aufmacht.«

»Ich komme mit Ihnen! Ich muß noch die Toreinfahrt schließen.«

Als sie auf die Straße traten, sagte Nine leise:

»Ich dachte, Sie wären mit dem Wagen da.«

Sie konnte sich nicht entschließen, sich von ihm zu trennen. Sie blickte zu Boden und fragte:

»In welcher Richtung wohnen Sie?«

»Nur ein paar Schritte von hier, am Boulevard Richard-Lenoir.«

»Jetzt fährt wohl keine Metro mehr, oder?«

»Ich glaube kaum.«

»Ich muß Ihnen noch etwas gestehen.«

»Ich höre.«

Sie wagte immer noch nicht, ihn anzusehen. Hinter ihnen hörte man, wie die Concierge die Riegel vorschob, und dann ihre Schritte, als sie zu ihrer Loge zurückging. Auf der Place des Vosges war keine Menschenseele. Die Springbrunnen rauschten. Die Uhr des Bezirksamtes schlug eins.

»Sie finden sicher, daß ich zu weit gehe . . . Ich weiß nicht, was Sie von mir denken werden. Ich hatte Ihnen erzählt, daß Raymond sehr großzügig war. Geld spielte für ihn keine Rolle, und er gab mir, was ich wollte . . . Verstehen Sie?«

»Und?«

»Es ist lächerlich, aber ich verlangte so wenig von ihm wie eben möglich. Ich wartete immer, bis er selbst daran dachte. Außerdem war er ja fast immer mit mir zusammen, so daß ich nie etwas brauchte. Heute abend wollten wir zusammen essen gehen. Und nun . . .«

»Abgebrannt?«

»So habe ich das nicht gemeint!« protestierte sie. »Es ist noch dümmer! Ich hatte vor, ihn heute abend um Geld zu bitten. Heute mittag hatte ich nämlich noch eine Rechnung bezahlt . . .«

Sie druckste herum. Heimlich beobachtete sie Maigret, bereit, beim ersten Anzeichen eines Lächelns aufzugeben.

»Ich hatte mir nie vorgestellt, daß er einmal nicht kommen würde. Ein bißchen Geld hatte ich noch in der Tasche. Als ich im Select auf ihn wartete, habe ich ein paar Austern gegessen, dann Languste. Ich habe versucht, ihn anzurufen. Als ich hier ankam, merkte ich, daß ich gerade noch das Taxi bezahlen konnte.«

»Und zu Hause?«

»Ich wohne im Hotel . . .«

»Ich meine, ob Sie etwas Geld zur Seite gelegt haben?«

»Ich?«

Ein kleines, nervöses Lachen.

»Wozu? Konnte ich das voraussehen? Und selbst wenn ich es gewußt hätte, hätte ich nicht gewollt . . .«

Maigret seufzte.

»Kommen Sie mit mir zum Boulevard Beaumarchais; nur da finden Sie um diese Zeit noch ein Taxi. Was werden Sie jetzt anfangen?«

»Nichts, ich . . .«

Dennoch schauderte sie. Sie hatte allerdings auch nur ein Seidenkleid an.

»Hat er kein Testament gemacht?«

»Was weiß denn ich? Glauben Sie, man kümmert sich um solche Sachen, solange alles gutgeht? Raymond war ein feiner Kerl; ich . . .«

Beim Gehen weinte sie lautlos. Der Kommissar schob ihr einen Hundertfrancschein in die Hand, gab einem vorbeifahrenden Taxi ein Zeichen und brummte, während er die Fäuste tief in die Taschen steckte:

»Dann also bis morgen . . . Sie hatten doch Hotel Pigalle gesagt, nicht wahr?«

Als er sich ins Bett legte, wachte Madame Maigret nur für einen Augenblick auf und murmelte im Halbschlaf:

»Hast du wenigstens zu Abend gegessen?«

3

Das Pärchen vom Pigalle

Als Maigret am nächsten Morgen gegen acht das Haus verließ, hatte er die Wahl zwischen drei Dingen, die er sämtlich an diesem Tag zu erledigen hatte: die Räume an der Place des Vosges noch einmal aufzusuchen und das Personal zu befragen, Madame Couchet zu besuchen, die ein Beamter des zuständigen Reviers von den Ereignissen benachrichtigt hatte, und schließlich, Nine erneut zu vernehmen.

Gleich nach dem Aufstehen hatte er die Kriminalpolizei angerufen und eine Liste der Mieter des Hauses sowie aller anderen Personen durchgegeben, die mit dem Verbrechen in irgendeiner Weise im Zusammenhang standen. Sobald er sein Büro aufsuchte, würde er daher detaillierte Angaben vorfinden.

Der Markt am Boulevard Richard-Lenoir war in vollem Gange. Es war so kalt, daß der Kommissar den Samtkragen seines Mantels hochschlug. Die Place des Vosges war nicht weit, aber nur zu Fuß zu erreichen.

In diesem Moment kam jedoch eine Straßenbahn vorbei, die zur Place Pigalle fuhr, und das gab für Maigret den Ausschlag. Er würde also zuerst Nine aufsuchen.

Sie war natürlich noch nicht aufgestanden. Am

Empfang des Hotels erkannte man den Kommissar und beunruhigte sich.

»Sie ist doch hoffentlich nicht in eine unangenehme Sache verwickelt? Ein so ruhiges Mädchen!«

»Hat sie viel Besuch?«

»Nur ihren Freund.«

»Den alten oder den jungen?«

»Sie hat nur einen. Weder alt noch jung . . .«

Das Hotel war komfortabel, mit Aufzug und Zimmertelefon. Maigret stieg im dritten Stock aus, klopfte an die Tür des Zimmers 27 und hörte, wie sich jemand im Bett herumdrehte und verschlafen stammelte:

»Was gibt's denn?«

»Machen Sie auf, Nine!«

Sie mußte ihre Hand aus dem Bett gestreckt haben, um den Riegel zurückzuschieben. Maigret drang in das klamme Halbdunkel ein, bemerkte das verschwiemelte Gesicht der jungen Frau und ging zum Fenster, um die Vorhänge aufzuziehen.

»Wieviel Uhr ist es?«

»Noch keine neun Uhr. Sie brauchen meinetwegen nicht aufzustehen.«

Sie hielt die Augen wegen des grellen Lichts halb geschlossen. Ungeschminkt und unausgeschlafen war sie nicht gerade hübsch. Sie wirkte eher wie ein einfaches Mädchen vom Land und gar nicht wie ein frivoles Modepüppchen. Zwei- oder dreimal fuhr sie sich mit der Hand über das Gesicht und setzte sich schließlich auf, indem sie sich das Kopfkissen in den Rücken schob. Dann nahm sie den Hörer ab.

»Bringen Sie mir das Frühstück, bitte.«

Und zu Maigret:

»Was für eine entsetzliche Geschichte! Sie nehmen es mir nicht übel, daß ich Sie gestern angepumpt habe? Es ist zu dumm. Ich werde meinen Schmuck verkaufen müssen . . .«

»Haben Sie viel?«

Sie zeigte auf den Frisiertisch, auf dem in einem Reklameaschenbecher einige Ringe, ein Armband und eine Uhr lagen, die zusammen ungefähr fünftausend Francs wert sein mochten.

Jemand klopfte an die Tür des Zimmers nebenan, und Nine spitzte die Ohren. Sie lächelte flüchtig, als es erneut, diesmal heftiger, klopfte.

»Wer ist das?« fragte Maigret.

»Meine Nachbarn. Ich kenne sie nicht. Aber sie jetzt um diese Zeit wachzukriegen . . .«

»Was wollen Sie damit sagen?«

»Nichts! Sie stehen nie vor vier Uhr nachmittags auf, wenn sie überhaupt aufstehen.«

»Nehmen sie Rauschgift?«

Sie bestätigte es, indem sie die Wimpern niederschlug, fügte aber hastig hinzu:

»Sie werden das doch nicht verwerten, was ich Ihnen sage, nicht wahr?«

Die Tür nebenan wurde schließlich doch geöffnet.

Auch Nines Tür öffnete sich, und ein Zimmermädchen brachte ein Tablett mit Milchkaffee und Croissants herein.

»Sie erlauben?«

Nine hatte Ringe unter den Augen, und ihr Nachthemd ließ magere Schultern und eine kleine, nicht sehr feste Schulmädchenbrust erkennen. Während sie Croissantstückchen in den Milchkaffee stippte, spitzte sie weiterhin die Ohren, als ob das, was nebenan geschah, sie interessierte.

»Werde ich in die Geschichte hineingezogen werden?« fragte sie nichtsdestoweniger. »Das wäre unangenehm, wenn man in den Zeitungen über mich schreiben würde. Vor allem für Madame Couchet . . .«

Und als es leise, aber hastig an ihre Tür klopfte, rief sie:

»Herein!«

Eine Frau von etwa dreißig Jahren trat ein, barfuß. Sie hatte einen Pelzmantel über ihr Nachthemd geworfen. Fast wäre sie rückwärts wieder hinausgegangen, als sie den breiten Rücken Maigrets erblickte, doch dann faßte sie sich ein Herz und stotterte:

»Ich wußte nicht, daß Sie Besuch haben!«

Der Kommissar fuhr zusammen, als er die schleppende Stimme dieser Frau hörte, die sprach, als hätte sie einen Frosch im Hals. Sie schloß die Tür, und Maigret blickte in ein farbloses Gesicht mit verquollenen Augenlidern. Ein kurzer Seitenblick zu Nine bestätigte seine Vermutung. Es war die rauschgiftsüchtige Nachbarin.

»Was ist passiert?«

»Nichts. Roger hat Besuch. Deshalb . . . habe ich mir erlaubt . . .«

Sie setzte sich, noch ganz benommen, auf das Fußende des Bettes und seufzte, ebenso wie Nine wenige Minuten zuvor:

»Wie spät ist es denn?«

»Neun Uhr«, sagte Maigret. »Sieht aus, als ob Ihnen das Kokain nicht bekäme!«

»Das ist kein Kokain, das ist Äther. Roger sagt, das sei besser, und . . .«

Sie fror. Sie stand auf, um sich an den Heizkörper zu lehnen, und sah hinaus.

»Es gibt wieder Regen . . .«

Dies alles war trübselig, entmutigend. Der Kamm auf dem Frisiertisch war voller Haare. Nines Strümpfe lagen auf dem Boden herum.

»Ich störe Sie, nicht wahr? Aber es scheint etwas Wichtiges zu sein. Es handelt sich um Rogers Vater. Er ist gestorben . . .«

Maigret beobachtete Nine und bemerkte, daß sie auf einmal die Stirn runzelte, wie jemand, dem plötzlich eine Idee kommt. Im gleichen Augenblick faßte die Frau, die ihren Satz nicht beendete, sich ans Kinn, dachte nach und murmelte:

»Sollte das . . .«

Und der Kommissar fragte sie:

»Kennen Sie Rogers Vater?«

»Ich habe ihn noch nie gesehen. Aber . . . Warten Sie! Sagen Sie, Nine, Ihrem Freund ist doch nichts zugestoßen?«

Nine und der Kommissar tauschten einen Blick aus.

»Wieso?«

»Ich weiß nicht . . . Das ist alles so kompliziert. Mir fällt gerade ein, daß Roger mir irgendwann einmal gesagt hat, sein Vater gehe hier im Hotel ein und aus. Roger fand das amüsant. Aber er wollte ihm lieber nicht begegnen, und einmal, als jemand die Treppe heraufkam, kam er plötzlich ins Zimmer zurückgerannt. Und ich meine, der Betreffende sei hier in dieses Zimmer gegangen . . .«

Nine hatte zu frühstücken aufgehört. Das Tablett, das sie auf den Knien hatte, war ihr im Weg, und ihr Gesicht verriet ihre wachsende Unruhe.

»Sein Sohn?« sagte sie langsam, während ihr Blick durch das blaugrüne Rechteck des Fensters hindurchging.

»Ja dann . . .« rief die andere, »dann ist das Ihr Freund, der tot ist? Es soll sogar Mord gewesen sein . . .«

»Heißt Roger mit Nachnamen Couchet?«

»Roger Couchet, ja!«

Alle drei schwiegen verwirrt.

»Was macht er?« fragte der Kommissar schließlich nach einer langen Pause, in der man nur das Stimmengemurmel aus dem Nebenzimmer hörte.

»Wie bitte?«

»Was hat er für einen Beruf?«

Und die junge Frau plötzlich:

»Sind Sie etwa von der Polizei?«

Sie war aufgeregt. Es schien, als wollte sie Nine vorwerfen, sie in eine Falle gelockt zu haben.

»Der Kommissar ist sehr nett!« sagte Nine, während sie ein Bein aus dem Bett streckte und sich hinabbeugte, um nach ihren Strümpfen zu angeln.

»Das hätte ich mir gleich denken können . . . Aber dann, dann wußten Sie also schon, bevor ich hereinkam . . .«

»Ich hatte noch nie etwas von Roger gehört!« sagte

Maigret. »Aber jetzt müssen Sie mir einige Auskünfte über ihn geben . . .«

»Ich weiß nichts . . . Wir sind erst seit knapp drei Wochen zusammen . . .«

»Und davor?«

»Da hatte er eine große Rothaarige, die sich als Maniküre ausgab . . .«

»Arbeitet er?«

Diese Frage schien ihr noch weniger zu behagen.

»Ich weiß es nicht . . .«

»Mit anderen Worten, er tut nichts . . . Hat er Vermögen? Gibt er viel Geld aus?«

»Nein! Wir essen fast immer in einem *prix-fixe*, das Menü zu sechs Francs . . .«

»Spricht er oft von seinem Vater?«

»Er hat nur einmal von ihm gesprochen. Das habe ich eben schon erzählt.«

»Würden Sie mir Rogers Besucher beschreiben? Haben Sie ihn schon vorher einmal gesehen?«

»Nein! Ein Mann, der . . . wie soll ich ihn beschreiben? Ich habe ihn für einen Gerichtsvollzieher gehalten, und deshalb bin ich hier hereingekommen. Ich dachte, Roger hätte Schulden, und . . .«

»Ist er gut angezogen?«

»Warten Sie . . . Der steife Hut ist mir aufgefallen, ein heller Regenmantel, Handschuhe . . .«

Zwischen den beiden Zimmern gab es eine Verbindungstür, die von einem Vorhang verdeckt wurde und wahrscheinlich zugenagelt war. Maigret hätte das Ohr daranlegen und alles mithören können, aber es widerstrebte ihm, das vor den beiden Frauen zu tun.

Nine zog sich an und begnügte sich damit, sich statt der Morgenwäsche mit einem feuchten Handtuch über das Gesicht zu wischen. Sie war nervös. Ihre Bewegungen waren fahrig. Man merkte, daß sie den Ereignissen nicht gewachsen war, daß sie keinen Ausweg mehr sah und auch nicht mehr die Kraft aufbrachte, zu reagieren, ja nicht einmal, zu begreifen, was geschehen war.

Die andere war ruhiger, vielleicht, weil sie noch unter dem Einfluß des Äthers stand, vielleicht aber auch, weil sie mehr Erfahrung mit solchen Situationen hatte.

»Wie heißen Sie?«

»Céline.«

»Haben Sie einen Beruf?«

»Ich war Friseuse. Ich kam zu den Kunden ins Haus.«

»Bei der Sitte registriert?«

Sie schüttelte den Kopf, ohne empört zu sein. Nebenan hörte man immer noch Stimmengemurmel.

Nine, die sich ein Kleid übergezogen hatte, betrachtete das Zimmer um sich herum, schluchzte plötzlich auf und stammelte:

»Mein Gott, mein Gott!«

»Das ist schon eine seltsame Geschichte!« sagte Céline langsam. »Und wenn es sich tatsächlich um ein Verbrechen handelt, werden wir eine Menge Ärger bekommen . . .«

»Wo waren Sie gestern abend um acht?«

Sie dachte nach.

»Warten Sie . . . acht Uhr . . . richtig, ich war im Cyrano.«

»War Roger dabei?«

»Nein. Man kann schließlich nicht die ganze Zeit zusammen sein. Ich habe ihn um Mitternacht wiedergetroffen, im Bistro an der Rue Fontaine . . .«

»Hat er Ihnen gesagt, woher er kam?«

»Ich habe ihn nicht gefragt . . .«

Durch das Fenster sah Maigret auf die Place Pigalle, auf das winzige Viereck des Parks, die Leuchtreklamen der Nachtbars. Unvermittelt stand er auf und ging zur Tür.

»Sie beide warten hier auf mich!«

Und er ging hinaus, klopfte an die Tür nebenan und öffnete sie, ohne zu warten. Ein Mann im Schlafanzug saß in dem einzigen Sessel, der sich im Zimmer befand. Trotz des offenen Fensters herrschte ein ekelhafter Äthergeruch. Ein anderer Mann ging gestikulierend auf und ab. Es war Monsieur Martin, dem Maigret am Abend zuvor zweimal begegnet war, im Hof an der Place des Vosges.

»Sieh an, Sie haben Ihren Handschuh wiedergefunden!«

Und Maigret betrachtete die beiden Hände des Registerbeamten, der so blaß wurde, daß der Kommissar einen Augenblick lang glaubte, er würde ohnmächtig werden. Seine Lippen zitterten. Er wollte etwas sagen, aber es gelang ihm nicht.

»Ich . . . ich . . .«

Der junge Mann war nicht rasiert. Er hatte einen Teint wie aus Pappmaché, und seine rot geränderten Augen und seine schlaffen Lippen zeugten von seiner

Antriebslosigkeit. Er trank gierig Wasser aus einem Zahnputzbecher.

»Beruhigen Sie sich, Monsieur Martin! Ich hatte nicht damit gerechnet, Sie hier anzutreffen, vor allem nicht um diese Zeit . . . Müßten Sie denn nicht schon längst im Büro sein?«

Er betrachtete den guten Mann vom Kopf bis zu den Füßen. Es fiel ihm schwer, kein Mitleid zu empfinden, so verwirrt war der Unglückliche.

Von den Strümpfen bis zur Krawatte, die an einem Patentkragen aus Zelluloid befestigt war, verkörperte Monsieur Martin den Prototyp des Beamten, wie die Karikaturisten ihn zeichnen. Ein untadelig gekleideter und würdiger Beamter mit sorgfältig gewichstem Schnurrbart, ohne ein Stäubchen auf dem Anzug. Bestimmt hätte er sich entehrt gefühlt, wenn er mit bloßen Händen auf die Straße hätte gehen müssen.

Jetzt wußte er nicht, was er mit seinen Händen anfangen sollte, und sein Blick suchte in dem unaufgeräumten Zimmer umher, als könnte er darin eine Eingebung finden.

»Erlauben Sie mir eine Frage, Monsieur Martin? Seit wann kennen Sie Roger Couchet?«

Das war keine Angst mehr, das war Bestürzung.

»Ich?«

»Ja, Sie!«

»Nun . . . seit . . . seit meiner Heirat!«

Er sagte das, als wäre es das Selbstverständlichste von der Welt.

»Ich verstehe nicht!«

»Roger ist mein Stiefsohn, der Sohn meiner Frau . . .«

»Und von Raymond Couchet?«

»Ja doch. Schließlich . . .«

Allmählich faßte er sich wieder.

»Meine Frau war die erste Frau von Couchet. Sie hatte einen Sohn, Roger. Als sie sich scheiden ließ, habe ich sie geheiratet . . .«

Das wirkte wie ein Sturm, der die Wolken vom Himmel vertreibt. Das Haus an der Place des Vosges bekam ein ganz anderes Gesicht, und die Ereignisse erschienen in einer völlig veränderten Perspektive. Vieles wurde plötzlich klarer, anderes hingegen noch verworrener, noch beunruhigender. So sehr, daß Maigret eine Zeitlang gar nichts mehr sagte. Er mußte erst einmal Ordnung in seine Gedanken bringen. Er betrachtete die beiden Männer abwechselnd mit wachsender Unruhe.

Noch in der Nacht hatte die Concierge ihn gefragt, als sie vom Hof aus nacheinander alle Fenster betrachtete:

»Glauben Sie, daß es jemand aus dem Haus war?«

Und ihr Blick war schließlich an der Toreinfahrt hängengeblieben. Sie hoffte, daß der Mörder von dort gekommen war, daß es jemand von draußen war.

Aber so war es nicht! Das Drama hatte seinen Ursprung im Hause selbst! Maigret hätte nicht erklären können, warum, aber er war sich dessen sicher.

Welches Drama? Davon wußte er noch nichts.

Er fühlte nur, daß sich ein Netz unsichtbarer Fäden spannte, das ganz verschiedene Punkte miteinander verband und das von der Place des Vosges bis zu diesem Hotel in der Rue Pigalle reichte, von der Wohnung der Familie Martin zum Büro der Firma Dr. Rivières Seren, von Nines Zimmer zu dem des Pärchens, das sich mit Äther berauschte.

Das verwirrendste daran war, Monsieur Martin wie eine willenlose Wetterfahne in diesem Labyrinth herumflattern zu sehen. Er hatte wie immer Handschuhe an. Allein sein hellgrauer Mantel war wie das Kennzeichen eines ehrbaren und geordneten Lebens. Und sein unruhiger Blick suchte nach einem Halt, ohne ihn zu finden.

»Ich bin gekommen, um Roger zu benachrichtigen, daß . . .«

»Ich weiß!«

Maigret sah ihm in die Augen, ruhig und tief, und er hatte einen Augenblick das Gefühl, daß sein Gesprächspartner vor Angst schrumpfte.

»Wissen Sie, meine Frau hat mir noch gesagt, es wäre besser, wenn wir es ihm . . .«

»Ich verstehe!«

»Roger ist nämlich sehr . . .«

»Sensibel!« ergänzte Maigret. »Ein sehr empfindsamer Junge!«

Der junge Mann, der schon sein drittes Glas Wasser trank, warf ihm einen wütenden Blick zu. Er mußte ungefähr fünfundzwanzig Jahre alt sein, aber seine Gesichtszüge waren schon müde, seine Lider welk.

Aber er hatte immer noch ein gewisses Etwas, das auf manche Frauen wirkte. Seine Haut war matt. Und sogar der Überdruß und der Ekel, den er zur Schau trug, umgab ihn mit einem Hauch Romantik.

»Sagen Sie, Roger Couchet, haben Sie Ihren Vater oft besucht?«

»Manchmal.«

»Wo?«

Maigret sah ihn streng an.

»In seinem Büro. Oder im Restaurant . . .«

»Wann haben Sie ihn zum letzten Mal gesehen?«

»Ich weiß nicht . . . Vor ein paar Wochen . . .«

»Und Sie haben Geld von ihm verlangt?«

»Wie immer!«

»Sie lebten also mehr oder weniger auf seine Kosten?«

»Er war reich genug, um . . .«

»Einen Moment! Wo waren Sie gestern abend um acht?«

Er zögerte keinen Augenblick.

»Im Select!« sagte er mit einem ironischen Lächeln, als wollte er sagen:

»Wenn Sie glauben, ich wüßte nicht, worauf Sie hinauswollen!«

»Was haben Sie im Select gemacht?«

»Ich habe auf meinen Vater gewartet!«

»Sie brauchten also Geld. Und Sie wußten, daß er ins Select kommen würde . . .«

»Er war fast jeden Abend mit seinem Törtchen da! Außerdem hatte ich sie am Nachmittag mit ihm telefonieren hören . . . Man hört nämlich alles, was nebenan gesprochen wird . . .«

»Und als Sie merkten, daß Ihr Vater nicht kam, sind

Sie da nicht auf den Gedanken gekommen, ihn in seinem Büro an der Place des Vosges aufzusuchen?«

»Nein!«

Maigret nahm eine Fotografie des jungen Mannes vom Kaminsims, die dort inmitten zahlreicher Frauenporträts stand. Er steckte sie in die Tasche und knurrte:

»Sie erlauben?«

»Wenn es Ihnen Spaß macht!«

»Sie glauben doch nicht etwa . . .« begann Monsieur Martin.

»Ich glaube überhaupt nichts. Aber dabei fällt mir ein, daß ich Ihnen einige Fragen stellen wollte. Welche Beziehungen hatten Sie und Ihre Frau zu Roger?«

»Er kam nicht sehr oft.«

»Und wenn er kam?«

»Er blieb nur ein paar Minuten . . .«

»Weiß seine Mutter über seinen Lebenswandel Bescheid?«

»Was wollen Sie damit sagen?«

»Spielen Sie nicht den Dummen, Monsieur Martin! Weiß Ihre Frau, daß ihr Sohn auf dem Montmartre lebt, ohne etwas zu tun?«

Und der Beamte blickte verlegen auf den Fußboden.

»Ich habe oft versucht, ihn zu bewegen, eine Arbeit anzunehmen«, seufzte er.

Diesmal begann der junge Mann ungeduldig mit den Fingern auf den Tisch zu klopfen.

»Sie werden bemerkt haben, daß ich noch im Schlafanzug bin, und daß ich jetzt ganz gerne . . .«

»Würden Sie mir bitte sagen, ob Sie gestern abend im

Select jemanden aus Ihrer Bekanntschaft getroffen haben?«

»Ich habe Nine gesehen.«

»Haben Sie mit ihr gesprochen?«

»Entschuldigen Sie mal . . . ich habe noch nie mit ihr gesprochen!«

»Wo saß sie?«

»Am zweiten Tisch rechts von der Bar.«

»Wo haben Sie Ihren Handschuh wiedergefunden, Monsieur Martin? Wenn ich mich recht erinnere, suchten Sie ihn gestern nacht im Hof, in der Nähe der Müllkästen . . .«

Monsieur Martin ließ ein gequältes Lachen hören.

»Er war in der Wohnung! Stellen Sie sich vor: Ich war mit nur einem Handschuh hinausgegangen und hatte es nicht gemerkt!«

»Als Sie die Place des Vosges verließen, wohin sind Sie gegangen?«

»Ich habe einen Spaziergang gemacht, an der Seine entlang. Ich . . . Ich hatte Kopfschmerzen . . .«

»Gehen Sie oft abends ohne Ihre Frau spazieren?«

»Manchmal schon.«

Er saß wie auf glühenden Kohlen. Und er wußte immer noch nicht, wo er seine behandschuhten Hände lassen sollte.

»Gehen Sie jetzt in Ihr Büro?«

»Nein! Ich habe angerufen und einen Tag Urlaub genommen. Ich kann meine Frau jetzt nicht . . .«

»Nun gut, dann gehen Sie zu ihr!«

Maigret blieb da. Der arme Kerl suchte nach einer Gelegenheit, sich mit Anstand zu verabschieden.

»Auf Wiedersehen, Roger . . .« sagte er, indem er heftig schluckte. »Ich glaube, du solltest deine Mutter besuchen . . .«

Aber Roger zuckte nur die Schultern und sah Maigret ungeduldig an. Im Treppenhaus hörte man, wie sich die Schritte von Monsieur Martin entfernten.

Der junge Mann sagte nichts. Seine Hand griff mechanisch nach einem Ätherfläschchen auf dem Nachttisch und schob es von sich fort.

»Sie haben keine Erklärung abzugeben?« fragte der Kommissar langsam.

»Nein, keine.«

»Denn falls Sie irgend etwas zu sagen haben, wäre es besser, Sie würden es mir jetzt erzählen und nicht erst später . . .«

»Ich habe Ihnen auch später nichts zu sagen . . . Doch! Eines will ich Ihnen gleich jetzt sagen: daß Sie nämlich gewaltig auf dem Holzweg sind . . .«

»Übrigens, wenn Sie Ihren Vater gestern abend nicht gesehen haben, dann müßten Sie doch jetzt ohne Geld sein?«

»Sie sagen es!«

»Wo wollen Sie welches hernehmen?«

»Machen Sie sich keine Sorgen um mich. Sie erlauben?«

Und er ließ Wasser in sein Waschbecken laufen, um seine Toilette zu beginnen.

Der Form halber ging Maigret noch einige Schritte im Zimmer auf und ab und verließ es dann, um ins Nebenzimmer zu gehen, in dem die beiden Frauen auf ihn warteten. Diesmal war Céline die aufgeregtere von beiden. Nine hingegen saß in ihrem Lehnsessel, kaute bedächtig an einem Taschentuch und sah mit großen, verträumten Augen in die Leere des Fensters.

»Nun?« fragte Rogers Freundin.

»Nichts! Sie können wieder hinübergehen.«

»Es ist also sein Vater, der . . .?«

Und plötzlich sehr ernst, die Stirn in Falten gelegt:

»Das heißt also, daß er erben wird?«

Und sie ging nachdenklich hinaus.

Auf dem Bürgersteig fragte Maigret seine Begleiterin:

»Wo gehen Sie hin?«

Eine vage, gleichgültige Geste, dann:

»Ich gehe zum Moulin-Bleu; vielleicht nehmen sie mich dort wieder . . .«

Er betrachtete sie voller Anteilnahme.

»Hatten Sie Couchet wirklich gern?«

»Ich habe es gestern schon gesagt: Er war ein feiner Kerl! Und davon gibt es wirklich nicht viele, das schwöre ich Ihnen! Wenn ich mir vorstelle, daß irgendein Schwein ihn . . .«

Zwei Tränen erschienen auf ihrem Gesicht, das war alles.

»Hier ist es«, sagte sie und stieß eine kleine Tür auf, die als Künstlereingang diente.

Maigret, der durstig war, ging in eine Bar, um ein Halbes zu trinken. Er mußte noch zur Place des Vosges. Als er das Telefon sah, fiel ihm ein, daß er auch noch nicht am Quai des Orfèvres vorbeigeschaut hatte und daß dort möglicherweise wichtige Post auf ihn wartete.

Er rief sein Büro an.

»Bist du es, Jean? . . . Nichts für mich? . . . Wie? . . . Eine Dame, die seit einer Stunde auf mich wartet? . . . In Trauer? . . . Madame Couchet wahrscheinlich! . . . Wie bitte? . . . Madame Martin? . . . Gut, ich komme!«

Madame Martin *trug Trauer*! Und sie wartete seit über einer Stunde im Präsidium in seinem Vorzimmer auf ihn!

Maigret kannte sie bisher nur als Schatten: den grotesken Schatten vom Vorabend, hinter dem Vorhang im zweiten Stock, als sie gestikulierte und ihre Lippen sich bewegten, um ihrem Mann eine Gardinenpredigt zu halten.

»Das passiert öfters!« hatte die Concierge gesagt.

Und der arme Schlucker von der Registerbehörde, der seinen Handschuh vergessen hatte, war allein hinausgegangen, um an den dunklen Kais entlang spazierenzugehen . . .

Und als Maigret den Hof gegen ein Uhr nachts verließ, hatte er etwas gegen eine Fensterscheibe stoßen hören . . .

Maigret stieg langsam die staubigen Stufen im Polizeipräsidium hinauf, begrüßte im Vorbeigehen einige Kollegen mit Handschlag und steckte seinen Kopf durch die halbgeöffnete Tür des Vorzimmers.

Zehn Sessel mit grünem Veloursbezug. Eine Art Billardtisch. An der Wand die Ehrentafel: zweihundert Porträts von Inspektoren, die im Dienst umgekommen waren.

Im mittleren Sessel eine Frau in Schwarz, sehr steif;

mit der einen Hand hielt sie ein Handtäschchen mit einem silbernen Bügel, die andere ruhte auf dem Knauf eines Regenschirms.

Dünne Lippen. Ein starr nach vorn gerichteter Blick.

Sie zuckte nicht mit der Wimper, als sie merkte, daß sie beobachtet wurde.

Sie wartete mit unbeweglichem Gesicht.

4

Das Fenster im zweiten Stock

Sie ging Maigret voran mit der aggressiven Würde derer, für die es nichts Schlimmeres gibt, als nicht ernst genommen zu werden.

»Bitte nehmen Sie Platz, Madame!«

Es war ein schwerfälliger, gutmütiger Maigret mit ein wenig verträumten Augen, der sie empfing und ihr einen Stuhl anbot, den das fahle Rechteck des Fensters gut ausleuchtete. Sie ließ sich dort in genau derselben Haltung nieder, die sie auch schon im Vorzimmer eingenommen hatte.

Eine würdevolle Pose, gewiß. Aber zugleich auch eine Kampfhaltung! Die Schultern berührten die Lehne nicht. Und ihre Hand in dem Handschuh aus schwarzem Garn war bereit zu gestikulieren, ohne das Täschchen loszulassen, das dabei in der Luft pendeln würde.

»Sie fragen sich gewiß, Herr Kommissar, warum ich . . .«

»Nein.«

Es war keine Bosheit Maigrets, sie auf diese Weise schon zu Beginn des Gesprächs aus dem Konzept zu bringen. Es war auch kein Zufall. Er wußte, daß es notwendig war.

Er selbst saß in einem Bürosessel, lehnte sich in

ziemlich ungehöriger Weise zurück und schmauchte genüßlich seine Pfeife.

Madame Martin fuhr auf; genauer gesagt: ihre Haltung versteifte sich noch mehr.

»Was wollen Sie damit sagen? Ich nehme an, Sie hatten nicht erwartet, daß . . .«

»Doch!«

Und er lächelte ihr gutmütig zu. Plötzlich fühlten die Finger sich in den Handschuhen aus schwarzem Garn unbehaglich. Madame Martins stechender Blick wanderte kurz im Zimmer umher. Dann hatte sie eine Eingebung.

»Sie haben also einen anonymen Brief erhalten?«

Sie bemühte sich, ihre Frage wie eine Feststellung vorzubringen, so, als sei sie ihrer Sache ganz sicher, und das brachte den Kommissar dazu, noch breiter zu lächeln, denn auch dieses Verhalten erschien ihm charakteristisch und stand mit alledem im Einklang, was er bereits von seiner Gesprächspartnerin wußte.

»Ich habe keinen anonymen Brief bekommen . . .«

Sie schüttelte skeptisch den Kopf.

»Sie werden mir doch nicht weismachen wollen, daß . . .«

Sie sah aus wie einem Familienalbum entstiegen. Ihr Äußeres hätte kaum besser zu dem Registerbeamten passen können, den sie geheiratet hatte.

Man konnte sich mühelos vorstellen, wie die beiden am Sonntagnachmittag zum Beispiel die Champs Elysées hinaufgingen: Madame Martins unsteter, schwarz gekleideter Rücken, ihr Hut, der wegen ihres Haarknotens immer schief saß, der eilige Schritt einer energischen Frau und die Bewegung des Kinns, mit denen sie ihre kategorischen Äußerungen unterstrich . . . Und der hellgraue Mantel von Monsieur Martin, seine Schweinslederhandschuhe, sein Spazierstock, sein gemessener, friedfertiger Gang, seine Versuche, herumzuschlendern und vor den Schaufenstern stehenzubleiben . . .

»Hatten Sie denn Trauerkleidung zu Hause?« murmelte Maigret lauernd und stieß eine große Rauchwolke aus.

»Meine Schwester ist vor drei Jahren gestorben . . . Ich meine die Schwester aus Blois, diejenige, die einen Polizeikommissar geheiratet hat. Sie sehen, daß . . .«

»Daß?«

Nichts! Sie wollte ihn warnen! Es war Zeit, ihn merken zu lassen, daß sie nicht irgendwer war!

Sie wurde allerdings immer nervöser, weil die ganze Rede, die sie vorbereitet hatte, ihr nichts nützte, und das alles wegen dieses plumpen Kommissars.

»Wann haben Sie von dem Tod Ihres ersten Mannes erfahren?«

»Nun, heute morgen natürlich, wie alle anderen auch! Die Concierge hat mir gesagt, daß Sie mit dieser Sache befaßt sind, und da meine Situation ziemlich delikat ist . . . Aber das werden Sie nicht verstehen können . . .«

»Aber ja doch! Übrigens, hat Ihr Sohn Sie nicht gestern nachmittag besucht?«

»Was wollen Sie damit andeuten?«

»Nichts! Nur eine simple Frage.«

»Die Concierge wird Ihnen bestätigen können, daß

er mich schon seit mindestens drei Wochen nicht mehr besucht hat ...«

Sie antwortete kühl und reserviert, aber ihr Blick war noch aggressiver geworden. Wäre es nicht klüger gewesen, ihr die Gelegenheit zu geben, ihre vorbereitete Rede loszuwerden?

»Ich bin sehr froh, daß Sie mich aufgesucht haben; das beweist Ihren Takt und ...«

Allein das Wort »Takt« veränderte etwas in den grauen Augen der Frau, und wie zum Dank neigte sie sogar ein wenig den Kopf.

»Manchmal sieht man sich einer recht schwierigen Situation gegenüber«, sagte sie. »Nicht jeder versteht das. Selbst mein Mann nicht, der mir riet, keine Trauer zu tragen! Sie werden bemerkt haben, daß ich Trauerkleidung anhabe, ohne eigentlich Trauer zu tragen. Kein Schleier, kein Trauerflor! Nur schwarze Kleidung ...«

Er stimmte ihr mit einer Bewegung des Kinns zu und legte die Pfeife auf den Tisch.

»Nur weil wir geschieden sind und Raymond mich unglücklich gemacht hatte, kann ich schließlich nicht ...«

Sie gewann an Selbstsicherheit. Unmerklich näherte sie sich dem vorbereiteten Monolog.

»Vor allem in einem so großen Haus, in dem achtundzwanzig Mietparteien wohnen. Und was für welche! Gegen die Leute im ersten Stock will ich ja gar nichts sagen. Obwohl auch die ... Monsieur de Saint-Marc hat zwar untadelige Manieren, aber seine Frau ... Die würde einen doch für alles Gold dieser

Welt nicht grüßen . . . Und wenn man selbst eine gute Erziehung genossen hat, dann ist es einem schon recht peinlich, wenn . . .«

»Sind Sie in Paris geboren?«

»Mein Vater hatte eine Konditorei in Meaux . . .«

»Wie alt waren Sie, als Sie Couchet heirateten?«

»Zwanzig . . . Natürlich duldeten meine Eltern nicht, daß ich im Laden bediente . . . Zu jener Zeit war Couchet Reisender. Er gab vor, gut zu verdienen und einer Frau alles bieten zu können . . .«

Ihr Blick wurde härter, und sie vergewisserte sich rasch, daß sie keine Ironie von Maigret zu befürchten hatte.

»Ich will lieber nicht erzählen, was ich mit ihm habe durchmachen müssen! Alles, was er verdiente, vergeudete er für absurde Projekte. Damit würde er das große Geld machen, erzählte er . . . Dreimal im Jahr wechselte er seine Arbeitsstelle, so daß wir, als mein Sohn zur Welt kam, nicht einen Franc zurückgelegt hatten und meine Mutter die Babyausstattung kaufen mußte . . .«

Sie hatte ihren Regenschirm an den Schreibtisch gelehnt. Maigret dachte daran, daß sie gestern abend ebenso schroff und heftig gesprochen haben mußte, als er ihren Schatten auf dem Vorhang bemerkt hatte.

»Wenn man nicht imstande ist, eine Frau zu ernähren, dann soll man auch nicht heiraten! Das ist jedenfalls meine Meinung! Und vor allem, wenn man nicht einmal mehr seinen Stolz hat! Ich würde kaum wagen, Ihnen alle die Berufe aufzuzählen, in denen Couchet sich versucht hat. Ich habe ihm immer gesagt, er solle sich um eine seriöse Stelle bemühen, mit einem Anspruch auf Pension . . . Im Staatsdienst zum Beispiel! Dann würde ich wenigstens nicht ohne alles dastehen, wenn ihm etwas zustieße. Aber nein! Einmal ist er sogar mit der Tour de France mitgereist, was weiß ich, in welcher Eigenschaft. Er fuhr immer eine Etappe voraus und kümmerte sich um die Verpflegung der Teilnehmer oder irgend etwas in dieser Richtung! Und er kam ohne einen Pfennig zurück! So einer war er! Und so war das Leben, das ich bei ihm hatte . . .«

»Wo wohnten Sie?«

»In Nanterre! Denn er konnte sich nicht einmal eine Wohnung in der Stadt leisten . . . Haben Sie Couchet gekannt? Ihm machte das nicht einmal etwas aus! Er schämte sich nicht! Ihm war das alles egal! Er blieb dabei, er sei dazu geboren, viel Geld zu verdienen, und irgendwann würde er schon das große Geld machen . . . Nach der Sache mit den Fahrrädern waren es Uhrketten. Nein, Sie würden es nicht glauben! Uhrketten, die er an einem Marktstand verkaufte, Herr Kommissar! Und meine Schwestern wagten schon nicht mehr, auf den Markt von Neuilly zu gehen, aus Angst, ihm dort in einer solchen Situation begegnen zu können . . .«

»Hatten Sie die Scheidung eingereicht?«

Sie senkte verschämt den Kopf, aber ihr Gesichtsausdruck blieb gereizt.

»Monsieur Martin wohnte im selben Haus wie wir . . . Er war damals noch wesentlich jünger. Er hatte eine gute Stellung in der Verwaltung. Couchet ließ mich fast immer allein, um irgendwo sein Glück zu suchen . . . Oh, es ist alles äußerst korrekt zugegangen! Ich habe meinem Mann die Meinung gesagt. Wir haben die Scheidung übereinstimmend beantragt, wegen unüberwindlicher Abneigung . . . Couchet mußte mir nur für den Jungen Unterhalt zahlen . . . Und wir haben ein Jahr gewartet, Martin und ich, ehe wir heirateten . . .«

Sie rückte jetzt unruhig auf dem Stuhl hin und her. Ihre Finger zerrten an dem silbernen Bügel des Handtäschchens herum.

»Sie sehen, ich habe niemals Glück gehabt. Anfangs hat Couchet nicht einmal regelmäßig den Unterhalt gezahlt! Und für eine feinfühlige Frau ist es peinlich, den zweiten Mann für ein Kind aufkommen zu sehen, das nicht von ihm ist . . .«

Nein, Maigret schlief nicht, obwohl er die Augen halb geschlossen hatte und die Pfeife, die er sich wieder zwischen die Zähne gesteckt hatte, längst erloschen war.

Es begann peinlich zu werden. Die Augen der Frau wurden feucht. Ihre Lippen begannen auf eine beunruhigende Art zu zittern.

»Niemand außer mir kann ermessen, was ich durchgemacht habe . . . Ich habe Roger studieren lassen. Ich wollte ihm eine gute Ausbildung mitgeben. Er war anders als sein Vater, zärtlich, sensibel . . . Als er siebzehn war, hat Martin ihm eine Stelle in einer Bank besorgt; er sollte eine Banklehre machen. Aber zu jener Zeit ist er Couchet begegnet; ich weiß nicht, bei welcher Gelegenheit . . .«

»Und er hat sich angewöhnt, Geld von seinem Vater zu verlangen?«

»Sie müssen wissen, daß Couchet mir immer alles verweigert hatte! Für mich war ihm alles zu teuer. Ich schneiderte meine Kleider selbst und trug drei Jahre lang denselben Hut.«

»Aber Roger hat er alles gegeben, was dieser wollte?«

»Er hat ihn verdorben! Roger hat uns verlassen, um allein zu leben. Von Zeit zu Zeit kommt er mich noch besuchen. Aber zu seinem Vater ging er auch noch!«

»Wohnen Sie schon lange an der Place des Vosges?«

»Ungefähr acht Jahre. Als wir die Wohnung gefunden hatten, wußten wir nicht einmal, daß Couchet hinter dieser Serumfirma steckte . . . Martin wollte wieder ausziehen, aber das hätte gerade noch gefehlt! Wenn jemand hätte gehen müssen, dann Couchet, nicht wahr? Couchet, der zu Geld gekommen war, wie, weiß ich nicht, und den ich in einem Auto mit Chauffeur ankommen sah. Einen Chauffeur hatte er nämlich auch. Ich habe auch seine Frau gesehen . . .«

»Bei ihr zu Hause?«

»Nein, ich habe vor dem Haus auf sie gewartet, um zu wissen, wie sie aussieht. Ich will lieber nichts sagen. Jedenfalls ist sie nichts Besonderes, so vornehm sie auch tut, und trotz ihres Persianermantels . . .«

Maigret fuhr sich mit der Hand über die Stirn. Das alles kam ihm immer mehr wie ein Alptraum vor. Seit einer Viertelstunde fixierte er dieses Gesicht, und es kam ihm vor, als müßte es ihm nun für immer vor Augen stehen bleiben.

Ein hageres, bleiches Gesicht mit feinen, bewegten Zügen, das gewiß noch nie etwas anderes ausgedrückt hatte als Schmerz und Resignation.

Und dies wiederum erinnerte ihn an gewisse Familienporträts, sogar aus seiner eigenen Familie. Er hatte eine Tante gehabt, kräftiger gebaut als Madame Martin, die sich aber auch unaufhörlich beklagte. Wenn sie zu Besuch kam, hatte er damals als kleiner Junge schon gewußt, daß sie ein Taschentuch hervorholen würde, noch bevor sie sich richtig gesetzt hätte.

»Meine arme Hermance!« begann sie dann. »Was für ein Leben! Ich muß dir erzählen, was Pierre sich wieder geleistet hat . . .«

Und sie hatte den gleichen unsteten Gesichtsausdruck, diese zu dünnen Lippen, diese Augen, über die manchmal ein krankhaftes Aufleuchten huschte.

Madame Martin hatte plötzlich den Faden verloren. Sie wurde unruhig.

»Jetzt werden Sie meine Situation verstehen können . . . Gewiß, Couchet hat wieder geheiratet. Aber das ändert nichts daran, daß ich seine Frau gewesen bin, daß ich zu ihm hielt, als er noch in den Anfängen steckte. Und das bedeutet, daß ich die härtesten Jahre seines Lebens mit ihm geteilt habe. Die andere ist nichts weiter als ein Püppchen . . .«

»Werden Sie Erbansprüche geltend machen?«

»Ich?« rief sie voller Entrüstung. »Für nichts in der Welt wollte ich etwas von seinem Geld haben! Wir sind nicht reich. Martin fehlt es an Initiative, er versteht es nicht, vorwärtszukommen, und er läßt sich von Kollegen, die weniger intelligent sind als er, die Butter vom

Brot nehmen . . . Aber selbst wenn ich putzen gehen müßte, um leben zu können, würde ich niemals . . .«

»Haben Sie Ihren Mann zu Roger geschickt, um ihn zu benachrichtigen?«

Sie wurde nicht blasser, denn das wäre unmöglich gewesen. Ihre Gesichtsfarbe blieb unverändert ein einförmiges Grau. Aber ihr Blick war noch verstörter.

»Woher wissen Sie?«

Und plötzlich, aufgebracht:

»Ich hoffe, daß man uns wenigstens nicht beobachten läßt? Sagen Sie . . . das wäre wirklich die Höhe! Wenn das der Fall wäre, würde ich nicht zögern, mich an höchster Stelle zu beschweren . . .«

»Beruhigen Sie sich, Madame. Ich habe nichts dergleichen gesagt. Ich habe Monsieur Martin ganz zufällig heute morgen getroffen . . .«

Aber sie blieb mißtrauisch und beobachtete den Kommissar feindselig.

»Ich werde es schließlich noch bereuen, gekommen zu sein! Da will man besonders korrekt sein, und statt daß man einem dankbar dafür ist . . .«

»Ich versichere Ihnen, daß ich Ihnen für diesen Besuch sehr dankbar bin . . .«

Aber sie spürte deutlich, daß irgend etwas nicht recht lief. Dieser große, breitschultrige Mensch mit dem zu kurzen Hals, der sie mit unschuldigem, beinahe gedankenleerem Blick betrachtete, machte ihr Angst.

»Es ist jedenfalls besser, wenn ich rede«, sagte sie mit schriller Stimme, »als wenn die Concierge es tut. Und Sie hätten schließlich doch erfahren . . .«

». . . daß Sie Couchets erste Frau waren . . .«

»Haben Sie die andere gesehen?«

Maigret hatte Mühe, nicht zu lächeln.

»Noch nicht . . .«

»Oh! Sie wird Krokodilstränen weinen . . . Aber sie wird sich inzwischen schon beruhigt haben – mit den Millionen, die Couchet verdient hat . . .«

Und jetzt begann sie plötzlich zu weinen, ihre Unterlippe hob sich, was ihr Gesicht veränderte und ihm etwas von seiner Schärfe nahm.

»Sie hat ihn nicht einmal gekannt, als er kämpfen mußte, als er eine Frau brauchte, die ihn ermutigte . . .«

Von Zeit zu Zeit entrang sich ein unterdrücktes, kaum wahrnehmbares Schluchzen ihrer mageren Kehle, die ein moiréseidenes Band umschloß.

Sie erhob sich und blickte umher, um sich zu vergewissern, daß sie nichts vergessen hatte. Sie schniefte.

»Aber das zählt ja alles nicht . . .«

Ein bitteres Lächeln unter Tränen.

»Ich habe jedenfalls meine Pflicht getan. Ich weiß nicht, was Sie von mir denken, aber . . .«

»Ich versichere Ihnen, daß . . .«

Es wäre ihm nicht leichtgefallen, den Satz zu beenden, wenn sie nicht selbst weitergesprochen hätte:

»Das ist mir egal. Ich habe ein reines Gewissen. Und das kann nicht jeder von sich sagen . . .«

Irgend etwas fehlte ihr. Sie wußte nicht, was es war. Sie blickte sich noch einmal um, hob eine Hand, wie erstaunt, sie leer zu finden . . .

Maigret stand auf und brachte sie zur Tür.

»Ich danke Ihnen für Ihren Besuch . . .«

»Ich habe getan, was ich für meine Pflicht hielt.«

Auf dem Korridor standen einige Inspektoren und unterhielten sich lachend. Madame Martin ging an ihnen vorbei, sehr stolz, ohne sie eines Blickes zu würdigen.

Maigret schloß die Tür, ging zum Fenster und stieß es trotz der Kälte weit auf. Er fühlte sich erschöpft, wie nach einem anstrengenden Verhör irgendeines Verbrechers. Vor allem aber fühlte er das unbestimmte Mißbehagen in sich aufsteigen, das einen befällt, wenn man gezwungen ist, sich mit Seiten des Lebens zu beschäftigen, die man gewöhnlich meidet.

Es war nichts Dramatisches dabei, nichts Empörendes. Sie hatte nichts Außergewöhnliches gesagt. Und sie hatte dem Kommissar keine neuen Erkenntnisse vermittelt.

Und dennoch blieb von dieser Begegnung ein Gefühl des Ekels zurück.

Auf einer Ecke des Schreibtisches lag der Polizeibericht aufgeschlagen, mit den Fotografien von etwa zwanzig Verdächtigen, die auf der Fahndungsliste standen. Die meisten hatten brutale Gesichter. Köpfe, die die Kennzeichen der Entartung trugen.

Ernst Strowitz, wegen Mordes an einer Bäuerin auf der Landstraße nach Benonville vom Strafgericht in Caen in Abwesenheit verurteilt . . .

Darunter der Hinweis in Rot: *Gefährlich. Trägt Schußwaffen.*

Ein Kerl, der seine Haut teuer verkaufen würde. Aber Maigret hätte sich lieber mit ihm abgegeben als mit diesem zähen grauen Alltagsschmutz, diesen Familiengeschichten und diesem Verbrechen, das er noch nicht erklären konnte, das ihm aber wie ein Alptraum erschien.

Ein Bild verfolgte ihn: die Martins, wie er sie sich am Sonntag auf den Champs Elysées vorstellte. Der hellgraue Mantel und das schwarze Seidenband um den Hals der Frau.

Er klingelte. Jean erschien, und Maigret ließ sich von ihm die Karteikarten holen, die er von allen Personen erbeten hatte, die in das Drama verwickelt waren.

Es gab nichts Besonderes. Nine war einmal, nur ein einziges Mal, auf dem Montmartre bei einer Razzia aufgegriffen worden, und man hatte sie wieder freigelassen, weil sie nachweisen konnte, daß sie nicht von der Prostitution lebte.

Der junge Couchet hingegen wurde vom Glücksspieldezernat sowie von der Rauschgiftabteilung beobachtet, die ihn verdächtigte, mit Drogen zu handeln. Aber man hatte ihm nie etwas Genaues nachweisen können.

Ein Anruf bei der »Sitte«. Céline, die mit Nachnamen Loiseau hieß und in Saint-Amand-Montrond geboren war, war dort gut bekannt. Sie kam ziemlich regelmäßig zur Kontrolle.

»Das ist keine von der üblen Sorte«, erklärte ihm der Beamte. »Meistens begnügt sie sich mit ein oder zwei festen Freunden. Wir bekommen sie nur zu sehen, wenn sie wieder auf die Straße geht.«

Jean, der Bürodiener, hatte den Raum nicht verlassen, und er zeigte Maigret etwas.

»Die Dame hat ihren Regenschirm vergessen!«

»Ich weiß.«

»Ach!«

»Ja, ich brauche ihn noch.«

Und der Kommissar erhob sich seufzend, ging zum Fenster, schloß es wieder und stellte sich mit dem Rücken vor den Ofen, in der Haltung, die er einzunehmen pflegte, wenn er nachdenken mußte.

Eine Stunde später hatte er bereits alle wesentlichen Einzelheiten der Notizen im Kopf, die ihm die verschiedenen Abteilungen hatten zukommen lassen und die auf seinem Schreibtisch herumlagen.

Zunächst der Autopsiebericht, der die Auffassung des Gerichtsmediziners bestätigte: Der Schuß war aus einer Entfernung von ungefähr drei Metern abgegeben worden, und der Tod war sofort eingetreten. Der Magen des Toten enthielt eine geringe Menge Alkohol, aber keine feste Nahrung.

Die Fotografen des Erkennungsdienstes, die im Dachgeschoß des Justizpalastes arbeiteten, gaben an, daß kein einziger interessanter Fingerabdruck gefunden worden war.

Schließlich bestätigte der Crédit Lyonnais, daß Couchet, der dort bestens bekannt war, gegen halb vier in der Hauptstelle erschienen war und sich dreihunderttausend Francs in neuen Scheinen hatte auszahlen lassen, wie er es einen Tag vor Monatsende immer zu tun pflegte.

Es konnte daher als ziemlich sicher gelten, daß Couchet bei seiner Rückkehr zur Place des Vosges die dreihunderttausend Francs in den Geldschrank gelegt hatte, zu den sechzigtausend, die sich schon darin befanden.

Da er noch zu tun hatte, hatte er den Schrank, dem er den Rücken zukehrte, nicht verschlossen.

Das Licht im Laboratorium deutete darauf hin, daß er sein Büro irgendwann verlassen hatte, sei es, um sich in den anderen Räumen umzusehen, sei es, um zur Toilette zu gehen, was das wahrscheinlichste war.

Aber lag das Geld noch immer im Tresor, als Couchet seinen Platz wieder einnahm?

Wahrscheinlich nicht, denn dann hätte der Mörder die Leiche zur Seite schieben müssen, um die Panzertür öffnen und die Scheine wegnehmen zu können.

Das war die technische Seite der Angelegenheit. Handelte es sich um einen *Raubmörder* oder aber um einen *Dieb* und einen *Mörder*, die unabhängig voneinander handelten?

Maigret verbrachte zehn Minuten bei dem Untersuchungsrichter, um ihm die bisher gewonnenen Erkenntnisse mitzuteilen. Und da es schon kurz nach zwölf war, ging er nach Hause, mit hängenden Schultern, was bei ihm ein Zeichen schlechter Laune war.

»Hast du den Fall an der Place des Vosges übernommen?« fragte seine Frau, die davon in der Zeitung gelesen hatte.

»Ja.«

Und Maigret hatte eine ganz merkwürdige Art, sich zu setzen und Madame Maigret mit besonderer Zärtlichkeit und zugleich mit einer gewissen Beunruhigung anzusehen.

Er hatte immer noch das hagere Gesicht, die schwarze Kleidung und den leidenden Blick von Madame Martin vor Augen.

Und diese Tränen, die plötzlich hervorquollen, dann wieder verschwanden, wie von einem inneren Feuer verzehrt, um kurz darauf wieder hervorzuströmen . . .

Madame Couchet, die Pelzmäntel besaß . . . Madame Martin, die keinen hatte . . . Couchet, der die Verpflegung für die Teilnehmer der Tour de France organisierte, und seine erste Frau, die drei Jahre lang mit demselben Hut herumlaufen mußte . . .

Und der Sohn . . . Das Ätherfläschchen auf dem Nachttisch im Hotel Pigalle . . .

Und Céline, die nur dann wieder auf die Straße ging, wenn sie gerade keinen festen Freund hatte . . .

Und Nine . . .

»Du siehst unzufrieden aus . . . Du bist schlecht gelaunt . . . Als ob du eine Erkältung ausbrüten würdest.«

Das stimmte! Maigret spürte ein Kribbeln in der Nase, und sein Kopf war wie leer.

»Was ist das für ein Schirm, den du da mitgebracht hast? Der ist ja scheußlich!«

Madame Martins Regenschirm! Das Ehepaar Martin, hellgrauer Mantel und schwarzes Seidenkleid, beim Sonntagsspaziergang auf den Champs Elysées . . .

»Der hat nichts zu bedeuten. Ich weiß noch nicht, wann ich zurückkomme!«

Manchmal hat man ein Gefühl, das man sich nicht erklären kann: Irgend etwas in diesem Haus schien nicht normal zu sein, irgend etwas, das man schon von außen spüren konnte.

War es das geschäftige Treiben in dem Laden mit den Trauerkränzen? Offenbar hatten die Mieter zusammengelegt, um einen Kranz zu spenden.

Oder war es der gehetzte Blick des Damenfriseurs, dessen Salon der Toreinfahrt gegenüberlag?

Jedenfalls hatte das Haus an diesem Tag etwas Unheimliches an sich. Und da es vier Uhr war und dunkel zu werden begann, brannte die lächerliche kleine Glühbirne unter der Toreinfahrt bereits.

Gegenüber schloß der Parkwächter die Gittertore. Im ersten Stock zog der Diener der Saint-Marcs langsam und gewissenhaft die Vorhänge zu.

Als Maigret an die Tür der Portiersloge klopfte, traf er Madame Bourcier, die Concierge, dabei an, wie sie einem Lieferboten von Dufayel, der über seiner blauen Livree ein kleines Tintenfäßchen an einer Kette um den Hals trug, von den Ereignissen erzählte.

»Ein Haus, in dem noch nie etwas passiert ist . . . Pst! Da kommt der Kommissar . . .«

Ihr Aussehen hatte eine gewisse Ähnlichkeit mit dem von Madame Martin. Beide waren ohne Alter und schienen auch ohne Geschlecht zu sein. Und beide waren unglücklich oder hielten sich dafür.

Die Concierge war allerdings von noch größerer Resignation geprägt, einer fast animalischen Ergebenheit in ihr Schicksal.

»Jojo, Lili, ihr sollt aus dem Weg gehen! Guten Tag,

Herr Kommissar. Ich hatte Sie heute morgen erwartet. Was für eine Geschichte! Ich hoffe, ich habe richtig gehandelt, indem ich bei allen Mietern eine Spendenliste für einen Kranz habe herumgehen lassen. Weiß man schon, wann die Beisetzung stattfinden wird? . . . Übrigens, Madame de Saint-Marc, Sie wissen schon . . . Nun, ich wollte Sie bitten, ihr nichts zu sagen. Monsieur de Saint-Marc ist heute morgen zu mir gekommen. Er fürchtet, sie könnte sich aufregen, und in ihrem Zustand . . .«

Im Hof schoben die beiden Lampen, die unter der Toreinfahrt und die an der Wand, lange gelbe Streifen unter den bläulichen Dunst.

»Die Wohnung von Madame Martin?« fragte Maigret.

»Zweiter Stock, die dritte Tür links vom Treppenabsatz.«

Der Kommissar erkannte das erleuchtete Fenster wieder, aber diesmal zeichnete sich kein Schatten auf dem Vorhang ab.

Aus der Richtung des Laboratoriums hörte man Schreibmaschinengeklapper. Ein Lieferbote kam herein:

»Dr. Rivières Seren?«

»Hinten im Hof, rechte Tür. Willst du wohl deine Schwester in Ruhe lassen, Jojo!«

Maigret betrat das Treppenhaus, Madame Martins Regenschirm unter dem Arm. Bis zum ersten Stock war das Haus renoviert, die Wände waren gestrichen und die Treppenstufen lackiert.

Mit dem zweiten Stock begann eine andere Welt, mit

schmutzigen Wänden und abgetretenen Dielenbrettern. Die Wohnungstüren waren in einem abstoßenden Braun gestrichen. An den Türen sah man entweder angeheftete Visitenkarten oder kleine, gravierte Aluminiumschilder.

Eine Visitenkarte, hundert Stück zu drei Francs: »Monsieur und Madame Edgar Martin.« Rechts daneben eine dreifarbige Klingelschnur mit einer weichen Troddel am Ende. Als Maigret daran zog, erklang eine ärmliche Glocke im Inneren der Wohnung. Dann hörte man rasche Schritte. Eine Stimme fragte:

»Wer ist da?«

»Ich bringe Ihnen Ihren Schirm wieder!«

Die Tür ging auf. Die Diele war kaum größer als ein Quadratmeter. An einem Kleiderhaken hing der hellgraue Mantel. Gegenüber sah man durch die geöffnete Tür in ein Zimmer, das zugleich Wohnzimmer und Eßzimmer war, mit einem Rundfunkempfänger, der auf einer kleinen Anrichte stand.

»Entschuldigen Sie die Störung. Sie haben heute morgen Ihren Regenschirm in meinem Büro vergessen . . .«

»Also doch! Und ich dachte schon, ich hätte ihn im Bus liegenlassen. Ich sagte noch zu Martin . . .«

Maigret lächelte nicht. Diese Frauen, die die Manie haben, ihren Mann mit dem Nachnamen anzureden, kannte er zur Genüge.

Martin war da, mit seiner gestreiften Hose, über der er eine Hausjacke mit einem großen, kakaofarbenen Tuch trug.

»Bitte kommen Sie doch herein . . .«

»Ich möchte nicht stören.«

»Sie stören nie bei Leuten, die nichts zu verbergen haben!«

Das elementare, unverwechselbare Kennzeichen einer Wohnung ist deren Geruch. Hier war es eine dumpfe Mischung aus Möbelpolitur, Küchendunst und alten Kleidern.

Ein Kanarienvogel hüpfte in seinem Käfig auf und ab und spritzte von Zeit zu Zeit einen Tropfen Wasser hinaus.

»Biete dem Herrn Kommissar doch den Sessel an . . .«

Den Sessel! Es gab nur einen Sessel im Zimmer, mit stark geneigter Rückenlehne und einem Lederbezug, der so dunkel war, daß er schwarz erschien.

Und Madame Martin, die sich ganz anders gab als heute morgen, flötete:

»Sie nehmen doch ein Schlückchen? . . . Aber ja doch! Martin! Bring einen Aperitif!«

Martin machte ein besorgtes Gesicht. Vielleicht hatten sie keinen Aperitif mehr im Haus? Oder es war nur noch ein kleiner Rest in der Flasche?

»Vielen Dank, Madame! Ich trinke nie vor dem Essen.«

»Aber Sie haben doch Zeit . . .«

Es war trostlos! So trostlos, daß es einem die Lust nehmen konnte, ein Mensch zu sein, in einer Welt zu leben, in der immerhin einige Stunden lang am Tage die Sonne scheint, und in der es richtige Vögel gibt, die in Freiheit leben!

Diese Leute mochten offenbar kein Licht, denn die

drei Glühbirnen waren sorgfältig mit dicken, gefärbten Tüchern abgedeckt, die nur einen winzigen Schimmer durchsickern ließen.

»Vor allem Möbelpolitur!« dachte Maigret.

Denn das war der dominierende *Geruch*. Der massive Eichentisch war übrigens poliert wie eine Schlittschuhbahn.

Monsieur Martin hatte das Lächeln eines Hausherrn aufgesetzt, der einen Empfang gibt.

»Sie müssen einen wundervollen Blick auf die Place des Vosges haben, der einmalig in Paris ist!« sagte Maigret, der ganz genau wußte, daß die Fenster auf den Hof hinausgingen.

»Nein! Und die Wohnungen im zweiten Stock, die nach vorn hinausgehen, haben zu niedrige Decken. Das liegt an der Bauweise des Hauses . . . Sie wissen sicherlich, daß man den ganzen Platz unter Denkmalschutz gestellt hat. Nichts darf verändert werden! Und das ist ein Jammer! Seit Jahren schon wollen wir uns ein Badezimmer einrichten, und . . .«

Maigret war zum Fenster gegangen. Mit einer beiläufigen Geste schob er den Vorhang, auf dem er Madame Martins Schatten gesehen hatte, zur Seite. Und er blieb unbeweglich stehen, so beeindruckt, daß er sogar vergaß, wie ein höflicher Besuch weiterzuplaudern.

Ihm gegenüber lagen die Büroräume und das Laboratorium der Firma Couchet.

Vom Hof aus waren ihm die Mattglasfenster aufgefallen.

Von hier aus stellte er nun fest, daß nur die unteren Fensterscheiben mattiert waren. Die anderen waren durchsichtig und klar; bestimmt wurden sie zwei- oder dreimal in der Woche geputzt.

An demselben Platz, an dem Couchet ermordet worden war, erkannte man deutlich Monsieur Philippe, der die Post unterzeichnete, die seine Sekretärin ihm Blatt für Blatt vorlegte. Man konnte sogar das Schloß des Geldschrankes erkennen.

Die Verbindungstür zum Laboratorium stand halb offen. Durch die Fenster sah Maigret Frauen in weißen Kitteln in einer Reihe an einem langen Tisch stehen und Glasröhrchen verpacken.

Jede hatte ihre besondere Aufgabe. Die erste nahm die unetikettierten Röhrchen aus einem Korb, und die neunte übergab einem Angestellten versandfertige, sorgfältig verschlossene Faltschachteln mit einem Aufkleber, kurzum, eine Ware, die fix und fertig an die Apotheken ausgeliefert werden konnte.

»Nun biete wenigstens etwas zu trinken an!« hörte man hinter Maigret die Stimme Madame Martins.

Und ihr Mann wurde geschäftig, öffnete einen Wandschrank, stieß Gläser aneinander.

»Nur ein Tröpfchen Wermut, Herr Kommissar? Madame Couchet würde Ihnen natürlich Cocktails anbieten können . . .«

Und Madame Martin zeigte ein süßsaures Lächeln, als schössen ihre spitzen Lippen Giftpfeile.

5

Die Verrückte

Maigret hielt sein Glas in der Hand und sagte, während er Madame Martin beobachtete:

»Wenn Sie gestern abend doch nur aus dem Fenster gesehen hätten! Dann könnte ich mit meiner Untersuchung längst fertig sein! Denn von hier aus kann einem nichts entgehen, was im Büro von Couchet passiert.«

Weder seiner Stimme noch seiner Haltung hätte man irgendeine Absicht anmerken können. Er schlürfte seinen Wermut und plauderte weiter.

»Das hätte sogar eine der sensationellsten Zeugenaussagen in einem Mordprozeß werden können. Ein Augenzeuge, der den Mord aus der Ferne verfolgt hat! Stellen Sie sich vor: Mit einem Fernglas hätte man die Lippen so deutlich gesehen, daß man sogar ihre Unterhaltung hätte rekonstruieren können . . .«

Madame Martin wußte nicht, was sie davon halten sollte, und hielt sich zurück, während ein vages Lächeln auf ihren bleichen Lippen erstarrte.

»Andererseits – welch ein Schock für Sie! Ganz ruhig an Ihrem Fenster zu sitzen und plötzlich mit ansehen zu müssen, wie jemand Ihren früheren Mann bedroht! Schlimmer noch, denn die Szene muß noch komplizierter gewesen sein. Ich sehe Couchet vor mir, wie er ganz allein über seinen Abrechnungen sitzt. Dann steht er auf und geht zur Toilette. Als er zurückkommt, hat jemand den Tresor durchwühlt, aber nicht mehr rechtzeitig fliehen können . . . Ein Detail ist allerdings merkwürdig an diesem Fall: nämlich, daß Couchet sich wieder gesetzt hat. Sollte er den Dieb vielleicht gekannt haben? Er spricht ihn an. Er macht ihm Vorwürfe, fordert ihn auf, das Geld zurückzugeben . . .«

»Nur hätte ich dann tatsächlich am Fenster gewesen sein müssen!« brachte Madame Martin hervor.

»Vielleicht hat man von anderen Fenstern dieser Etage den gleichen Einblick? Wer wohnt rechts neben Ihnen?«

»Zwei junge Mädchen und ihre Mutter. Die, die jeden Abend den Plattenspieler laufen lassen . . .«

In diesem Augenblick ertönte ein Schrei, den Maigret schon einmal gehört hatte. Er blieb eine Sekunde lang still und murmelte dann:

»Die Verrückte, nicht wahr?«

»Pst . . .« machte Madame Martin und ging geräuschlos auf Zehenspitzen zur Tür.

Unvermittelt öffnete sie die Tür. In dem schlecht beleuchteten Korridor erblickte man die Silhouette einer Frau, die sich hastig entfernte.

»Alte Ziege!« schimpfte Madame Martin, laut genug, daß die andere es hören konnte.

Sie drehte sich wütend um und erklärte dem Kommissar:

»Das war die alte Mathilde! Sie war früher Köchin. Haben Sie sie gesehen? Wie eine fette Kröte! Sie wohnt in der Nachbarwohnung, zusammen mit ihrer geisteskranken Schwester. Eine ist so alt und häßlich wie die andere! Seit wir hier wohnen, hat die Verrückte ihr Zimmer noch nicht einmal verlassen.«

»Warum schreit sie so?«

»Das ist es ja eben! Das überkommt sie, wenn man sie im Dunkeln allein läßt. Sie hat Angst wie ein Kind. Sie kreischt . . . Mir ist inzwischen aufgegangen, was sich da abspielt. Von morgens bis abends streicht die alte Mathilde durch die Flure. Man trifft sie ständig hinter irgendeiner Tür an, und wenn man sie überrascht, ist ihr das nicht einmal besonders peinlich. Dann geht sie mit ihrem feisten Krötengesicht weiter, als ob nichts geschehen wäre. Das ist so schlimm, daß man sich in seiner eigenen Wohnung nicht mehr unbeobachtet fühlen kann und leise sprechen muß, wenn man sich über familiäre Angelegenheiten unterhält . . . Diesmal habe ich sie auf frischer Tat ertappt, nicht wahr? Nun, ich wette, daß sie schon wieder zurückgekommen ist . . .«

»Das ist nicht sehr angenehm!« stimmte Maigret ihr zu. »Unternimmt der Hauseigentümer denn nichts dagegen?«

»Er hat alles Mögliche versucht, um sie vor die Tür zu setzen . . . Leider gibt es da Gesetze . . . Ganz abgesehen davon, daß das weder besonders gesund noch appetitlich ist, diese beiden Alten in einem kleinen Zimmer! Ich wette, daß sie sich nie waschen.«

Der Kommissar hatte seinen Hut genommen.

»Entschuldigen Sie, daß ich Sie gestört habe. Ich muß jetzt gehen . . .«

Von nun an hatte er in seinem Kopf ein genaues Bild der Wohnung, von den Schutzdeckchen auf den

Möbeln bis zu den Kalendern, die an den Wänden hingen.

»Seien Sie leise! Dann werden Sie die Alte überraschen . . .«

Das stimmte nicht ganz. Sie war nicht im Hausflur, sondern lauerte hinter ihrer halbgeöffneten Tür, wie eine Riesenspinne in ihrem Netz. Es mußte sie verwirren, daß der Kommissar sie im Vorbeigehen freundlich grüßte.

Zur Aperitifzeit saß Maigret im Select, nur wenige Tische von dem Bartresen, an dem nur von Pferderennen gesprochen wurde. Als der Ober kam, legte Maigret ihm das Foto von Roger Couchet vor, das er am Morgen in der Rue Pigalle eingesteckt hatte.

»Kennen Sie diesen jungen Mann?«

Der Ober war verblüfft.

»Komisch . . .«

»Was ist komisch?«

»Er ist erst vor einer knappen Viertelstunde gegangen. Und er hat hier an diesem Tisch gesessen! Er wäre mir gar nicht aufgefallen, wenn er ganz normal bestellt hätte, anstatt zu sagen:

›Dasselbe wie gestern!‹

Ich konnte mich nämlich absolut nicht erinnern, ihn schon einmal gesehen zu haben. Ich antwortete ihm:

›Würden Sie mir bitte noch einmal sagen, was es war?‹

›Na hören Sie, ein Gin-Fizz natürlich!‹

Und das war es, was mich am meisten amüsierte. Denn ich bin ganz sicher, daß ich gestern abend nicht einen einzigen Gin Fizz serviert hatte! Er blieb nur kurz. Merkwürdig, daß Sie ein paar Minuten später kommen und mir sein Foto zeigen.«

Das war überhaupt nicht merkwürdig. Roger hatte versucht, den Beweis dafür zu liefern, daß er gestern abend im Select gewesen war, wie er Maigret gegenüber angegeben hatte. Er hatte einen recht geschickten Trick angewandt und dabei nur den Fehler begangen, ein selten verlangtes Getränk auszuwählen.

Einige Minuten später kam Nine herein, mit betrübtem Blick, und setzte sich an den Tisch unmittelbar neben der Bar. Als sie den Kommissar erblickte, erhob sie sich, zögerte und ging dann auf ihn zu.

»Wollten Sie mich sprechen?« fragte sie.

»Nicht direkt . . . Doch! Ich möchte Ihnen eine Frage stellen. Sie kommen doch fast jeden Abend hierher, nicht wahr?«

»Hier habe ich mich immer mit Raymond getroffen!«

»Haben Sie einen Stammplatz?«

»Dort drüben, wo ich mich zuerst hingesetzt hatte . . .«

»Waren Sie gestern abend hier?«

»Ja, warum?«

»Erinnern Sie sich, den jungen Mann auf diesem Bild gesehen zu haben?«

Sie betrachtete das Foto von Roger und murmelte:

»Aber das ist doch mein Zimmernachbar!«

»Ja! Das ist der Sohn von Couchet . . .«

Sie machte große Augen, verwirrt von dieser Konfrontation, und fragte sich, was das zu bedeuten hatte.

»Er war heute morgen bei mir, kurz nachdem Sie gegangen waren. Ich war gerade vom Moulin-Bleu zurückgekommen . . .«

»Was wollte er?«

»Er fragte mich, ob ich ein Aspirin für Céline hätte; sie fühlte sich nicht wohl . . .«

»Und im Cabaret? Hat man Sie engagiert?«

»Ich muß heute abend hin. Eine der Tänzerinnen hat sich verletzt. Wenn es ihr nicht besser geht, soll ich für sie einspringen, und vielleicht bekomme ich ein festes Engagement.«

Sie dämpfte die Stimme und fuhr fort:

»Ich habe die hundert Francs dabei. Geben Sie mir Ihre Hand . . .«

Und diese Geste war mehr als aufschlußreich. Sie wollte Maigret die hundert Francs nicht vor aller Augen geben. Sie fürchtete, das könnte ihm peinlich sein! Also hielt sie den ganz klein zusammengefalteten Schein in ihrer Hand und steckte ihn Maigret wie einem Gigolo zu!

»Nochmals vielen Dank! Es war sehr freundlich von Ihnen . . .«

Man merkte, daß sie mutlos war. Sie blickte umher, ohne sich im mindesten für die Leute zu interessieren, die kamen und gingen. Mit einem bitteren Lächeln bemerkte sie:

»Der Oberkellner beobachtet uns . . . Er fragt sich, warum ich mit Ihnen zusammen bin. Er muß glauben, ich hätte Raymond schon ersetzt. Sie werden sich kompromittieren!«

»Trinken Sie etwas?«

»Nein, danke«, sagte sie diskret. »Wenn Sie mich brauchen sollten – im Moulin-Bleu heiße ich Elyane. Sie kennen doch den Künstlereingang, Rue Fontaine?«

Es hätte unangenehmer sein können. Maigret läutete an der Wohnungstür am Boulevard Haussmann, einige Minuten vor der Zeit für das Abendessen. Schon im Eingang schlug ihm ein schwerer Chrysanthemengeruch entgegen. Die Hausangestellte, die ihm geöffnet hatte, ging auf Zehenspitzen.

Sie glaubte, der Kommissar wolle nur seine Karte abgeben, und führte ihn wortlos in das schwarz ausgekleidete Zimmer, in dem der Tote aufgebahrt war. Gleich hinter der Tür stand ein Louis-XVI-Tablett mit zahlreichen Visitenkarten.

Der Tote lag schon im Sarg, der ganz mit Blumen zugedeckt war. In einer Ecke stand ein hochgewachsener junger Mann in Trauerkleidung, der sehr distinguiert aussah und Maigret mit einem leichten Kopfnikken grüßte.

Ihm gegenüber kniete eine Frau von ungefähr fünfzig Jahren, mit gewöhnlichen Gesichtszügen und gekleidet wie eine Bäuerin im Sonntagsstaat, neben dem Sarg.

Der Kommissar ging auf den jungen Mann zu.

»Ist Madame Couchet zu sprechen?«

»Ich werde meine Schwester fragen, ob sie Sie empfangen kann. Sie sind Monsieur . . .?«

»Maigret! Der Kommissar, der mit der Untersuchung beauftragt ist . . .«

Die Bäuerin blieb an ihrem Platz. Kurz darauf kam

der junge Mann zurück und führte den Besucher durch die Wohnung.

Abgesehen von dem Duft der Blumen, der alles beherrschte, hatten die Zimmer ihren Charakter nicht verändert. Es war eine geschmackvolle Wohnung im Stil des ausgehenden neunzehnten Jahrhunderts, wie die meisten Wohnungen am Boulevard Haussmann. Große Räume; die Decken und Türen ein bißchen zu reich verziert.

Überall Stilmöbel. Im Salon klingelte leise ein riesiger Kronleuchter, wenn man durch das Zimmer ging.

Madame Couchet saß dort mit drei weiteren Personen, die sie Maigret vorstellte. Zunächst der junge Mann in Trauerkleidung:

»Mein Bruder, Henry Dormoy, Rechtsanwalt . . .«

Dann ein älterer Herr:

»Oberst Dormoy, mein Onkel . . .«

Eine Dame schließlich, mit feinem silbrigem Haar:

»Meine Mutter . . .«

Alle sahen in ihrer Trauerkleidung äußerst distinguiert aus. Auf dem Tisch war das Teeservice noch nicht abgeräumt, und auch etwas Toast und Kuchen stand noch herum.

»Wenn Sie bitte Platz nehmen wollen . . .«

»Eine Frage, wenn Sie erlauben. Die Dame, die neben dem Sarg kniete . . .«

»Die Schwester meines Mannes«, sagte Madame Couchet. »Sie ist heute morgen aus Saint-Amand gekommen . . .«

Maigret lächelte nicht. Aber er verstand. Es war ihm

klar, daß man wenig Wert darauf legte, die Angehörigen der Familie Couchet in bäuerlicher oder kleinbürgerlicher Kleidung auftauchen zu sehen.

Es gab die Verwandtschaft des Mannes, und es gab die Verwandtschaft der Familie Dormoy.

Die Familie Dormoy war elegant, diskret. Alle waren bereits in Schwarz gekleidet.

Von der Familie Couchet war bisher nur diese Gevatterin eingetroffen, deren Korsett unter den Armen spannte.

»Könnte ich Sie einen Moment unter vier Augen sprechen, Madame?«

Sie entschuldigte sich bei ihrer Verwandtschaft, die den Salon verlassen wollte.

»Bleibt doch sitzen, bitte . . . Wir gehen in das gelbe Boudoir . . .«

Sie hatte geweint, daran bestand kein Zweifel. Aber sie hatte Puder aufgelegt, und es war kaum noch zu sehen, daß ihre Lider ein wenig gerötet waren. Die Erschöpfung in ihrer Stimme war unverkennbar.

»Haben Sie heute unerwarteten Besuch bekommen?«

Sie hob verärgert den Kopf.

»Woher wissen Sie . . .? Ja, am frühen Nachmittag ist mein Stiefsohn gekommen . . .«

»Sie kannten ihn bereits?«

»Kaum. Er pflegte meinen Mann im Büro aufzusuchen. Einmal sind wir uns allerdings im Theater begegnet, und Raymond hat uns miteinander bekannt gemacht . . .«

»Was war der Zweck seines Besuchs?«

Sie wandte den Kopf geniert zur Seite.

»Er wollte wissen, ob man ein Testament gefunden hätte ... Er hat mich auch gefragt, wer mein Rechtsberater sei, damit er sich wegen der Formalitäten an ihn wenden könne ...«

Sie seufzte und versuchte alle trivialen Einzelheiten zu entschuldigen.

»Das ist sein gutes Recht. Ich glaube, die Hälfte des Vermögens steht ihm zu, und ich habe nicht die Absicht, ihm das vorzuenthalten ...«

»Erlauben Sie mir einige indiskrete Fragen? ... Als Sie Couchet heirateten, war er da schon reich?«

»Ja ... Nicht so vermögend wie jetzt, aber seine Geschäfte begannen aufzublühen ...«

»Eine Liebesheirat?«

Ein verschleiertes Lächeln.

»Wenn Sie so wollen, ja. Wir haben uns in Dinard kennengelernt. Drei Wochen später fragte er mich, ob ich bereit sei, seine Frau zu werden. Meine Eltern haben Erkundigungen über ihn eingezogen ...«

»Waren Sie glücklich?«

Er sah ihr in die Augen und brauchte die Antwort nicht mehr abzuwarten. Statt dessen murmelte er selbst:

»Da war ein gewisser Altersunterschied ... Couchet hatte seine Firma ... Kurzum, zwischen Ihnen gab es keine besonders große Intimität. So war es doch? Sie kümmerten sich um das Haus ... Sie lebten Ihr Leben, und er das seine ...«

»Ich habe ihm nie Vorwürfe gemacht!« sagte sie. »Er war ein sehr vitaler Mann, und er brauchte ein abwechslungsreiches Leben. Ich wollte ihn nicht zurückhalten . . .«

»Waren Sie nicht eifersüchtig?«

»Im Anfang schon. Später habe ich mich daran gewöhnt. Ich glaube, er hatte mich wirklich sehr gern . . .«

Sie sah recht gut aus, aber eher unauffällig, ohne Schwung. Etwas ausdruckslose Gesichtszüge. Eine weiche, mollige Figur; Kleider von schlichter Eleganz. Zweifellos verstand sie es, ihren Freundinnen den Tee in dem angenehm geheizten, komfortablen Salon als charmante Gastgeberin zu servieren.

»Sprach Ihr Mann häufig von seiner ersten Frau?«

Ihre Pupillen verengten sich. Sie versuchte, ihren Ärger zu verbergen, aber sie begriff, daß Maigret sich nicht täuschen ließ.

»Es steht mir nicht zu, über sie . . .« begann sie.

»Verzeihen Sie, aber angesichts der Umstände des Todes ist es keine Frage des Taktes . . .«

»Haben Sie etwa den Verdacht . . .?«

»Ich verdächtige niemanden. Ich versuche, das Leben Ihres Mannes zu rekonstruieren, seine Umgebung, seine Gesten und Handlungen an seinem letzten Abend. Wußten Sie, daß diese Frau in demselben Haus wohnt, in dem Couchet seine Büros hatte?«

»Ja! Er hat es mir erzählt . . .«

»Wie sprach er von ihr?«

»Er war ihr böse. Aber dann schämte er sich wegen dieses Gefühls und erklärte, im Grunde sei sie eine unglückliche Frau . . .«

»Warum unglücklich?«

»Weil nichts sie zufriedenstellen konnte. Außerdem ...«

»Außerdem?«

»Sie können sich denken, was ich sagen will. Sie ist ziemlich selbstsüchtig ... Im Grunde hatte sie Raymond verlassen, weil er nicht genug Geld verdiente. Und ihn jetzt als reichen Mann wiederzutreffen ... während sie selbst die Frau eines kleinen Beamten ist!«

»Hat sie versucht, ihn ...«

»Nein. Ich glaube nicht, daß sie ihn jemals um Geld gebeten hat. Allerdings hätte mein Mann mir davon aber auch nichts erzählt. Ich weiß nur, daß es für ihn eine Qual war, ihr an der Place des Vosges zu begegnen. Ich glaube, sie legte es darauf an, ihm über den Weg zu laufen. Sie sagte nichts, aber sie sah ihn mit vorwurfsvollem Blick an ...«

Der Kommissar konnte sich ein Lächeln nicht verkneifen, als er sich diese Begegnungen in der Toreinfahrt vorstellte: Couchet, der aus dem Wagen stieg, frisch und mit rosigem Gesicht, und Madame Martin, verkrampft, mit ihren schwarzen Handschuhen, ihrem Regenschirm und ihrer Handtasche, mit haßerfülltem Gesicht ...

»Ist das alles, was Sie wissen?«

»Er wäre gern mit dem Betrieb umgezogen, aber es ist nicht einfach, in Paris ein Laboratorium zu finden ...«

»Und Sie sind sicher, daß Ihr Mann keine Feinde hatte?«

»Absolut sicher! Alle mochten ihn. Er war so gutmütig, daß er sich beinahe lächerlich machte. Er gab das Geld nicht aus: er warf es geradezu um sich. Und wenn man ihm deswegen Vorhaltungen machte, antwortete er, er hätte lange genug jeden Sou zweimal umdrehen müssen und könne jetzt endlich aus dem Vollen schöpfen . . .«

»Besuchte er Ihre Verwandten oft?«

»Sehr wenig. Das ist nicht die gleiche Mentalität, nicht wahr? Und auch nicht der gleiche Geschmack . . .«

Maigret konnte sich Couchet tatsächlich nur schwer zusammen mit dem jungen Anwalt, dem Obersten und der Mutter mit den würdevollen Gesten vorstellen.

Das alles war nur zu verständlich.

Ein Sanguiniker, kräftig, ungehobelt, der mit Nichts angefangen und sich dreißig Jahre lang durchgeschlagen hatte, um sein Glück zu machen . . .

Und er wurde reich. In Dinard standen ihm endlich die Türen zu einer Welt offen, die ihm bislang stets verschlossen geblieben war. Eine junge Dame, aus den besten Kreisen . . . Tee und Biskuits, Tennis, Landpartien . . .

Er heiratete sie! Um sich zu beweisen, daß er von nun an alles haben konnte! Um ein Heim zu besitzen, wie er es bisher immer nur von außen gesehen hatte!

Und er heiratete sie, weil dieses kluge und wohlerzogene junge Mädchen ihn beeindruckte . . .

Und dann bezog er die Wohnung am Boulevard Haussmann, mit ihrer äußerst traditionellen Einrichtung . . .

Nur hielt es ihn nicht zu Hause, er brauchte Bewegung, wollte andere Leute sehen, sich mit ihnen unterhalten, ohne ständig auf den guten Ton achten zu müssen . . . Die Restaurants, die Bars . . .

Und die Frauen!

Gewiß, er liebte seine Frau. Er bewunderte sie. Er respektierte sie. Sie imponierte ihm!

Aber gerade weil sie ihm imponierte, brauchte er gewöhnliche Gören wie Nine, um sich zu entspannen.

Madame Couchet hatte eine Frage auf den Lippen, zögerte aber, sie zu stellen. Sie überwand sich aber doch und blickte dabei zur Seite.

»Ich wollte Sie fragen, ob . . . Das ist etwas delikat, Sie müssen entschuldigen . . . Ich weiß, daß er Freundinnen hatte, und er gab sich wenig Mühe, das zu verheimlichen. Ich muß wissen, ob von dieser Seite Unannehmlichkeiten zu erwarten sind, ein Skandal . . .«

Offenbar stellte sie sich die Mätressen ihres Mannes wie die Kurtisanen im Roman vor, oder schlimmer noch, wie die Vamps im Film!

»Sie haben nichts zu befürchten«, lächelte Maigret, der an die kleine Nine dachte mit ihrem betrübten Gesicht und ihrer Handvoll Schmuck, den sie noch am Nachmittag ins Leihhaus gebracht hatte.

»Sie halten es nicht für notwendig . . .«

». . . eine Abfindung zu zahlen? Nein!«

Sie war ganz erstaunt. Vielleicht sogar ein bißchen verärgert, denn wenn diese Frauen nichts verlangten, dann mußten sie eine gewisse Zuneigung zu ihrem Mann empfunden haben! Und er zu ihnen . . .

»Haben Sie den Termin für die Beisetzung schon festgelegt?«

»Mein Bruder hat sich darum gekümmert . . . Sie

wird Donnerstag stattfinden, in Saint-Philippe-du-Roule . . .«

Im Eßzimmer nebenan hörte man Geschirr klappern. Wahrscheinlich wurde der Tisch für das Abendessen gedeckt.

»Mir bleibt nur noch, Ihnen zu danken und mich zu verabschieden. Entschuldigen Sie nochmals die Störung . . .«

Und als er zu Fuß den Boulevard Haussmann hinabging, überraschte er sich dabei, wie er beim Pfeifestopfen vor sich hin knurrte:

»Donnerwetter, dieser Couchet!«

Das war ihm über die Lippen gekommen, als wäre dieser Couchet ein alter Freund gewesen. Und dieser Eindruck war so stark, daß ihn die Erkenntnis verblüffte, daß er ihn niemals anders als tot gesehen hatte.

Es kam ihm vor, als würde er alle Seiten Couchets genau kennen.

Vielleicht wegen der drei Frauen?

Die erste, die Tochter des Konditors, die in der kleinen Wohnung in Nanterre bei dem Gedanken verzweifelte, daß ihr Mann niemals einen vernünftigen Beruf haben würde.

Dann die junge Dame aus Dinard und die Selbstbestätigung, die Couchet bei der Vorstellung genoß, jetzt der Neffe eines Obersten zu sein . . . Nine . . . Die Treffen im Select . . . Das Hotel Pigalle . . .

Und der Sohn, der ihn anpumpte! Und Madame Martin, die es darauf anlegte, ihm in der Toreinfahrt zu begegnen, in der Hoffnung, ihn vielleicht mit Gewissensbissen zu plagen.

Ein seltsames Ende! Ganz allein, in seinem Büro, das er nur so selten wie möglich aufsuchte! Mit dem Rücken vor der halbgeöffneten Tresortür, die Hände auf dem Schreibtisch . . .

Niemand hatte etwas gemerkt. Die Concierge, die über den Hof ging, hatte ihn immer noch am gleichen Platz hinter der Mattglasscheibe sitzen sehen . . . Aber sie machte sich vor allem Sorgen um Madame de Saint-Marc, die in den Wehen lag!

Und oben hatte die Verrückte geschrien! Mit anderen Worten: die alte Mathilde in ihren Filzpantoffeln lauerte im Flur hinter irgendeiner Tür . . .

Monsieur Martin war in seinem hellgrauen Mantel heruntergekommen, um in der Nähe der Müllkästen seinen Handschuh zu suchen . . .

Eines war sicher: Irgend jemand besaß jetzt die gestohlenen dreihundertsechzigtausend Francs!

Und irgend jemand hatte einen Mord begangen!

»Alle Männer sind Egoisten!« hatte Madame Martin mit verbittertem Gesichtsausdruck gesagt.

Hatte sie jetzt die dreihundertsechzigtausend Francs, fast alles druckfrische Scheine, noch mit den Banderolen des Crédit Lyonnais? War sie es, die jetzt endlich Geld besaß, sehr viel Geld, ein ganzes Bündel großer Scheine, die bequeme Jahre bedeuteten, ohne Sorge um den nächsten Tag oder um die Pension, die sie nach Martins Tod bekommen würde?

Oder waren es Roger mit seinem verweichlichten, vom Äther entkräfteten Körper, und diese Céline, die er aufgegabelt hatte, um sich mit ihr zusammen in einem verschwitzten Hotelbett zu betäuben?

War es Nine, oder Madame Couchet?

Es gab jedenfalls einen Ort, von dem aus man alles hatte sehen können: die Wohnung der Martins.

Und es gab eine Frau, die auf ihren Filzschlappen über die Flure des Hauses schlich und an allen Türen horchte.

»Ich werde die alte Mathilde besuchen müssen«, sagte sich Maigret.

Als er am nächsten Morgen zur Place des Vosges kam, hielt die Concierge, die gerade die Post verteilte (ein großer Stapel für die Serumfirma und einige wenige Briefe für die anderen Mieter) den Kommissar an.

»Gehen Sie zu den Martins hinauf? . . . Ich weiß nicht, ob Sie das tun sollten . . . Madame Martin ist heute nacht entsetzlich krank geworden. Man hat den Arzt rufen müssen. Ihr Mann ist ganz außer sich . . .«

Die Angestellten überquerten den Hof und nahmen ihre Arbeit im Laboratorium oder in den Büros auf. An einem Fenster im ersten Stock schüttelte der Diener die Teppiche aus.

Man hörte das Schreien eines Säuglings und den monotonen Singsang einer Kinderfrau.

6

Der Krankenpfleger

Pst! Sie ist eingeschlafen . . . Aber kommen Sie schon herein . . .«

Monsieur Martin trat resigniert zurück. Resigniert, jemanden seine unaufgeräumte Wohnung sehen zu lassen. Resigniert, sich halb angezogen zu zeigen, mit hängendem, grünlich schimmerndem Schnurrbart, woran man erkennen konnte, daß er ihn zu färben pflegte.

Er war die ganze Nacht wach geblieben. Er war todmüde und kaum noch ansprechbar.

Er ging auf Zehenspitzen, um die Tür zum Schlafzimmer zu schließen, durch die man das Fußende des Bettes und auf dem Boden daneben eine Waschschüssel sehen konnte.

»Hat die Concierge Ihnen schon gesagt . . .?«

Er flüsterte, mit ängstlichen Blicken zur Tür. Zugleich drehte er den Gaskocher ab, auf dem er Kaffeewasser heiß gemacht hatte.

»Ein Täßchen?«

»Danke, nein. Ich werde Sie nicht lange aufhalten. Ich wollte mich nur erkundigen, wie es Madame Martin geht . . .«

»Sehr liebenswürdig von Ihnen!« sagte Martin voller Überzeugung.

Er glaubte wirklich, Maigret sei ohne besondere Absicht gekommen. Er war so durcheinander, daß er zu kritischem Denken nicht mehr fähig war. Und überhaupt: war er denn jemals dazu fähig gewesen?

»Diese Anfälle sind furchtbar . . . Stört es Sie, wenn ich meinen Kaffee trinke?«

Er wurde verlegen, als ihm bewußt wurde, daß ihm die Hosenträger um die Waden hingen, beeilte sich, seine Kleidung in Ordnung zu bringen, und räumte ein paar Medikamente weg, die auf dem Tisch herumlagen.

»Hat Ihre Frau das häufiger?«

»Nein, vor allem nicht so heftig! Sie ist sehr nervös. Schon als junges Mädchen soll sie jede Woche nervöse Anfälle gehabt haben . . .«

»Auch jetzt noch?«

Martin blickte ihn wie ein geprügelter Hund an und wagte kaum zu gestehen:

»Ich muß sie mit Samthandschuhen anfassen . . . Die kleinste Widerrede, und sie braust auf!«

Mit seinem hellgrauen Mantel, seinem sorgfältig gewichsten Schnurrbart und seinen schweinsledernen Handschuhen wirkte er eher lächerlich, wie die Karikatur eines eitlen kleinen Beamten.

Aber jetzt waren seine Schnurrbarthaare verblaßt, die Augen geschwollen. Er hatte nicht einmal Zeit gehabt, sich zu waschen und zu rasieren. Unter einer alten Anzugjacke trug er noch sein Nachthemd.

Und er war ein armer Schlucker. Maigret bemerkte voller Bestürzung, daß er mindestens fünfundfünfzig Jahre alt war.

»Hat sie sich über irgend etwas geärgert, gestern abend?«

»Nein . . . nein . . .«

Er war völlig verstört und blickte ängstlich um sich.

»Hat sie keinen Besuch gehabt? Von ihrem Sohn zum Beispiel?«

»Nein! Außer Ihnen war niemand hier . . . Anschließend haben wir zu Abend gegessen . . . Dann . . .«

»Was?«

»Nichts. Ich weiß nicht. Das kam wie aus heiterem Himmel. Sie ist sehr sensibel. Sie hat soviel Unglück in ihrem Leben durchgemacht!«

Glaubte er wirklich, was er sagte? Maigret hatte den Eindruck, daß Martin sich das alles selbst einzureden versuchte.

»Sie selbst haben also noch gar keine Meinung zu diesem Verbrechen?«

Und Martin ließ die Tasse, die er in der Hand hielt, zu Boden fallen. Hatte auch er es mit den Nerven?

»Warum sollte ich eine Meinung dazu haben? Ich schwöre Ihnen . . . wenn ich eine hätte, würde ich . . .«

»Würden Sie was?«

»Ich weiß nicht . . . Es ist entsetzlich! Und gerade jetzt, wo wir im Amt besonders viel zu tun haben . . . Ich habe heute morgen nicht einmal die Zeit gefunden, meinen Vorgesetzten zu benachrichtigen . . .«

Er strich sich mit seiner mageren Hand über die Stirn und machte sich dann daran, die Steingutscherben aufzusammeln. Er suchte lange nach einem Lappen, um den Fußboden aufzuwischen.

»Wenn sie auf mich gehört hätte, wären wir nicht in diesem Haus wohnen geblieben . . .«

Er hatte Angst, das konnte man sehen. Er war außer sich vor Angst. Aber Angst wovor, Angst vor wem?

»Sie sind ein rechtschaffener Mann, nicht wahr, Monsieur Martin? Und ein ehrlicher Mann . . .«

»Ich habe zweiunddreißig Dienstjahre, und . . .«

»Wenn Sie also irgend etwas wüßten, was der Justiz helfen könnte, den Schuldigen zu finden, so würden Sie sich verpflichtet fühlen, es mir zu sagen . . .«

Fing er nicht sogar an, mit den Zähnen zu klappern?

»Gewiß würde ich es Ihnen sagen . . . Aber ich weiß nichts . . . Und ich wüßte selbst gern, wer es war . . . Das ist kein Leben mehr . . .«

»Was halten Sie von Ihrem Stiefsohn?«

Martin sah Maigret erstaunt an.

»Roger? Er . . .«

»Er ist ein hoffnungsloser Fall, stimmt's?«

»Aber er ist nicht schlecht, das schwöre ich Ihnen! Daran ist allein sein Vater schuld! Wie meine Frau immer sagt: Man soll jungen Leuten nicht so viel Geld in die Hand geben . . . Sie hat recht! Und ich bin genau wie sie überzeugt davon, daß Couchet das nicht aus Güte getan hat oder aus Liebe zu seinem Sohn, der war ihm nämlich gleichgültig. Nein, er gab ihm Geld, um ihn loszuwerden, und um sein Gewissen zu beruhigen . . .«

»Sein Gewissen?«

Martin errötete und wurde noch verlegener.

»Er hat Juliette schließlich genug Unrecht angetan, oder?« sagte er leise.

»Juliette?«

»Meiner Frau ... Seiner ersten Frau ... Was hat er schon für sie getan? Nichts! Wie ein Dienstmädchen hat er sie behandelt ... Und dabei war sie es doch, die ihm in schwierigen Zeiten beigestanden hat ... Und später ...«

»... hat er ihr nichts abgegeben, gewiß. Aber da war sie schon wieder verheiratet.«

Martins Gesicht war purpurrot geworden. Maigret sah ihn erstaunt, ja mitleidig an. Denn er verstand, daß der gute Mann mit diesen verblüffenden Thesen nichts zu tun hatte. Er wiederholte lediglich, was er von seiner Frau hundertfach gehört haben mußte.

Couchet war reich! Und sie war arm! Folglich ...

Plötzlich horchte Martin auf.

»Haben Sie nichts gehört?«

Beide waren einen Moment still. Aus dem Nebenzimmer hörte man es leise rufen. Martin ging zur Tür und öffnete sie.

»Was erzählst du ihm da?« fragte Madame Martin.

»Aber ... Ich ...«

»Das ist doch der Kommissar, nicht wahr? Was will er denn noch?«

Maigret konnte sie nicht sehen. Die Stimme war die einer Kranken, die sehr leise sprach, aber ihre Kaltblütigkeit nicht verloren hatte.

»Der Kommissar wollte sich nur erkundigen, wie es dir geht ...«

»Sag ihm, er soll hereinkommen! Warte! Gib mir ein

feuchtes Handtuch und den Spiegel. Und den Kamm . . .«

»Du wirst dich wieder aufregen . . .«

»So halt doch wenigstens den Spiegel gerade! . . . Nein, laß! Gib schon her. Du bist ja nicht einmal in der Lage . . . Und stell diese Schüssel beiseite! O diese Männer . . . Kaum ist die Frau nicht da, sieht die Wohnung aus wie ein Schweinestall . . . Laß ihn jetzt hereinkommen.«

Das Zimmer war wie der Eßraum, muffig und trist, schlecht möbliert, überladen mit alten Vorhängen, alten Stoffen und verblaßten Teppichen. Schon in der Tür fühlte Maigret den Blick Madame Martins auf sich gerichtet, ruhig und außergewöhnlich klar.

Auf dem abgespannten Gesicht sah er das gekünstelte Lächeln einer Kranken auftauchen.

»Schauen Sie nicht hin«, sagte sie, »hier ist alles in fürchterlicher Unordnung. Alles wegen dieses Anfalls . . .«

Und sie blickte traurig vor sich hin.

»Aber es geht mir schon besser . . . Bis morgen muß ich wieder gesund sein, für die Beerdigung . . . Die ist doch morgen?«

»Ja, morgen früh. Haben Sie diese Anfälle . . .«

»Ich hatte sie schon als kleines Kind. Aber meine Schwester . . .«

»Sie haben eine Schwester?«

»Ich hatte zwei . . . Aber ziehen Sie keine voreiligen Schlüsse! Die jüngste hatte ebenfalls solche Anfälle. Sie hatte geheiratet. Ihr Mann war ein Taugenichts, und eines schönen Tages hat er einen dieser Anfälle ausgenutzt, um sie in eine Anstalt zu bringen. Eine Woche später ist sie gestorben . . .«

»Reg dich nicht auf!« flehte Martin, der nicht wußte, wo er bleiben und wo er hinsehen sollte.

»Geisteskrank?« fragte Maigret.

Und die Züge der Frau wurden wieder hart, ihre Stimme gehässig.

»Ihr Mann wollte sie nur loswerden! Weniger als sechs Monate später heiratete er eine andere . . . Und alle Männer sind gleich. Man opfert sich für sie auf, schuftet sich zu Tode für sie . . .«

»Ich bitte dich!« stöhnte ihr Mann.

»Ich spreche nicht von dir! Obwohl du auch nicht besser bist als die anderen . . .«

Und Maigret fühlte unvermittelt eine Woge des Hasses. Ein kurzes, verwirrendes Gefühl. Aber er war sicher, daß er sich nicht täuschte.

»Und wenn ich nicht dagewesen wäre . . .« fuhr sie fort.

Hatte ihre Stimme nicht einen drohenden Unterton bekommen? Der Mann blickte ziellos im Raum umher. Um seine Verwirrung zu überspielen, zählte er die Tropfen einer Arznei, die er einen nach dem anderen in ein Glas fallen ließ.

»Der Arzt hat gesagt . . .«

»Der Arzt interessiert mich nicht!«

»Aber du mußt doch . . . Hier! Trink das langsam. Das kann nicht schaden . . .«

Sie sah ihn an, blickte dann zu Maigret hinüber, zuckte schließlich resigniert mit den Schultern und trank.

»Sind Sie wirklich nur gekommen, um sich nach mir zu erkundigen?« fragte sie mißtrauisch.

»Ich war auf dem Weg zum Laboratorium, als die Concierge mir sagte . . .«

»Haben Sie schon etwas herausbekommen?«

»Noch nicht . . .«

Sie schloß die Augen, um zu zeigen, daß sie müde war. Martin blickte Maigret an, der sich erhob.

»Nun, ich wünsche Ihnen eine rasche Besserung . . . Es geht Ihnen schon besser . . .«

Sie ließ ihn hinausgehen. Maigret hinderte Martin daran, ihn hinauszubegleiten.

»Bleiben Sie bei ihr, ich bitte Sie.«

Armer Kerl! Als ob er Angst gehabt hätte zu bleiben und sich an den Kommissar klammerte, weil es weniger schrecklich war, solange ein Dritter zugegen war.

»Sie werden sehen, das geht bald vorüber . . .«

Als er durch das Eßzimmer ging, hörte er ein Schlurfen im Hausflur. Und er hatte die alte Mathilde gerade noch eingeholt, als sie in ihrem Zimmer verschwinden wollte.

»Guten Tag, Madame . . .«

Sie sah ihn verängstigt an, ohne zu antworten, die Hand auf dem Türknauf.

Maigret sprach leise. Er nahm an, daß Madame Martin die Ohren gespitzt haben könnte, denn er traute ihr zu, daß sie aufstand, um ihrerseits an der Tür zu horchen.

»Wie Sie wahrscheinlich wissen, bin ich der Kommissar, der mit der Untersuchung beauftragt ist . . .«

Er ahnte bereits, daß er aus dieser Alten mit ihrem sanften Mondgesicht nichts herausbekommen würde.

»Was wollen Sie von mir?«

»Sie nur fragen, ob Sie mir nichts zu sagen haben ... Wohnen Sie schon lange hier im Haus?«

»Seit vierzig Jahren!« erwiderte sie trocken.

»Sie kennen alle Leute hier?«

»Ich spreche mit niemandem!«

»Ich dachte, Sie könnten vielleicht etwas gesehen oder gehört haben ... Manchmal genügt ein ganz kleiner Anhaltspunkt, um die Justiz auf die richtige Fährte zu lenken ...«

Im Inneren der Wohnung bewegte sich jemand. Aber die Alte hielt die Tür hartnäckig geschlossen.

»Sie haben nichts gesehen?«

Sie antwortete nicht.

»Und Sie haben nichts gehört?«

»Sie sollten lieber dem Vermieter sagen, daß er mir einen Gasanschluß legen soll ...«

»Einen Gasanschluß?«

»Alle haben Gas hier im Haus. Nur bei mir stellt er sich stur, weil er meine Miete nicht erhöhen kann ... Hinauswerfen würde er mich, wenn er es könnte! Er hat alles mögliche versucht, mich hinauszuekeln ... Aber er wird dieses Haus vor mir verlassen, mit den Füßen voran! Das können Sie ihm von mir bestellen ...«

Sie öffnete die Tür ein bißchen, so wenig, daß Maigret es nicht für möglich gehalten hätte, daß diese schwere Frau sich hindurchzwängen konnte. Dann schloß die Tür sich wieder, und man hörte nur noch gedämpfte Geräusche aus dem Zimmer.

»Darf ich um Ihre Karte bitten?«

Der Diener in der gestreiften Weste nahm die Karte, die Maigret ihm reichte, und verschwand in der Wohnung, die ungewöhnlich hell wirkte, dank der fünf Meter hohen Fenster, wie man sie fast nur noch an der Place des Vosges und auf der Ile Saint-Louis findet.

Die Zimmer waren riesig. Irgendwo brummte ein Staubsauger. Eine Kinderfrau in einer weißen Bluse und mit einem hübschen blauen Häubchen auf dem Kopf huschte von einem Zimmer in ein anderes und warf dem Besucher einen neugierigen Blick zu.

Eine Stimme, ganz nah.

»Bitten Sie den Kommissar herein . . .«

Monsieur de Saint-Marc saß in seinem Arbeitszimmer, im Morgenrock, und sein graues Haar war sorgfältig glattgestrichen. Er ging zuerst eine Tür schließen, durch die Maigret noch ein Louis-xv-Bett und das Gesicht einer jungen Frau auf dem Kopfkissen hatte erkennen können.

»Bitte nehmen Sie doch Platz . . . Sie wollen mich gewiß wegen dieser scheußlichen Angelegenheit Couchet sprechen . . .«

Trotz seines Alters strahlte er Energie und Gesundheit aus. Und die Atmosphäre des Appartements war die eines glücklichen Hauses, in dem alles hell und freundlich ist.

»Diese Tragödie hat mich um so mehr berührt, als sie sich zu einem Zeitpunkt ereignete, der sehr viel für mich bedeutete . . .«

»Ich weiß . . .«

Ein kurzes, stolzes Aufleuchten in den Augen des

ehemaligen Botschafters. Er war stolz, in seinem Alter noch Vater geworden zu sein.

»Ich darf Sie bitten, leise zu sprechen, denn ich möchte diese Geschichte vor Madame de Saint-Marc geheimhalten. In ihrem Zustand wäre es bedauerlich, wenn . . . Aber was wollten Sie mich eigentlich fragen? Ich kannte diesen Couchet kaum . . . Ich bin ihm zwei- oder dreimal im Hof begegnet. Er gehörte einem jener Klubs an, die ich gelegentlich aufsuche, dem Club Haussmann. Aber offenbar ließ er sich dort nur selten sehen. Ich habe seinen Namen lediglich in dem Mitgliederverzeichnis gefunden, das vor kurzem herausgekommen ist. Ich glaube, er war ziemlich gewöhnlich, nicht wahr?«

»Er stammte aus einfachen Verhältnissen. Er hatte es nicht leicht, das zu werden, was er geworden ist.«

»Meine Frau hat mir erzählt, daß er ein Mädchen aus sehr gutem Hause geheiratet hat, eine ihrer früheren Internatsfreundinnen . . . Das ist ein Grund mehr, warum sie lieber nichts erfahren sollte. Und womit kann ich dienen?«

Durch die großen Fenster blickte man auf die Place des Vosges, die ein leichter Sonnenstrahl belebte. In der Mitte des Platzes besprengten Gartenarbeiter den Rasen und die Blumenbeete. Lastwagen ratterten vorbei, von schwerfälligen Pferden gezogen.

»Eine bloße Routinefrage . . . Ich weiß, daß Sie mehrfach, in Erwartung der Dinge, unruhig im Hof hin und her gegangen sind, was nur zu verständlich ist. Sind Sie dort jemandem begegnet? Haben Sie niemanden zum Büro hinten im Hof gehen sehen?«

Monsieur de Saint-Marc dachte nach, während er mit einem Brieföffner spielte.

»Warten Sie . . . Nein, ich glaube nicht. Ich muß gestehen, daß ich andere Dinge im Kopf hatte. Die Concierge dürfte eher in der Lage sein . . .«

»Die Concierge weiß nichts . . .«

»Und ich . . . nein! Oder doch . . . Aber das dürfte völlig bedeutungslos sein . . .«

»Erzählen Sie es trotzdem.«

»Irgendwann hörte ich Geräusche in der Nähe der Müllkästen. Ich hatte nichts Besseres zu tun. Ich ging hin und sah eine Mieterin aus dem zweiten Stock . . .«

»Madame Martin?«

»Ich glaube, so heißt sie, ja. Ich muß gestehen, daß ich meine Nachbarn kaum kenne . . . Sie wühlte in einem der Zinkbehälter . . . Ich weiß noch, daß sie zu mir sagte:

›Ein silberner Löffel ist aus Versehen in den Abfall gefallen.‹

Ich fragte sie:

›Haben Sie ihn wiedergefunden?‹

Und sie hat sogleich geantwortet:

›Ja! Ja!‹«

»Was hat sie dann gemacht?« fragte Maigret.

»Sie ist wieder in ihre Wohnung hinaufgegangen, mit eiligen Schritten. Sie ist eine kleine, nervöse Person, die es immer eilig zu haben scheint . . . Wenn ich mich daran so genau erinnere, so deshalb, weil wir einmal auf die gleiche Weise einen wertvollen Ring verloren hatten. Und das schönste war, daß ein Lumpensammler ihn bei der Concierge abgegeben hat. Er hatte ihn entdeckt, als er mit seinem Stocherhaken den Müll durchwühlte . . .«

»Sie können mir nicht angeben, um wieviel Uhr dieser Vorfall war?«

»Das wird schwierig sein . . . Warten Sie . . . Ich hatte nichts essen wollen. Aber um halb neun beschwor mich Albert, mein Kammerdiener, etwas zu mir zu nehmen . . . Und da ich mich weigerte, mich zu Tisch zu setzen, hat er mir im Salon einige Häppchen mit Anschovis serviert . . . Das war vor . . .«

»Vor halb neun?«

»Ja. So daß der Vorfall, wie Sie es nennen, sich kurz nach acht abgespielt haben dürfte . . . Aber ich glaube nicht, daß er irgendeine Bedeutung haben könnte. Welche Meinung haben Sie eigentlich über den Fall? Ich für meinen Teil kann einfach nicht glauben, was gerüchtweise erzählt wird, nämlich daß das Verbrechen von jemandem hier aus dem Haus begangen worden sein soll . . . Vergessen Sie nicht, daß jeder in den Hof hineinkommen kann . . . Ich werde den Hauseigentümer übrigens auffordern, dafür zu sorgen, daß das Eingangstor schon bei Anbruch der Dunkelheit geschlossen wird.«

Maigret hatte sich erhoben.

»Ich habe noch keine Meinung!« sagte er.

Die Concierge brachte die Post, und da die Tür des Vorraums offengeblieben war, bemerkte sie plötzlich den Kommissar im Gespräch mit Monsieur de Saint-Marc.

Arme Madame Bourcier! Sie war ganz erschüttert. Ihr Blick verriet tausend Ängste.

Sollte Maigret sich erlauben wollen, die Saint-Marcs zu verdächtigen? Oder sie auch nur mit seinen Fragen zu belästigen?

»Ich danke Ihnen, Monsieur . . . Und ich bitte Sie, die Störung zu entschuldigen.«

»Eine Zigarre?«

Monsieur de Saint-Marc hatte etwas von einem Grandseigneur an sich, mit einer Spur herablassender Leutseligkeit, die mehr den Politiker als den Diplomaten verriet.

»Ich stehe zu Ihrer vollen Verfügung.«

Der Diener schloß die Tür. Maigret ging langsam die Treppe hinab und fand sich im Hof wieder, wo der Lieferbote eines Warenhauses vergeblich nach der Concierge suchte.

In der Portiersloge waren nur ein Hund, eine Katze und die beiden Kinder, die damit beschäftigt waren, sich mit Milchsuppe zu beschmieren.

»Ist eure Mama nicht hier?«

»Sie kommt gleich zurück, Monsieur! Sie ist eben hochgegangen, um die Post zu verteilen.«

In der unansehnlichsten Ecke des Hofes, in der Nähe der Loge, standen vier Zinkbehälter, in die die Mieter nach Anbruch der Dunkelheit einer nach dem anderen ihre Abfälle warfen.

Morgens um sechs öffnete die Concierge das Eingangstor, und die Männer von der Müllabfuhr kippten den Inhalt der Behälter auf ihre Lastwagen.

Diese Ecke war abends nicht beleuchtet. Die einzige Lampe im Hof befand sich auf der anderen Seite, über dem Treppenaufgang.

Was hatte Madame Martin dort gesucht, ungefähr zur gleichen Zeit, als Couchet ermordet wurde?

Hatte auch sie sich in den Kopf gesetzt, den Handschuh ihres Mannes wiederzufinden?

»Nein!« knurrte Maigret, dem plötzlich etwas einfiel. »Martin hat den Abfall erst viel später heruntergebracht!«

Was also hatte dies alles zu bedeuten? Die Sache mit dem verlorenen Löffel konnte nicht stimmen. Denn tagsüber waren die Mieter nicht berechtigt, irgend etwas in die leeren Behälter zu werfen!

Was war es also, was die beiden gesucht hatten, einer nach dem andern?

Madame Martin hatte sogar im Abfall herumgewühlt! Monsieur Martin war um die Behälter herumgestrichen und hatte dabei Streichhölzer angezündet!

Und der Handschuh war am nächsten Morgen wieder aufgetaucht!

»Haben Sie das Kind gesehen?« fragte eine Stimme hinter Maigret.

Es war die Concierge, die von dem Sprößling der Saint-Marcs mit mehr Anteilnahme sprach als von ihren eigenen Kindern.

»Sie haben Madame doch nichts gesagt? Sie darf auf keinen Fall erfahren . . .«

»Ich weiß, ich weiß!«

»Was den Kranz anbetrifft, ich meine den Kranz von den Mietern . . . Ich frage mich, ob man ihn heute an das Trauerhaus schicken soll, oder ob es üblich ist, ihn erst bei der Beerdigung niederzulegen . . . Die Angestellten waren auch sehr großzügig. Sie haben etwas über dreihundert Francs gesammelt.«

Und zu dem Lieferboten gewandt:

»Was gibt's denn?«

»Saint-Marc!«

»Rechte Treppe. Erster Stock, gleich gegenüber. Aber läuten Sie leise!«

Dann zu Maigret:

»Sie ahnen nicht, wieviel Blumen sie geschickt bekommt! Sie wissen schon gar nicht mehr, wo sie sie hinstellen sollen. Den größten Teil hat man in die Zimmer der Dienstboten hinauftragen müssen . . . Wollen Sie nicht hereinkommen? Jojo, wirst du deine Schwester wohl in Ruhe lassen?«

Der Kommissar sah immer noch zu den Müllkästen hinüber. Was, zum Teufel, konnten die Martins darin gesucht haben?

»Stellen Sie sie morgens wie üblich auf den Bürgersteig?«

»Nein! Seit mein Mann gestorben ist, geht das nicht mehr. Oder aber ich hätte jemanden anstellen müssen, denn die Kästen sind viel zu schwer für mich. Aber die Leute von der Müllabfuhr sind sehr freundlich. Ich biete ihnen von Zeit zu Zeit ein Gläschen Weißen an, und sie holen mir die Kästen aus dem Hof . . .«

»So daß die Lumpensammler sie also nicht durchwühlen können!«

»Das glauben Sie! Die kommen auch in den Hof. Manchmal sind sie zu dritt oder zu viert und veranstalten eine Mordsschweinerei.«

»Vielen Dank!«

Maigret ging wie geistesabwesend hinaus und vergaß, oder hielt es nicht mehr für nötig, die Büros der Firma Clouchet noch einmal aufzusuchen, wie er es sich heute morgen vorgenommen hatte.

Als er am Quai des Orfèvres ankam, teilte man ihm mit:

»Jemand hat Sie am Telefon verlangt. Ein Oberst . . .«

Aber er hing noch immer seinen Gedanken nach. Er öffnete die Tür zum Inspektorenzimmer und rief:

»Lucas! Mach dich gleich auf den Weg. Frage alle Lumpensammler aus, die gewöhnlich in der Umgebung der Place des Vosges zu finden sind. Wenn nötig, fährst du bis Saint-Denis, wo die Abfälle verbrannt werden . . .«

»Aber . . .«

»Ich möchte wissen, ob ihnen vorgestern in der Frühe irgend etwas Ungewöhnliches in den Müllkästen an der Place des Vosges Nr. 61 aufgefallen ist.«

Er ließ sich in seinen Sessel fallen, und ein Wort klang ihm noch im Ohr: Oberst . . .

Welcher Oberst? Er kannte keinen Obersten . . .

Doch! Es gab doch einen, der mit dieser Angelegenheit zu tun hatte: den Onkel von Madame Couchet! Was mochte er wollen?

»Hallo? . . . Elysées 17–62? . . . Hier Kommissar Maigret von der Kriminalpolizei . . . Wie bitte? . . . Oberst Dormoy möchte mich sprechen? . . . Ja, ich bleibe am Apparat . . . Hallo? . . . Sind Sie es, Oberst? . . . Bitte? . . . Ein Testament? . . . Ich kann Sie sehr schlecht verstehen . . . Nein, im Gegenteil, sprechen Sie leiser! Und halten Sie den Hörer etwas weiter weg . . . So ist es besser. Also. Sie haben ein ungewöhnliches Testament gefunden? . . . Und nicht einmal versiegelt? . . . Einverstanden! Ich bin in einer halben Stunde bei Ihnen! . . . Nein, nicht nötig, ich brauche kein Taxi . . .«

Und er zündete seine Pfeife an, schob seinen Sessel zurück und schlug die Beine übereinander.

7

Die drei Frauen

»Der Oberst erwartet Sie im Schlafzimmer, Monsieur. Wenn Sie mir bitte folgen wollen . . .«

Der Raum, in dem der Sarg mit den brennenden Kerzen gestanden hatte, war nun verschlossen. Im Nebenzimmer, das das Zimmer von Madame Couchet sein mußte, hörte man jemanden umhergehen. Das Hausmädchen stieß eine Tür auf, und Maigret sah den Obersten neben dem Tisch stehen, eine Hand leicht darauf gestützt, das Kinn hochgereckt, würdig und ruhig, als stünde er einem Bildhauer Modell.

»Bitte nehmen Sie Platz!«

Aber das verfing nicht bei Maigret, der sich nicht setzte, sondern nur seinen schweren Überzieher aufknöpfte, seinen steifen Hut auf einen Stuhl legte und sich eine Pfeife stopfte.

»Haben Sie selbst dieses Testament gefunden?« fragte er, während er sich interessiert umblickte.

»Ja, heute morgen. Meine Nichte weiß noch nichts davon. Ich muß schon sagen, es ist dermaßen empörend . . .«

Ein seltsames Zimmer, typisch für Couchet! Gewiß, die Einrichtung bestand aus Stilmöbeln, wie in den übrigen Räumen der Wohnung. Auch einige wertvolle Stücke befanden sich darunter. Aber dazwischen waren auch Dinge, die den primitiven Geschmack des guten Mannes verrieten.

Vor dem Fenster ein Tisch, der ihm mehr oder weniger als Schreibtisch gedient hatte. Darauf lagen türkische Zigaretten, aber auch eine ganze Reihe jener Pfeifen aus Wildkirschholz, die ein paar Sous kosten und die Couchet mit besonderer Vorliebe gepafft haben mußte, bis sie ganz schwarz waren.

Ein purpurroter Morgenrock! Der auffälligste, den er hatte auftreiben können! Und am Fußende des Bettes ein Paar ausgetretene Pantoffeln.

Der Tisch hatte eine Schublade.

»Wie Sie sehen, war sie nicht abgeschlossen!« sagte der Oberst. »Ich weiß nicht einmal, ob es einen Schlüssel dazu gibt. Heute morgen brauchte meine Nichte Geld, um einen Lieferanten zu bezahlen, und ich wollte ihr die Mühe ersparen, einen Scheck auszuschreiben. Deshalb habe ich mich hier im Zimmer umgesehen. Und dabei ist mir das hier in die Hände gefallen . . .«

Ein Briefumschlag mit dem Aufdruck des Grand-Hôtel. Dazu passendes, leicht blaugetöntes Papier mit dem gleichen Briefkopf.

Flüchtig hingeworfene Zeilen, als ob jemand beiläufig ein paar Gedanken skizziert hätte.

Mein Letzter Wille . . .

Darunter der überraschende Satz:

Da ich es wahrscheinlich versäumen werde, mich über die erbrechtlichen Vorschriften zu informieren, bitte ich meinen Notar, Maître Dampierre, nach besten Kräften dafür zu sorgen, daß mein Vermögen so gleichmäßig wie möglich aufgeteilt wird zwischen:

1. meiner Frau Germaine, geborene Dormoy;

2. meiner ersten Frau, jetzt Frau Martin, wohnhaft Place des Vosges Nr. 61;

3. Nine Moinard, wohnhaft Hotel Pigalle, Rue Pigalle.

»Was halten Sie davon?«

Maigret frohlockte. Dieses Testament machte ihm Couchet noch sympathischer.

»Selbstverständlich«, fuhr der Oberst fort, »kann dieses Testament keinen Bestand haben. Es enthält jede Menge nichtiger Klauseln, und sobald die Beisetzung stattgefunden hat, werden wir es anfechten. Aber wenn ich es für richtig und dringlich erachtet habe, Sie zu benachrichtigen, so vor allem deshalb, weil . . .«

Maigret lächelte immer noch, als wäre er Augenzeuge eines gelungenen Streichs geworden. Es paßte alles, bis hin zum Briefpapier des Grand-Hôtel! Wie viele Geschäftsleute, die kein Büro im Zentrum haben, hatte Couchet dort sicher manche seiner geschäftlichen Verabredungen. Und so hatte er sich wahrscheinlich, während er in der Halle oder im Rauchzimmer auf jemanden wartete, eine Schreibunterlage herangezogen und diese paar Zeilen hingekritzelt.

Er hatte den Umschlag nicht verschlossen! Er hatte das Ganze in seine Schublade gelegt und es auf einen späteren Zeitpunkt verschoben, das Testament den Formvorschriften entsprechend aufzusetzen.

Das war vor zwei Wochen gewesen.

»Sicher ist Ihnen aufgefallen«, sagte der Oberst, »daß dieses Testament eine echte Ungeheuerlichkeit enthält. Couchet hat schlicht vergessen, seinen Sohn zu erwähnen! Allein dieses Detail genügt, um die Verfügung null und nichtig zu machen, und . . .«

»Kennen Sie Roger?«

»Ich? Nein . . .«

Und Maigret lächelte immer noch.

»Aber wie ich eben sagte: wenn ich Sie hergebeten habe, so deshalb, weil . . .«

»Kennen Sie Nine Moinard?«

Der Unglückliche fuhr hoch wie von der Tarantel gestochen.

»Ich lege keinen Wert auf eine solche Bekanntschaft! Allein diese Adresse: Rue Pigalle! Ich brauche wohl nicht deutlicher zu werden . . . Aber was wollte ich eben sagen? . . . Ach ja! Haben Sie das Datum des Testaments bemerkt? Es ist erst wenige Tage alt! Und zwei Wochen, nachdem er es geschrieben hatte, war Couchet tot. Ermordet! Nehmen Sie einmal an, eine dieser beiden Frauen, die darin aufgeführt sind, hätte dieses Testament gekannt! Und ich habe allen Grund zu glauben, daß sie nicht gerade reich sind . . .«

»Wieso zwei Frauen?«

»Wie meinen?«

»Drei Frauen! Das Testament spricht von drei Frauen! Die drei Frauen Couchets, wenn Sie so wollen!«

Der Oberst glaubte schließlich, Maigret wolle sich einen Scherz erlauben.

»Ich meine es ernst«, sagte er. »Vergessen Sie nicht, daß ein Toter hier im Hause ruht! Und daß die Zukunft mehrerer Personen auf dem Spiel steht!«

Gewiß! Trotzdem hätte der Kommissar am liebsten laut gelacht. Aber er hätte selbst nicht sagen können, warum.

»Ich danke Ihnen, daß Sie mich verständigt haben . . .«

Der Oberst war verärgert. Er konnte sich auf dieses Verhalten eines so wichtigen Beamten wie Maigret keinen Reim machen.

»Ich gehe davon aus, daß . . .«

»Auf Wiedersehen, Herr Oberst. Meine Empfehlung an Madame Couchet . . .«

Auf der Straße konnte Maigret es sich nicht verkneifen, zu knurren:

»Donnerwetter, dieser Couchet!«

Lapidar und ohne sich groß etwas dabei zu denken, bedachte er seine drei Frauen in seinem Testament! Einschließlich der ersten, die jetzt Madame Martin hieß und ihm ständig mit verächtlichem Blick über den Weg gelaufen war, wie ein wandelnder Vorwurf! Und einschließlich der tapferen kleinen Nine, die alles für ihn getan hatte, um ihn zu zerstreuen.

Andererseits vergaß er, daß er einen Sohn hatte!

Eine ganze Weile fragte sich Maigret, wem er die Nachricht zuerst überbringen sollte. Madame Martin, die gewiß aus dem Bett springen würde, wenn sie von ihrem Glück erführe? Oder Nine?

»Aber noch haben sie das Geld nicht in der Tasche!«

Das war eine Sache, die sich über Jahre hinziehen

konnte! Man würde prozessieren! Und Madame Martin würde auf keinen Fall klein beigeben!

»Immerhin war der Oberst ein Ehrenmann! Er hätte das Testament ebensogut verbrennen können, ohne daß irgend jemand davon erfahren hätte . . .«

Und Maigret durchquerte zu Fuß und in bester Laune das Quartier de l'Europe. Eine bleiche Sonne erwärmte die Atmosphäre. Es lag etwas Fröhliches in der Luft.

»Donnerwetter, dieser Couchet!«

Im Hotel Pigalle ging er wortlos am Empfang vorbei und betrat den Aufzug. Wenige Augenblicke später klopfte er an Nines Tür. Im Zimmer hörte man Schritte. Die Tür wurde einen Spaltbreit geöffnet, gerade genug, daß eine Hand hindurchfassen konnte, die ausgestreckt in der Luft verharrte.

Die faltige Hand einer alten Frau. Da Maigret sich nicht rührte, wurde die Hand ungeduldig, und statt ihrer zeigte sich das Gesicht einer alten Engländerin in der Tür, die einen unverständlichen Wortschwall von sich gab.

Maigret erriet jedenfalls, daß die Engländerin ihre Post erwartet hatte, was ihre Geste erklärte. Und es war klar, daß Nine nicht mehr in ihrem Zimmer und wahrscheinlich auch nicht mehr in diesem Hotel wohnte.

»Zu teuer für sie!« dachte er.

Er blieb zögernd vor der Nachbartür stehen. Ein Hoteldiener nahm ihm die Entscheidung ab, indem er ihn mißtrauisch fragte: »Was suchen Sie?«

»Monsieur Couchet . . .«

»Ist er nicht da?«

»Ich habe noch nicht geklopft.«

Und Maigret lächelte immer noch. Er war gut gelaunt. An diesem Morgen war ihm, als spielte er in einer Farce mit! Das ganze Leben war eine Farce! Der Tod Couchets war eine Farce, und vor allem sein Testament!

». . . 'rein!«

Der Riegel wurde aufgeschoben. Als erstes riß Maigret die Vorhänge auf und öffnete das Fenster ein wenig.

Céline war nicht einmal wach geworden. Roger rieb sich die Augen und gähnte:

»Ach, Sie sind es . . .«

Es gab Fortschritte. Das Zimmer roch nicht mehr nach Äther. Die Kleidungsstücke lagen in einem Haufen auf der Erde.

». . . wollen Sie denn?«

Er setzte sich auf, nahm das Glas Wasser vom Nachttisch und leerte es in einem Zug.

»Man hat das Testament gefunden!« erklärte Maigret, während er Célines nackten Schenkel zudeckte, die mit angezogenen Beinen weiterschlief.

»Und?«

Roger zeigte keinerlei Anteilnahme. Höchstens eine vage Neugier.

»Und? Ein verdammt seltsames Testament! Da wird noch jede Menge Tinte fließen, und die Anwälte werden sich goldene Nasen daran verdienen. Stellen Sie sich vor: Ihr Vater hat sein ganzes Vermögen seinen drei Frauen vermacht!«

Der junge Mann bemühte sich, zu verstehen.

»Seinen drei . . .«

»Ja! Seiner derzeitigen legitimen Ehefrau. Dann Ihrer Mutter! Und schließlich seiner kleinen Freundin Nine, die noch gestern Ihre Zimmernachbarin war! Er hat seinen Notar beauftragt, dafür zu sorgen, daß alle drei gleich viel bekommen . . .«

Roger zuckte nicht mit der Wimper. Er schien nachzudenken. Aber wie über eine Angelegenheit, die ihn nicht persönlich betraf.

»Zum Totlachen!« sagte er schließlich mit ernster Stimme, die im Widerspruch zu seinen Worten stand.

»Genau das habe ich gerade auch dem Obersten gesagt.«

»Welchem Obersten?«

»Einem Onkel von Madame Couchet . . . Er spielt dort das Familienoberhaupt . . .«

»Muß der dumm aus der Wäsche geguckt haben!«

»Sie sagen es!«

Der junge Mann streckte die Beine aus dem Bett und angelte nach seiner Hose, die über einer Stuhllehne hing.

»Sie scheinen von dieser Nachricht nicht sehr betroffen zu sein.«

»Hören Sie, mir persönlich ist das alles . . .«

Er knöpfte seine Hose zu, suchte den Kamm und schloß das Fenster, durch das recht kühle Luft hereinströmte.

»Brauchen Sie kein Geld?«

Maigret war plötzlich ernst geworden. Sein Blick wurde schwer, forschend.

»Weiß ich nicht.«

»Sie wissen nicht, ob Sie Geld brauchen?«

Roger sah ihn mit glasigen Augen an, und Maigret fühlte sich ungemütlich.

»Ich sch . . . drauf!«

»Aber allzu gut haben Sie bisher auch nicht verdient!«

»Ich verdiene überhaupt nichts!«

Er gähnte und betrachtete sich mit düsterem Gesicht im Spiegel. Maigret bemerkte, daß Céline wach geworden war. Sie rührte sich nicht. Sie mußte einen Teil der Unterhaltung mitbekommen haben, denn sie beobachtete die beiden Männer neugierig.

Aber auch sie brauchte erst einmal ein Glas Wasser! Und die Atmosphäre dieses Zimmers mit seiner Unordnung, seinem unangenehmen Geruch und seinen beiden antriebslosen Bewohnern war wie das Symbol einer resignierenden Welt.

»Haben Sie etwas Geld zurückgelegt?«

Roger hatte langsam genug von dieser Unterhaltung. Er suchte seine Jacke, nahm eine dünne Brieftasche heraus, die mit seinem Monogramm geschmückt war, und warf sie Maigret zu.

»Sehen Sie doch selbst nach!«

Zwei Hundertfrancscheine, einige Zeitungsausschnitte, ein Führerschein und eine alte Garderobenmarke.

»Was gedenken Sie zu tun, wenn man Ihnen die Erbschaft vorenthält?«

»Ich will keine Erbschaft!«

»Sie werden das Testament nicht anfechten?«

»Nein!«

Dieses »Nein« hatte einen seltsamen Beiklang. Maigret, der den Teppich fixiert hatte, hob den Kopf.

»Dreihundertundsechzigtausend Francs genügen Ihnen?«

Plötzlich änderte sich die Haltung des jungen Mannes. Er ging auf den Kommissar zu, blieb weniger als einen Schritt vor ihm stehen, so daß ihre Schultern sich berührten, und knurrte, während er die Fäuste ballte:

»Sagen Sie das noch einmal!«

In diesem Moment hatte seine Art etwas Pöbelhaftes, das an Vorstadtkneipen und Schlägereien erinnerte.

»Ich frage Sie, ob die dreihundertsechzigtausend Francs von Couchet Ihnen . . .«

Er konnte gerade noch rechtzeitig den Arm seines Gegners in der Luft abfangen. Andernfalls hätte er einen der saftigsten Faustschläge seines Lebens eingesteckt!

»Beruhigen Sie sich!«

Dabei war Roger völlig ruhig! Er versuchte nicht, sich loszureißen. Er war bleich, sein Blick starr. Er wartete darauf, daß der Kommissar ihn losließ.

Nur um erneut zuzuschlagen? Céline war jedenfalls entsetzt aus dem Bett gesprungen, obwohl sie halbnackt war. Man sah ihr an, daß sie bereit war, die Tür aufzustoßen und um Hilfe zu rufen.

Alles ging friedlich aus. Maigret hielt das Handgelenk nur einige Sekunden fest, und als er losließ, rührte der junge Mann sich nicht.

Es folgte ein langes Schweigen, das keiner von beiden

zu brechen wagte, wie zwei Kämpfer, die beide zögern, als erster zuzuschlagen.

Es war Roger, der schließlich sagte:

»Sie sind total auf dem falschen Dampfer!«

Er hob einen malvenfarbenen Morgenmantel vom Boden auf und warf ihn seiner Gefährtin zu.

»Können Sie mir sagen, was Sie zu tun gedenken, sobald Ihre zweihundert Francs ausgegeben sind?«

»Was habe ich denn bisher gemacht?«

»Es gibt da einen kleinen Unterschied: Ihr Vater ist tot, und Sie können ihn nicht mehr anpumpen . . .«

Roger zuckte die Achseln, als wollte er damit ausdrücken, daß sein Gesprächspartner nichts, aber auch gar nichts verstand.

Es lag etwas Undefinierbares in der Luft. Nichts Dramatisches im eigentlichen Sinne. Aber etwas anderes, Beklemmendes. Vielleicht diese unromantische Bohème-Atmosphäre? Vielleicht diese Brieftasche mit den beiden Hundertfrancscheinen?

Oder die Gegenwart dieser verstörten Frau, der bewußt geworden war, daß der morgige Tag nicht so sein würde wie die Tage zuvor und daß sie sich nach jemand anderem würde umsehen müssen?

Nein, das war es nicht! Es war Roger selbst, der einem Angst einflößte. Denn sein Verhalten und seine Gesten standen nicht im Einklang mit seiner Vergangenheit, paßten einfach nicht zu dem, was Maigret von seinem Charakter wußte!

Seine Ruhe . . . Und die war nicht gespielt! Er war wirklich ruhig, so ruhig, wie jemand, der . . .

»Geben Sie mir Ihren Revolver!« sagte der Kommissar plötzlich.

Der junge Mann zog ihn aus der Hosentasche und reichte ihn Maigret mit einem kaum wahrnehmbaren Lächeln.

»Sie müssen mir versprechen . . .«

Er brachte den Satz nicht zu Ende, denn er sah, daß die Frau jeden Moment vor Entsetzen aufschreien konnte. Sie verstand nicht. Aber sie spürte, daß etwas Furchtbares passierte.

Ironie lag in den Augen Rogers.

Das war beinahe eine Flucht: Maigret wußte nichts mehr zu sagen. Ihm fiel keine passende Geste mehr ein. Er trat den Rückzug an, stieß beim Hinausgehen an den Türrahmen und unterdrückte einen Fluch.

Als er wieder auf der Straße war, hatte er seine gute Laune vom Vormittag verloren. Er fand an diesem Leben überhaupt nichts Possenhaftes mehr. Er hob den Kopf, um nach dem Fenster des Paares zu sehen. Es war geschlossen. Man konnte nichts erkennen.

Er fühlte sich unbehaglich, so wie man sich plötzlich fühlt, wenn man nichts mehr begreift.

Zwei- oder dreimal hatte er in Rogers Augen einen Ausdruck bemerkt, den er nicht zu deuten verstand. Auf jeden Fall waren es nicht die Blicke, auf die er gefaßt war . . . Es waren Blicke, die mit dem Rest nicht übereinstimmten . . .

Er kehrte wieder um, weil er vergessen hatte, im Hotel nach Nines neuer Adresse zu fragen.

»Keine Ahnung!« sagte der Portier. »Sie hat ihr Zimmer bezahlt und ist mit ihrem Koffer weggegangen. Sie wollte auch kein Taxi. Wahrscheinlich hat sie sich ein billigeres Hotel hier in der Gegend ausgesucht . . .«

»Hören Sie . . . falls . . . falls irgend etwas bei Ihnen im Haus passiert . . . ja, irgend etwas Ungewöhnliches . . . würde ich Sie bitten, mich persönlich bei der Kriminalpolizei zu verständigen: Kommissar Maigret . . .«

Er machte sich Vorwürfe wegen dieser Äußerung. Was sollte schon passieren? Aber er mußte noch immer an die beiden Hundertfrancscheine in der Brieftasche und an den verängstigten Blick Célines denken.

Eine Viertelstunde später betrat er das Moulin-Bleu durch den Künstlereingang. Der Saal war leer, dunkel, und die Sessel und die Randleisten der Logen waren mit grünem Seidenstoff bezogen.

Auf der Bühne wiederholten sechs Frauen, die trotz ihrer Mäntel fröstelten, immer wieder den gleichen, lächerlich einfachen Schritt, während ein kleiner rundlicher Mann eine Melodie sang und sich dabei heiser brüllte.

»Eins! Zwei! Tra-la-la-la . . . Nein! Tra-la-la-la, dreimal! Dreimal, zum Teufel!«

Nine war die zweite der Frauen. Sie hatte Maigret erkannt, der in der Nähe einer Säule stand. Der Mann hatte ihn auch gesehen, aber er kümmerte sich nicht um ihn.

»Eins! Zwei! Tra-la-la-la . . .«

Das ging eine Viertelstunde lang so weiter. Es war kälter als draußen, und Maigret hatte eiskalte Füße. Schließlich wischte der kleine Mann sich die Stirn und rief seiner Truppe statt eines Abschieds ein Schimpfwort zu.

»Wollten Sie zu mir?« rief er Maigret von weitem zu.

»Nein! Ich wollte zu . . .«

Nine kam verlegen näher und fragte sich, ob sie dem Kommissar die Hand hinstrecken sollte.

»Ich habe Ihnen etwas Wichtiges mitzuteilen . . .«

»Nicht hier . . . Wir dürfen uns hier im Cabaret mit niemandem treffen . . . Außer abends, denn das bringt Eintrittsgeld . . .«

Sie setzten sich an einen kleinen runden Tisch in einer Bar nebenan.

»Man hat Couchets Testament gefunden . . . Er hat sein ganzes Vermögen drei Frauen vermacht . . .«

Sie sah ihn erstaunt an, ohne die Wahrheit zu erraten.

»Zunächst seiner ersten Frau, obwohl sie wieder verheiratet ist . . . Dann seiner zweiten . . . Und dann Ihnen . . .«

Sie hielt den Blick auf Maigret gerichtet, der sah, wie die Pupillen sich weiteten und gleich darauf trübten.

Und schließlich schlug sie die Hände vor das Gesicht und weinte.

8

Vierzig Fieber

Er war herzkrank. Er wußte es.«

Nine nahm einen Schluck vom rubinroten Aperitif.

»Das war der Grund, warum er sich schonte. Er sagte, er hätte genug gearbeitet und es wäre Zeit für ihn, das Leben zu genießen . . .«

»Sprach er manchmal vom Tod?«

»Oft! Aber nicht von . . . von solch einem Tod! Er dachte an seine Herzkrankheit . . .«

Sie saßen in einer dieser kleinen Bars, in denen nur Stammgäste verkehren. Der Inhaber beäugte Maigret heimlich, als hielte er ihn für einen Bourgeois, der auf ein amouröses Abenteuer aus ist. An der Theke diskutierte man über das Pferderennen vom Nachmittag.

»War er traurig?«

»Das ist schwer zu erklären! Er war nicht so wie andere Männer. Ein Beispiel: Wir waren im Theater oder sonstwo. Er amüsierte sich. Plötzlich, ohne jeden Grund, lachte er laut auf und sagte:

›Ein Sch . . . leben, was, Nine?‹«

»Kümmerte er sich um seinen Sohn?«

»Nein . . .«

»Sprach er von ihm?«

»So gut wie nie! Höchstens, wenn Roger ihn wieder besucht hatte, um ihn anzupumpen.«

»Und was sagte er dann?«

»Er seufzte: ›Was für ein armer Irrer!‹«

Maigret fand seinen Eindruck bestätigt: Aus irgendeinem Grunde hatte Couchet nicht die geringste Zuneigung zu seinem Sohn empfunden. Es schien sogar, als hätte ihn der junge Mann angewidert. So angewidert, daß Couchet nicht einmal den Versuch unternahm, ihn aus der Patsche zu ziehen!

Denn er hatte ihm nie die Leviten gelesen. Und er gab ihm Geld, um ihn loszuwerden, oder aus Mitleid.

»Garçon! Was bekommen Sie?«

»Vier Francs sechzig!«

Nine verließ das Bistro mit ihm, und sie blieben einen Augenblick auf dem Bürgersteig der Rue Fontaine stehen.

»Wo wohnen Sie jetzt?«

»Rue Lepic, im ersten Hotel auf der linken Seite. Ich habe noch gar nicht nachgesehen, wie es heißt. Aber es ist einigermaßen sauber . . .«

»Wenn Sie erst einmal reich sind, können Sie . . .«

Sie lächelte tapfer.

»Sie wissen ganz genau, daß ich niemals reich sein werde! Ich bin nun einmal nicht der Typ dafür . . .«

Das Merkwürdige war, daß Maigret genau den gleichen Eindruck hatte. Nine war nicht geschaffen dazu, irgendwann einmal reich zu werden! Er hätte nicht erklären können, warum.

»Ich begleite Sie noch bis zur Place Pigalle. Von da aus fahre ich mit der Straßenbahn . . .«

Sie gingen langsam, er massig und schwer und sie ganz schmächtig neben den breiten Schultern ihres Begleiters.

»Wenn Sie wüßten, wie mich das fertigmacht, allein zu sein! Glücklicherweise gibt es das Cabaret, mit zwei Proben täglich, bis die neue Revue steht . . .«

Für jeden Schritt Maigrets mußte sie zwei machen, so daß sie beinahe rannte. An der Ecke der Rue Pigalle blieb sie plötzlich stehen, während der Kommissar die Stirn runzelte und zwischen den Zähnen hervorstieß:

»Dieser Idiot!«

Dabei konnte man gar nichts sehen. Vor dem Hotel Pigalle drängte sich eine Menschenmenge, etwa vierzig Personen. Ein Polizist, der im Hoteleingang stand, versuchte die Leute zum Weitergehen zu bewegen.

Das war alles! Aber es herrschte diese besondere Atmosphäre, diese Stille, die auf der Straße nur dann eintritt, wenn etwas Schreckliches passiert ist.

»Was ist los?« stammelte Nine. »Vor meinem Hotel!«

»Nein! Das ist nichts! Gehen Sie nach Hause . . .«

»Aber . . . was soll . . .«

»Gehen Sie nach Hause!« befahl er barsch.

Und sie gehorchte, eingeschüchtert, während der Kommissar sich einen Weg durch die Menge bahnte. Er stürmte vorwärts wie ein Widder. Einige Frauen beschimpften ihn. Der Polizist erkannte ihn und hielt ihm die Tür zum Hoteleingang auf.

Der Revierkommissar war schon da und unterhielt sich mit dem Portier, der auf Maigret zeigte und rief:

»Das ist er! Ich erkenne ihn wieder . . .«

Die beiden Beamten gaben sich die Hand. Aus einem kleinen Salon hinter der Hotelhalle hörte man ein Schluchzen und ein wirres Gemurmel.

»Wie hat er es gemacht?« fragte Maigret.

»Das Mädchen, das mit ihm zusammenlebt, gibt an, er habe ganz ruhig vor dem Fenster gestanden. Sie zog sich an. Er sah ihr zu und pfiff dabei vor sich hin. Er hörte nur kurz auf, um ihr zu sagen, daß sie hübsche Schenkel habe. Nur ihre Waden seien ein bißchen zu mager. Dann pfiff er weiter. Und plötzlich hörte sie nichts mehr. Sie hatte plötzlich ein beklemmendes Gefühl der Leere. Er war nicht mehr da! Und durch die Tür konnte er nicht hinausgegangen sein . . .«

»Ich verstehe! Hat er niemanden verletzt, als er auf das Pflaster stürzte?«

»Niemanden! Er war sofort tot. Wirbelsäule zweifach gebrochen.«

»Er ist da!« rief der Polizist.

Und der Revierkommissar erklärte Maigret:

»Der Krankenwagen. Mehr gibt es nicht zu tun . . . Wissen Sie, ob er Angehörige hat, die benachrichtigt werden müssen? Als Sie ankamen, erklärte der Portier mir gerade, daß der junge Mann heute morgen Besuch gehabt habe. Ein großer, schwerer Mann, den er mir beschrieb, und im gleichen Augenblick sah ich Sie . . . Sie waren es! Soll ich jetzt trotzdem einen Bericht schreiben, oder kümmern Sie sich um alles?«

»Schreiben Sie einen Bericht!«

»Und die Angehörigen?«

»Das übernehme ich.«

Er öffnete die Tür zum Salon und sah eine Gestalt am

Boden liegen, die man mit einer Decke von einem der Betten ganz zugedeckt hatte.

Céline war in einem Sessel zusammengesunken und ließ jetzt ein gleichförmiges Wimmern hören, während eine füllige Frau, die Inhaberin oder Geschäftsführerin, unaufhörlich tröstend auf sie einsprach.

»Er hat sich doch nicht Ihretwegen umgebracht, nicht wahr? Sie können doch nichts dazu . . . Sie haben ihm doch nie etwas verweigert . . .«

Maigret hob die Decke nicht hoch und gab sich auch nicht Céline zu erkennen.

Wenige Augenblicke später trugen Sanitäter die Leiche zum Krankenwagen, der davonfuhr und die Richtung zum Gerichtsmedizinischen Institut einschlug.

In der Rue Pigalle begann die Menge sich langsam zu zerstreuen. Die Neugierigen, die zuletzt hinzugekommen waren, wußten nicht einmal mehr, ob es sich um einen Brand, einen Selbstmord oder die Festnahme eines Taschendiebes handelte.

»Er pfiff vor sich hin . . . Und plötzlich hörte ich nichts mehr . . .«

Maigret stieg langsam, sehr langsam die Treppe an der Place des Vosges hinauf, und je mehr er sich dem zweiten Stock näherte, desto mehr legte sich sein Gesicht in Falten.

Die Tür der alten Mathilde stand einen Spaltweit offen. Sicherlich stand die Frau dahinter, auf der Lauer. Aber er zuckte nur die Schultern und zog an der Schnur, die vor der Tür der Martins hing.

Er hatte die Pfeife zwischen den Zähnen. Er überlegte einen Moment, ob er sie in die Tasche stecken sollte, und zuckte dann noch einmal die Schultern.

Das Geräusch von Flaschen, die aneinanderstießen. Ein leises Murmeln. Zwei Männerstimmen kamen näher, und schließlich öffnete sich die Tür.

»Ja, Herr Doktor . . . Gewiß, Herr Doktor . . . Vielen Dank, Herr Doktor . . .«

Ein niedergeschlagener Monsieur Martin, der noch nicht dazu gekommen war, sich anzukleiden, und den Maigret in dem gleichen bejammernswerten Aufzug antraf wie am Morgen.

»Sie sind es?«

Der Arzt ging zur Treppe, während Monsieur Martin den Kommissar eintreten ließ und einen verstohlenen Blick in das Schlafzimmer warf.

»Geht es ihr schlechter?«

»Man weiß noch nicht . . . Der Arzt will sich noch nicht festlegen . . . Er kommt heute abend wieder . . .«

Er nahm ein Rezept, das auf dem Rundfunkempfänger lag, und starrte es mit leeren Augen an.

»Ich habe nicht einmal mehr jemanden, den ich zur Apotheke schicken könnte!«

»Was ist geschehen?«

»Fast genauso wie heute nacht, nur heftiger! Sie fing an zu zittern und unverständliche Dinge zu reden . . . Ich habe den Arzt gerufen, und er hat festgestellt, daß sie fast vierzig Fieber hat . . .«

»Phantasiert sie?«

»Aber ich sage Ihnen doch, daß man nicht verstehen

kann, was sie sagt! Sie braucht Eiswürfel und einen Gummibeutel, um sie ihr auf die Stirn zu legen ...«

»Soll ich solange hierbleiben, während Sie zur Apotheke gehen?«

Monsieur Martin war im Begriff abzulehnen, fügte sich dann aber doch.

Er zog einen Mantel an, machte sich gestikulierend auf den Weg und kam gleich wieder zurück, weil er vergessen hatte, Geld mitzunehmen.

Maigret verfolgte keine besondere Absicht, als er in der Wohnung blieb. Er interessierte sich für nichts, zog keine einzige Schublade auf und warf nicht einmal einen Blick auf einige Briefe, die auf einem Möbelstück lagen.

Er hörte den unregelmäßigen Atem der Kranken, die von Zeit zu Zeit einen langen Seufzer ausstieß und dann unverständliche Silben stammelte.

Als Monsieur Martin zurückkam, stand Maigret noch an derselben Stelle.

»Haben Sie alles bekommen?«

»Ja ... Es ist schrecklich ... Und ich habe noch nicht einmal im Büro Bescheid gesagt ...«

Maigret half ihm, das Eis zu zerstoßen und in den Beutel aus rotem Gummi zu füllen.

»Sie haben doch heute morgen keinen Besuch bekommen?«

»Nein, niemand ...«

»Und Sie haben auch keine Post bekommen?«

»Nichts. Ein paar Prospekte ...«

Madame Martin hatte Schweißperlen auf der Stirn, und ihre graumelierten Haare klebten an den Schläfen.

Ihre Lippen waren farblos. Aber ihre Augen waren immer noch außergewöhnlich lebendig.

Erkannte sie Maigret, der den Eisbeutel über den Kopf der Kranken hielt?

Man konnte es nicht sagen. Aber sie schien ein wenig ruhiger zu sein. Mit dem roten Eisbeutel auf der Stirn lag sie unbeweglich und sah zur Decke.

Der Kommissar zog Monsieur Martin in das Eßzimmer.

»Ich habe Ihnen einige Neuigkeiten mitzuteilen.«

»So?« sagte er und zuckte leicht zusammen.

»Man hat Couchets Testament gefunden. Er hat Ihrer Frau ein Drittel seines Vermögens vermacht.«

»Wie?«

Martin verlor die Fassung, verblüfft und verstört durch diese Nachricht.

»Sie sagen, er hinterläßt uns . . .?«

». . . ein Drittel seines Vermögens! Das wird aber nicht ganz problemlos vonstatten gehen. Seine zweite Frau wird wahrscheinlich dagegen angehen, weil auch sie nur ein Drittel bekommt . . . Das restliche Drittel geht an eine andere Person, eine gewisse Nine, die letzte Geliebte von Couchet . . .«

Warum erschien Martin so verzweifelt? Schlimmer noch als verzweifelt: niedergeschmettert! Als wenn man ihm Arme und Beine abgeschnitten hätte! Er stierte auf den Fußboden, unfähig, sich wieder in die Gewalt zu bekommen.

»Die andere Nachricht ist weniger gut . . . Es handelt sich um Ihren Stiefsohn . . .«

»Roger?«

»Er hat sich heute morgen umgebracht, indem er sich aus dem Fenster seines Zimmers gestürzt hat, in der Rue Pigalle . . .«

Er sah, wie Martin sich plötzlich aufbäumte, den Kommissar wütend, ja außer sich anstarrte und ihn anschrie:

»Was erzählen Sie da? Sie wollen, daß ich verrückt werde, ja? Geben Sie doch zu, daß das nur ein Trick ist, um mich zum Sprechen zu bringen!«

»Nicht so laut! Ihre Frau . . .«

»Das ist mir egal! Sie lügen! Das kann nicht sein . . .«

Er war nicht wiederzuerkennen. Mit einem Schlag hatte er seine Schüchternheit verloren und alle seine guten Manieren, auf die er so viel Wert legte.

Und es war seltsam, sein verzerrtes Gesicht zu sehen, seine zitternden Lippen, seine Hände, die in der Luft herumfuchtelten.

»Ich gebe Ihnen mein Wort«, sagte Maigret eindringlich, »daß diese beiden Nachrichten amtlich sind.«

»Aber warum sollte er das getan haben? Ich sage Ihnen, das ist zum Verrücktwerden! Und soweit kommt es auch noch! Meine Frau ist auf dem besten Weg, verrückt zu werden! Sie haben sie gesehen! Und wenn das so weitergeht, werde ich auch noch verrückt! Wir werden alle verrückt!«

Sein Blick wanderte krankhaft hin und her. Er hatte jede Kontrolle über sich verloren.

»Ihr Sohn stürzt sich aus dem Fenster! Und das Testament . . .«

Sein ganzes Gesicht war verzerrt, und plötzlich bekam er einen Weinkrampf, tragisch, komisch und scheußlich zugleich.

»Ich bitte Sie! Beruhigen Sie sich . . .«

»Ein ganzes Leben . . . Zweiunddreißig Jahre . . . Jeden Tag, pünktlich um neun . . . Niemals einen Tadel . . . Und das alles, um . . .«

»Ich bitte Sie! Denken Sie daran, daß Ihre Frau Sie hören kann, und daß sie sehr krank ist!«

»Und ich? Glauben Sie etwa, ich sei nicht krank? Glauben Sie, ich könnte so ein Leben noch lange ertragen?«

Er sah nicht aus wie einer, der leicht weint, und das gab seinen Tränen etwas Ergreifendes.

»Sie können doch nichts dafür, nicht wahr? Es ist doch nur Ihr Stiefsohn . . . Sie sind nicht verantwortlich . . .«

Martin sah den Kommissar an, plötzlich ganz ruhig, aber nicht lange.

»Ich bin nicht verantwortlich . . .«

Er brauste auf.

»Und trotzdem bin ich es, der den ganzen Ärger am Hals hat! Zu mir kommen Sie, um mir diese Geschichten zu erzählen! Im Hausflur sehen die Mieter mich schief an . . . Ich wette, sie verdächtigen mich, Couchet umgebracht zu haben! Jawohl! Und was beweist mir übrigens, daß Sie mich nicht auch verdächtigen? Was wollen Sie eigentlich hier . . . Aha! Sie antworten nicht! Weil Sie es nicht wagen würden, mir eine Antwort zu geben . . . Man sucht sich immer den Schwächsten aus! Einen Mann, der sich nicht verteidigen kann ... Und meine Frau ist krank ... Und ...«

Beim Herumfuchteln stieß er mit dem Ellbogen gegen den Rundfunkempfänger, der umkippte und mit dem Geklirr splitternder Röhren zu Boden krachte.

Der kleine Beamte kam wieder zum Vorschein.

»Ein Radioapparat für zwölfhundert Francs! Ich habe drei Jahre gewartet, bevor ich ihn mir leisten konnte ...«

Ein Stöhnen drang aus dem Zimmer nebenan. Er lauschte angestrengt, rührte sich aber nicht.

»Braucht Ihre Frau nichts?«

Es war Maigret, der in das Zimmer hineinsah. Madame Martin lag noch im Bett. Ihre Blicke trafen sich, und Maigret hätte nicht sagen können, ob dieser Blick einen hellwachen Verstand verriet oder ob es ein Blick war, den das Fieber trübte.

Sie machte keinen Versuch zu sprechen. Sie ließ ihn gehen.

Im Eßzimmer hatte Martin die Ellbogen auf eine Anrichte gestützt und hielt den Kopf in beiden Händen, während er auf die Tapete wenige Zentimeter vor seinen Augen starrte.

»Warum sollte er sich umgebracht haben?«

»Nehmen Sie zum Beispiel einmal an, daß er es war, der ...«

Stille. Ein Knistern. Ein stark brenzliger Geruch. Martin merkte nichts.

»Haben Sie irgend etwas auf dem Ofen stehen?« fragte Maigret.

Er ging in die Küche, aus der ihm blauer Dampf entgegenschlug. Auf dem Gasherd sah er einen kleinen Topf mit Milch stehen, der übergekocht war und zu zerspringen drohte. Er drehte den Gashahn ab, öffnete das Fenster und erblickte den Hof, das Laboratorium der Serumfirma und den Wagen des Geschäftsführers, der vor der Treppe parkte. Und er hörte das Klappern der Schreibmaschinen in den Büros.

Maigret ließ sich absichtlich Zeit. Er wollte Martin Gelegenheit geben, sich zu beruhigen, ja sogar, sich eine Haltung auszudenken. Er stopfte langsam seine Pfeife und setzte sie mit einem Gasanzünder, der über dem Herd hing, in Brand.

Als er in das Eßzimmer zurückging, hatte der Mann sich nicht vom Fleck gerührt, aber er war ruhiger geworden. Er stand seufzend auf, suchte nach einem Taschentuch und putzte sich geräuschvoll die Nase.

»Das wird böse enden, nicht wahr?« begann er.

»Es hat schon zwei Tote gegeben!« antwortete Maigret.

»Zwei Tote . . .«

Eine Anstrengung. Eine Anstrengung, die geradezu übermenschlich sein mußte, denn es gelang Martin, der gerade wieder die Nerven zu verlieren drohte, sich unter Kontrolle zu halten.

»Dann ist es wohl besser, wenn . . .«

»Wenn . . .?«

Der Kommissar wagte kaum zu sprechen. Er hielt den Atem an. Er spürte eine Beklemmung in der Brust, denn er fühlte sich der Wahrheit ganz nahe.

»Ja ...« murmelte Martin wie zu sich selbst. »Was hilft's! Es ist unumgänglich ... un-um-gänglich ...«

Dennoch ging er mechanisch bis zur offenen Schlafzimmertür und warf einen Blick hinein.

Maigret wartete immer noch, unbeweglich und schweigend.

Martin sagte nichts. Man hörte auch die Stimme seiner Frau nicht. Dennoch spielte sich irgend etwas ab.

Die Situation zog sich in die Länge. Der Kommissar begann ungeduldig zu werden.

»Nun?«

Der Mann drehte sich langsam zu ihm um, mit einem neuen Gesicht.

»Was?«

»Sie sagten, daß ...«

Monsieur Martin versuchte zu lächeln.

»Daß was?«

»Daß es besser sei, um weitere Tragödien zu verhindern ...«

»Daß was besser sei?«

Er strich sich mit der Hand über die Stirn, wie jemand, der Schwierigkeiten hat, sich zu erinnern.

»Ich bitte um Entschuldigung! Ich bin so durcheinander ...«

»... daß Sie vergessen haben, was Sie eben sagen wollten?«

»Ja ... Ich weiß nicht mehr ... Sehen Sie! Sie schläft ...«

Er zeigte auf Madame Martin, die die Augen

geschlossen hatte und deren Gesicht dunkelrot war, wahrscheinlich wegen des Eisbeutels auf ihrer Stirn.

»Was wissen Sie?« fragte Maigret in dem Ton, den man einem zu gerissenen Beschuldigten gegenüber anschlägt.

»Ich?«

Und von nun an würden alle Antworten von der gleichen Art sein! Er würde das tun, was man den Dummen spielen nennt: jedesmal ein Wort erstaunt wiederholen.

»Sie waren bereit, mir die Wahrheit zu sagen . . .«

»Die Wahrheit?«

»Kommen Sie! Versuchen Sie nicht, den Schwachkopf zu spielen. Sie wissen, wer Couchet umgebracht hat . . .«

»Ich? . . . Ich weiß?«

Wenn er noch nie eine Ohrfeige bekommen hatte, so war er jetzt nahe daran, sich eine besonders gewaltige von der Hand Maigrets einzufangen!

Der Kommissar betrachtete mit zusammengebissenen Zähnen die reglose Frau, die schlief oder zu schlafen vorgab, und dann das Männchen mit den noch geschwollenen Lidern, dessen Züge von der Krise, die er eben durchgemacht hatte, verkrampft waren und dessen Schnurrbart herabhing.

»Wollen Sie die Verantwortung für das, was noch geschehen kann, auf sich nehmen?«

»Was soll denn noch geschehen?«

»Sie machen einen Fehler, Martin!«

»Was für einen Fehler?«

Was war geschehen? Dieser Mann, der eben noch

bereit war, zu reden, hatte vielleicht eine Minute lang zwischen den beiden Zimmern gestanden und zum Bett seiner Frau geblickt. Maigret hatte nichts gehört. Martin hatte sich nicht gerührt.

Und jetzt schlief sie! Und er spielte den Unschuldigen!

»Ich bitte um Entschuldigung . . . Ich glaube, es gibt Augenblicke, in denen ich nicht mehr weiß, wo mir der Kopf steht . . . Sie müssen zugeben, daß genug passiert ist, um einen den Verstand verlieren zu lassen . . .«

Trotzdem blieb er traurig, ja verzweifelt. Er sah aus wie ein Verurteilter. Er vermied es, Maigret anzusehen, sein Blick irrte über die vertrauten Gegenstände und blieb schließlich auf dem Rundfunkempfänger hängen, den er aufzuheben begann, indem er sich mit dem Rücken zu Maigret auf den Fußboden hockte.

»Um wieviel Uhr wollte der Arzt wiederkommen?«

»Ich weiß nicht. Er hat gesagt ›heute abend‹ . . .«

Maigret ging hinaus und schlug die Tür hinter sich zu. Er fand sich Auge in Auge mit der alten Mathilde, die so verdattert war, daß sie unbeweglich und mit offenem Mund stehenblieb.

»Sie haben mir wohl auch nichts zu sagen, hm? Wollen Sie etwa auch behaupten, Sie wüßten von nichts?«

Sie versuchte, sich wieder zu fassen. Sie hielt die Hände unter der Schürze verschränkt, in der unwillkürlichen Haltung einer alten Hausfrau.

»Kommen Sie mit. Wir gehen zu Ihnen.«

Sie schlurfte mit ihren Filzpantoffeln über den Flur und zögerte, die angelehnte Tür zu öffnen.

»Machen Sie schon! Gehen Sie hinein . . .«

Maigret ging ebenfalls hinein, trat die Tür hinter sich mit dem Absatz zu und blickte nicht einmal zu der Verrückten hinüber, die vor dem Fenster saß.

»Jetzt erzählen Sie! Verstanden?«

Und er ließ sich mit seinem ganzen Gewicht auf einen Stuhl fallen.

9

Der Mann mit dem Pensionsanspruch

Erstens verbringen sie ihr Leben mit Zanken und Streiten!« Maigret zuckte nicht mit der Wimper. Er war schon bis zum Hals hinabgestiegen in diesen Alltagsschmutz, der noch widerlicher war als das Drama selbst.

Der Gesichtsausdruck der Alten vor ihm war eine schreckliche Mischung aus Triumph und Drohung. Sie packte aus. Und sie würde noch mehr auspacken! Aus Haß auf die Martins, auf den Toten, auf alle Bewohner des Hauses, auf die gesamte Menschheit! Und aus Haß auf Maigret!

Sie blieb vor ihm stehen, die Hände über ihrem großen schlaffen Bauch gefaltet, und es schien, als habe sie ihr ganzes Leben lang auf diesen Augenblick gewartet.

Das war kein Lächeln, das ihre Lippen umspielte: das war schiere Glückseligkeit, die sie dahinschmelzen ließ!

»*Erstens* verbringen sie ihr Leben mit Zanken und Streiten.«

Sie hatte Zeit. Sie gab ihre Sätze tropfenweise von sich. Sie ließ es sich nicht nehmen, ihre Verachtung für Leute zum Ausdruck zu bringen, die sich streiten.

»Schlimmer als die Kesselflicker! Und das

geht schon die ganze Zeit so! Manchmal frage ich mich, warum er sie nicht schon längst umgebracht hat.«

»Ach! Sie rechneten damit, daß . . .?«

»Wenn man in einem Haus wie diesem lebt, muß man mit allem rechnen.«

Sie achtete auf ihren Tonfall. War sie eigentlich mehr widerwärtig als lächerlich oder mehr lächerlich als widerwärtig?

Das Zimmer war groß. Darin stand ein ungemachtes Bett, mit grauen Laken, die gewiß noch nie im Freien zum Trocknen aufgehängt worden waren. Ein Tisch, ein alter Schrank, eine Kochplatte.

In einem Sessel saß die Verrückte und blickte mit einem leichten, gerührten Lächeln vor sich hin.

»Entschuldigen Sie! Bekommen Sie manchmal Besuch?« fragte Maigret.

»Nie!«

»Und Ihre Schwester verläßt dieses Zimmer nicht?«

»Manchmal läuft sie davon, ins Treppenhaus . . .«

Ein entmutigendes Grau in Grau. Ein Geruch nach unsauberer Armut, der Geruch des Alters, vielleicht schon ein Geruch des Todes?

»Sie müssen wissen, daß es immer die Frau ist, die damit anfängt!«

Maigret brachte kaum die Kraft auf, ihr Fragen zu stellen. Er blickte sie vage an. Er hörte zu.

»Natürlich immer nur wegen des Geldes! Nicht etwa, daß andere Frauen im Spiel gewesen wären . . . Obwohl sie ihn einmal, als sie das Geld zusammenzählte, im Verdacht hatte, in eines von diesen Häusern gegangen zu sein . . . Sie hat ihn nach Strich und Faden fertiggemacht!«

»Schlägt sie ihn?«

Maigret sagte das ohne Ironie. Diese Vermutung war ebensowenig absurd wie jede andere. Er tappte durch so viel Unwahrscheinliches, daß ihn nichts mehr in Erstaunen hätte versetzen können.

»Ich weiß nicht, ob sie ihn schlägt, aber sie zerschmeißt jedenfalls Teller . . . Und dann heult sie und sagt, daß sie niemals einen anständigen Haushalt haben würde . . .«

»Mit anderen Worten, es gibt fast täglich Szenen?«

»Keine großen Szenen. Aber Vorwürfe. Zwei oder drei größere Szenen in der Woche . . .«

»Da haben Sie ja viel zu tun!«

Sie war sich nicht sicher, richtig verstanden zu haben, und blickte Maigret mit einem Anflug von Mißtrauen an.

»Welche Vorwürfe macht sie ihm am häufigsten?«

»›Wenn man eine Frau nicht ernähren kann, heiratet man nicht!‹

›Man betrügt seine Frau nicht, indem man sie in dem Glauben läßt, man bekäme eine Gehaltserhöhung, und dann stimmt es nicht . . .‹

›Man nimmt nicht einfach einem Mann wie Couchet, der Millionen verdienen kann, die Frau weg . . .‹

›Die Beamten sind Memmen . . . Ein Mann muß auf eigene Rechnung arbeiten, Risiken eingehen und Initiativen entwickeln, wenn er es zu etwas bringen will . . .‹«

Armer Martin, mit seinen Handschuhen, seinem

hellgrauen Mantel, seinem mit Wachs geglätteten Schnurrbart! Maigret konnte sich alle die Litaneien vorstellen, die man ihm an den Kopf warf, mal als feinen Regen, mal als Wolkenbruch.

Dabei hatte er getan, was er konnte! Vor ihm war Couchet es gewesen, der sich die gleichen Vorwürfe hatte anhören müssen. Sicher hatte sie zu Couchet gesagt:

»Sieh dir Monsieur Martin an! Das ist ein intelligenter Mann! Der denkt daran, daß er vielleicht einmal eine Frau haben wird! Und die bekommt eine Pension, wenn ihm etwas zustößt! Während du . . .«

Das Ganze wirkte wie ein böser Mummenschanz. Madame Martin hatte sich selbst betrogen, war betrogen worden, betrog alle Welt!

Ein furchtbarer Irrtum lag all dem zugrunde!

Die Tochter des Konditors aus Meaux wollte Geld! Soviel stand fest. Es mußte unbedingt Geld her! Sie spürte das! Sie war dazu geboren, Geld zu haben, und folglich hatte ihr Mann es zu verdienen!

Couchet verdiente nicht genug? Und sie würde nicht einmal eine Pension bekommen, wenn er stürbe?

Na gut, dann heiratete sie eben Martin!

Nur war es Couchet, der dann Millionär wurde, aber zu spät! Und es war nicht möglich, Martin auf Trab zu bringen, ihn zu veranlassen, die Registerbehörde zu verlassen und ebenfalls Arzneimittel zu verkaufen oder sonst etwas Einträgliches!

Sie war unglücklich. Sie war immer unglücklich gewesen. Das Leben machte sich einen Spaß daraus, sie ganz gemein zu betrügen!

Die Augen der alten Mathilde waren auf Maigret gerichtet, graugrün wie Quallen.

»Kam ihr Sohn sie besuchen?«

»Manchmal.«

»Machte sie ihm auch Szenen?«

Es war, als hätte die Alte seit Jahren auf diese Stunde gewartet!

Sie hatte keine Eile! Sie nahm sich Zeit!

»Sie gab ihm immer Ratschläge:

›Dein Vater ist reich! Er sollte sich schämen, daß er dir keine bessere Stelle verschafft! Du hast nicht mal ein Auto . . . Und weißt du, warum? Wegen dieser Frau, die ihn seines Geldes wegen geheiratet hat! Denn nur deshalb hat sie ihn geheiratet!‹

›Wer weiß, was sie dir später noch alles in den Weg legen wird . . . Wirst du überhaupt irgend etwas von dem Vermögen zu sehen bekommen, das dir zusteht?‹

›Deshalb solltest du ihm jetzt das Geld aus der Nase ziehen und es zur Seite legen, an einem sicheren Ort . . .‹

›Ich hebe es dir auf, wenn du willst . . . Sag! Soll ich es dir aufheben?‹«

Und Maigret, der den schmutzigen Fußboden betrachtete, dachte angestrengt nach.

Er glaubte, in diesem Durcheinander der Emotionen ein beherrschendes Gefühl zu erkennen, das vielleicht alle anderen mit sich gebracht hatte: die Unruhe! Eine unnatürliche, morbide Unruhe, die an Wahnsinn grenzte . . .

Madame Martin sprach immer davon, was geschehen könnte: der Tod ihres Mannes, das Elend, wenn er ihr keine Pension hinterließe . . . Sie hatte Angst um ihren Sohn . . .

Das war ein Alptraum, eine Zwangsvorstellung.

»Was gab Roger zur Antwort?«

»Nichts! Er blieb nie lange! Er dürfte Besseres zu tun gehabt haben . . .«

»Ist er am Tage des Mordes gekommen?«

»Ich weiß es nicht.«

Und die Verrückte in ihrer Ecke, die ebenso alt war wie Mathilde, sah den Kommissar immer noch mit freundlichem Lächeln an.

»Hatten die Martins eine interessantere Unterhaltung als gewöhnlich?«

»Ich weiß es nicht.«

»Ist Madame Martin gegen acht Uhr abends nach unten gegangen?«

»Ich erinnere mich nicht mehr! Ich kann nicht die ganze Zeit im Korridor sein.«

Sagte sie das unbewußt, oder war es Ironie? Mit irgend etwas hielt sie jedenfalls hinter dem Berg. Maigret fühlte das. Der ganze Eiter war noch nicht heraus!

»Am Abend haben sie sich gestritten . . .«

»Warum?«

»Ich weiß es nicht.«

»Haben Sie nicht zugehört?«

Sie antwortete nicht. Ihr Gesichtsausdruck schien zu bedeuten:

»Das geht nur mich etwas an!«

»Was wissen Sie noch?«

»Ich weiß, warum sie krank ist!«

Und das, das war der Triumph! Die Hände, die sie immer noch über dem Bauch verschränkt hielt, begannen zu zittern. Der Höhepunkt eines ganzen Lebens!

»Nämlich?«

Das mußte ausgekostet werden.

»Weil ... Warten Sie, ich will meine Schwester fragen, ob sie nichts braucht ... Fanny, hast du keinen Durst? ... Hunger? ... Ist dir auch nicht zu warm?«

Der kleine Kanonenofen war ganz rot. Die Alte schwebte auf ihren Filzsohlen durch das Zimmer, ohne das geringste Geräusch zu verursachen.

»Weil?«

»Weil er ohne das Geld zurückgekommen ist!«

Sie betonte jede Silbe einzeln und ließ ein bedeutsames Schweigen folgen. Es war soweit! Sie sprach nicht weiter. Sie hatte genug gesagt.

»Welches Geld?«

Vergebliche Mühe! Sie antwortete auf keine Frage mehr.

»Das geht mich nichts an! Mehr habe ich nicht gehört. Machen Sie daraus, was Sie wollen ... Es ist jetzt Zeit, daß ich meine Schwester pflege ...«

Er ging hinaus und überließ die beiden Alten Gott weiß welcher Art von Pflege.

Es machte ihn krank. Ihm drehte sich der Magen um, als wäre er seekrank.

»Weil er ohne das Geld zurückgekommen ist ...«

War das die Lösung? Martin hatte sich entschlossen, den ersten Ehemann zu bestehlen, vielleicht, um den Vorwurf der Mittelmäßigkeit nicht länger hören zu müssen. Und sie hatte ihn vom Fenster aus beobachtet. Dann war er mit den dreihundertsechzig Scheinen herausgekommen . . .

Aber als er zurückkam, hatte er sie nicht mehr! Hatte er sie an einem sicheren Ort versteckt? War er seinerseits bestohlen worden? Oder hatte er es mit der Angst bekommen und das Geld in die Seine geworfen, um es loszuwerden?

Hatte er einen Menschen umgebracht? Er, der kleine, mittelmäßige Monsieur Martin mit seinem hellgrauen Mantel?

Vorhin hatte er reden wollen. Seine Erschöpfung glich der eines Schuldigen, der nicht mehr die Kraft hat zu schweigen und der lieber sofort ins Gefängnis geht, als das beklemmende Warten zu ertragen.

Aber warum war dann seine Frau krank?

Vor allem aber: Warum hatte Roger sich umgebracht?

Und war dies alles nicht nur ein Produkt der Einbildung Maigrets? Warum verdächtigte er nicht Nine oder Madame Couchet oder gar den Obersten? . . .

Der Kommissar ging langsam die Treppe hinunter und stieß mit Monsieur de Saint-Marc zusammen, der sich umdrehte.

»Ah, Sie sind es . . .«

Er reichte Maigret herablassend die Hand.

»Etwas Neues? Glauben Sie, daß es bald ausgestanden sein wird?«

Plötzlich, im Stockwerk darüber, der Schrei der Verrückten, bestimmt, weil ihre Schwester sie allein gelassen hatte, um wieder ihren Horchposten hinter irgendeiner Tür einzunehmen!

Ein schönes Begräbnis. Viele Leute. Bessere Leute, vor allem die Familie von Madame Couchet und die Nachbarn vom Boulevard Haussmann.

Es war eigentlich nur die Schwester Couchets, die nicht in die erste Reihe paßte, obwohl sie sich alle Mühe gegeben hatte, elegant zu wirken. Sie weinte. Und ihre geräuschvolle Art, sich die Nase zu putzen, brachte ihr jedesmal einen zornigen Blick der Schwiegermutter des Toten ein.

Unmittelbar hinter der Familie die Belegschaft der Firma.

Und neben den Angestellten die alte Mathilde, sehr würdig, von sich selbst und von ihrem Recht, dabeizusein, überzeugt.

Das schwarze Kleid, das sie trug, diente gewiß nur diesem einen Zweck: an Beerdigungen teilzunehmen! Ihr Blick begegnete dem Maigrets. Sie geruhte, ihm leicht zuzunicken.

Die Orgel dröhnte; dazu der Baß des Kantors, das Falsett des Diakons: *et ne nos inducat in tentationem . . .*

Das Geräusch zurückgeschobener Stühle. Der Katafalk war hoch, und dennoch verschwand er unter den Blumen und Kränzen.

Die Mieter des Hauses Place des Vosges 61.

Mathilde hatte sicher ihren Anteil gespendet. Ob auch die Martins sich in die Beitragsliste eingeschrieben hatten?

Madame Martin war nicht zu sehen. Sie lag noch zu Bett.

Libera nos, Domine . . .

Die Aussegnung. Das Ende. Der Sargführer schritt dem Leichenzug langsam voran. In einer Ecke in der Nähe eines Beichtstuhls entdeckte Maigret Nine. Ihre kleine Nase war ganz rot, aber sie machte sich nicht die Mühe, mit dem Puderquast darüberzufahren.

»Es ist schrecklich, nicht wahr?« sagte sie.

»Was ist schrecklich?«

»Alles! Ich weiß nicht. Diese Musik . . . Und dieser Chrysanthemengeruch . . .«

Sie biß sich auf die Unterlippe, um ein Schluchzen zu unterdrücken.

»Wissen Sie, ich habe viel nachgedacht . . . Und manchmal habe ich das Gefühl, daß er etwas geahnt haben muß . . .«

»Gehen Sie mit zum Friedhof?«

»Was meinen Sie, soll ich? Man könnte mich sehen, nicht wahr? Vielleicht ist es besser, wenn ich nicht hingehe . . . Obwohl ich so gern wüßte, wo sie ihn begraben . . .«

»Sie brauchen nur den Friedhofswärter zu fragen.«

»Ja . . .«

Sie flüsterten miteinander. Die Schritte der letzten Trauergäste verhallten hinter der Kirchentür. Wagen setzten sich in Bewegung.

»Sie sagten, er ahnte etwas?«

»Vielleicht nicht, daß er auf diese Weise sterben würde . . . Aber er wußte, daß er nicht mehr lange zu leben hatte . . . Er war schwer herzkrank . . .«

Man merkte, daß sie sich gequält hatte, daß ihre Gedanken Stunde um Stunde die gleiche Frage umkreist hatten.

»Worte, die er gesagt hat, und an die ich mich erinnere . . .«

»Hatte er Angst?«

»Nein! Eher das Gegenteil . . . Wenn man zufällig das Wort Friedhof erwähnte, antwortete er lachend: ›Der einzige Ort, an dem man seine Ruhe hat . . . Ein hübsches kleines Eckchen auf dem Père-Lachaise . . .‹«

»Scherzte er viel?«

»Vor allem, wenn er gar nicht fröhlich war . . . Verstehen Sie? Er wollte es sich nicht anmerken lassen, daß er Sorgen hatte. In solchen Augenblicken suchte er irgendeinen Anlaß, um sich zu bewegen, um zu lachen . . .«

»Zum Beispiel, wenn er von seiner ersten Frau sprach?«

»Über sie hat er nie mit mir gesprochen.«

»Und über die zweite?«

»Auch nicht! Er sprach nicht von jemand Bestimmtem. Er sprach über die Menschen im allgemeinen. Er fand, sie seien komische kleine Tiere. Wenn ein Kellner ihn beschummelte, sah er ihm mit einem besonders gerührten Ausdruck nach. ›Eine Kanaille!‹ sagte er. Und er betonte dieses Wort mit einem amüsierten, zufriedenen Lächeln!«

Es war kalt. Allerheiligenwetter. Maigret und Nine hatten in diesem Viertel Saint-Philippe-du-Roule nichts mehr zu suchen.

»Und was macht das Moulin-Bleu?«

»Es geht!«

»Ich werde an einem der nächsten Abende mal vorbeischauen ...«

Maigret gab ihr die Hand und sprang auf die Plattform eines Autobusses.

Er mußte allein sein, nachdenken, oder vielmehr seine Gedanken umherwandern lassen. Er stellte sich den Leichenzug vor, der bald auf dem Friedhof eintreffen würde ... Madame Couchet ... Der Oberst ... Der Bruder ... Die Leute, die über das merkwürdige Testament reden würden ...

»Was konnten sie nur bei den Abfallbehältern gewollt haben?«

Denn das war der Angelpunkt des Dramas. Martin war um die Müllkästen unter dem Vorwand herumgestrichen, einen Handschuh zu suchen, den er nicht gefunden, am nächsten Morgen aber wieder getragen hatte. Auch Madame Martin hatte im Abfall herumgewühlt und etwas von einem silbernen Löffel erzählt, den sie versehentlich weggeworfen hätte.

»*... weil er ohne das Geld zurückgekommen ist ...*« hatte die alte Mathilde gesagt.

In der Tat, an der Place des Vosges mußte es jetzt lustig zugehen! Würde die Verrückte, die jetzt allein war, wie üblich schreien?

Der vollbesetzte Autobus fuhr an den Haltestellen durch. Ein Fahrgast, der Rücken an Rücken mit Maigret stand, sagte zu seinem Nachbarn:

»Hast du schon von der Geschichte mit den Tausendfrancscheinen gelesen?«

»Nein! Was ist damit?«

»Ich wollte, ich wäre dagewesen . . . Vorgestern morgen, am Stauwehr von Bougival. Eine ganze Reihe von Tausendfrancscheinen, die gemächlich den Fluß hinabschaukelten . . . Ein Schiffer hat sie als erster entdeckt, und er hat einige herausfischen können. Aber der Schleusenmeister hat Wind von der Sache bekommen und die Polizei verständigt. Und die haben einen Beamten hingeschickt, der die Geldscheinangler überwacht hat . . .«

»Ehrlich? Das wird sie doch wohl kaum gehindert haben, ein paar beiseite zu stecken . . .«

»In der Zeitung steht, daß man um die dreißig Scheine gefunden hat, daß es aber wesentlich mehr gewesen sein müßten, weil man auch in Mantes zwei davon herausgefischt hat . . . Stell dir vor, Geldscheine, die auf der Seine entlangschaukeln! Das ist besser als Gründlinge angeln, was?«

Maigret zuckte nicht mit der Wimper. Er war einen Kopf größer als die anderen, und sein Gesicht strahlte zufriedene Gelassenheit aus.

». . . weil er ohne das Geld zurückgekommen ist . . .«

Das war es also? Der kleine Monsieur Martin, der beim Gedanken an sein Verbrechen Angst oder Gewissensbisse bekommen hatte? Martin, der zugab, an jenem Abend auf der Ile Saint-Louis spazierengegangen zu sein, um seine Migräne zu vertreiben!

Maigret konnte sich ein Lächeln nicht verkneifen, denn er stellte sich Madame Martin vor, die alles von ihrem Fenster aus mit angesehen hatte und auf Martin wartete.

Ihr Mann kam zurück, erschöpft und niedergeschlagen. Sie verfolgte jede seiner Gesten und Bewegungen. Sie wartete darauf, die Scheine zu sehen, sie vielleicht zu zählen . . .

Er zog sich aus, wollte zu Bett gehen.

Und hob sie nicht seine Kleidungsstücke auf, um die Taschen zu durchsuchen?

Sie begann unruhig zu werden. Sie starrte auf Martin und seinen traurigen Schnurrbart.

»Die . . . das . . . das Geld?«

»Welches Geld?«

»Wem hast du es gegeben? . . . Antworte! Versuch nicht, mir etwas vorzulügen!«

Und während Maigret am Pont-Neuf aus dem Bus stieg und zu den Fenstern seines Büros hinübersah, überraschte er sich dabei, wie er halblaut sagte:

»Ich wette, daß Martin in seinem Bett angefangen hat zu weinen!«

10

Die Ausweise

Es begann in Jeumont. Es war elf Uhr abends. Einige Reisende dritter Klasse begaben sich zu den Zollbüros, während die Zöllner anfingen, die Wagen der ersten und zweiten Klasse zu kontrollieren.

Einige Leute, die es besonders genau nahmen, öffneten ihre Koffer schon im voraus und breiteten den Inhalt auf der Sitzbank aus. Zu diesen gehörte auch ein Mann mit unruhigen Augen, in einem Abteil zweiter Klasse, in dem außer ihm nur ein älteres Ehepaar aus Belgien saß.

Sein Gepäck war ein Muster an Ordnung und Voraussicht. Die Hemden waren in Zeitschriftenbögen eingeschlagen, damit sie nicht verschmutzen konnten. Dazu ein Dutzend Manschettenpaare, warme Unterhosen und Unterhosen für den Sommer, ein Wecker, Schuhe und ein Paar ausgetretener Pantoffeln.

Der Koffer konnte nur von einer Frau gepackt worden sein. Kein bißchen Platz war verschenkt. Nichts konnte zerknittern. Ein Zöllner drehte die Sachen mit gleichgültiger Hand um, während er den Mann im hellgrauen Mantel betrachtete, der genau der Typ war, der solche Koffer besaß.

»In Ordnung!«

Er markierte das Gepäck mit einem Kreidekreuz.

»Nichts zu verzollen, die anderen Herrschaften?«

»Entschuldigen Sie!« fragte der Mann. »Wo genau fängt Belgien an?«

»Sehen Sie den ersten Zaun dort hinten? Nein, Sie können ihn nicht sehen. Aber warten Sie . . . Zählen Sie die Lampen! Die dritte Lampe links, dort ist die Grenze!«

Eine Stimme im Gang, die vor jeder Tür wiederholte:

»Bitte die Pässe und Personalausweise bereithalten!«

Und der Mann im hellgrauen Mantel bemühte sich, seine Koffer in das Gepäcknetz zurückzustemmen.

»Den Paß, bitte!«

Er drehte sich um und sah einen jungen Mann mit einer grauen Mütze.

»Franzose? Dann also Ihren Personalausweis . . .«

Es dauerte einen Moment. Er fingerte in seiner Brieftasche herum.

»Hier, Monsieur!«

»Gut! Martin, Edgar-Emile . . . Jawohl! Folgen Sie mir . . .«

»Wohin?«

»Sie können Ihr Gepäck mitnehmen . . .«

»Aber . . . der Zug . . .«

Das belgische Ehepaar sah ihn entsetzt an, genoß aber zugleich das prickelnde Gefühl, mit einem Verbrecher im gleichen Abteil gesessen zu haben. Monsieur Martin, dessen Augen weit aufgerissen waren, stieg auf die Bank um seine Reisetaschen wieder herunterzuholen.

»Ich schwöre Ihnen . . . Was ist denn . . .?«

»Beeilen Sie sich, der Zug fährt gleich los . . .«

Und der junge Mann mit der grauen Mütze ließ den schwersten Koffer auf den Bahnsteig poltern. Es war dunkel. Im Lichtschein der Lampen hasteten Reisende von der Bahnhofswirtschaft zurück. Ein Pfiff. Eine Frau diskutierte mit den Zollbeamten, die sie nicht weiterfahren ließen.

»Morgen früh werden wir weitersehen . . .«

Und Monsieur Martin trottete hinter dem jungen Mann her, während er sich mit seinem Gepäck abmühte. Er hatte sich niemals vorgestellt, daß ein Bahnsteig so lang sein konnte. Er kam ihr vor wie eine endlose Rennstrecke, menschenleer, von mysteriösen Türen gesäumt.

Schließlich stieß der junge Mann die letzte Tür auf.

»Gehen Sie hinein!«

Es war düster . . . Nur eine Lampe mit grünem Schirm, die so niedrig über dem Tisch hing, daß sie nur einige Papiere beleuchtete. Dennoch bewegte sich etwas hinten im Raum.

»Guten Tag, Monsieur Martin!« sagte eine freundliche Stimme.

Und eine enorme Gestalt löste sich aus dem Schatten: Kommissar Maigret, der den Samtkragen seines schweren Überziehers hochgeschlagen hatte und die Hände in den Taschen hielt.

»Es lohnt sich nicht, die Koffer abzustellen. Wir nehmen den Zug nach Paris zurück, der gleich auf Gleis 3 einfährt . . .«

Diesmal gab es keinen Zweifel mehr: Martin weinte

lautlos vor sich hin, während die so sorgfältig gepackten Koffer seine Hände lähmten.

Der Inspektor, der zur Überwachung der Place des Vosges Nr. 61 eingesetzt worden war, hatte Maigret einige Stunden zuvor angerufen:

»Unser Mann ist dabei, sich aus dem Staub zu machen . . . Er hat ein Taxi genommen und sich zur Gare du Nord fahren lassen . . .«

»Lassen Sie ihn fahren . . . Überwachen Sie weiterhin seine Frau . . .«

Und Maigret hatte denselben Zug genommen wie Martin. Er hatte im Nachbarabteil gesessen, zusammen mit zwei Unteroffizieren, die sich während der ganzen Fahrt zweideutige Geschichten erzählt hatten.

Von Zeit zu Zeit hatte der Kommissar sein Auge an das kleine Guckloch in der Zwischenwand gehalten, die die beiden Abteile trennte, und einen düster blikkenden Martin gesehen.

Jeumont . . . Die Ausweise, bitte . . . Das Büro des Sonderkommissars.

Und nun fuhren sie beide in einem reservierten Abteil nach Paris zurück.

Martin trug keine Handschellen. Seine Koffer lagen im Gepäcknetz über seinem Sitz, und einer von ihnen, der keine sichere Auflage hatte, drohte ihm auf den Kopf zu fallen.

Bis Maubeuge hatte Maigret noch keine einzige Frage gestellt.

Es war gespenstisch. Er saß zurückgelehnt in seiner Ecke, die Pfeife zwischen den Zähnen. Er hörte nicht auf zu rauchen, während er seinen Reisegefährten mit seinen kleinen, belustigten Augen ansah.

Zehnmal, zwanzigmal hatte Martin den Mund aufgemacht, ohne sich entschließen zu können, etwas zu sagen. Und zehnmal oder zwanzigmal hatte der Kommissar nicht einmal Notiz davon genommen.

Aber dann geschah es doch: Eine Stimme, die man unmöglich beschreiben kann und die selbst Madame Martin kaum wiedererkannt hätte.

»Ich war es . . .«

Und Maigret sagte noch immer nichts. Seine Augen schienen zu fragen:

»Wirklich?«

»Ich . . . Ich hatte gehofft, über die Grenze zu kommen . . .«

Es gibt eine Art zu rauchen, die für denjenigen, der dabei zusieht, aufreizend ist: bei jedem Zug öffnen die Lippen sich genießerisch mit einem kaum hörbaren »poc«. Und der Rauch wird nicht nach vorn geblasen, sondern entweicht allmählich und bildet eine Wolke um das Gesicht.

So rauchte Maigret, während sein Kopf im Rhythmus der Achsen von rechts nach links und von links nach rechts pendelte.

Martin beugte sich vor, die schmerzenden Hände in den Handschuhen, die Augen fieberglänzend.

»Glauben Sie, daß es lange dauern wird? Nicht, wenn ich gestehe, nicht wahr? Denn ich gestehe alles . . .«

Was gab ihm die Kraft, nicht zu schluchzen? Alle seine Nerven mußten ihm furchtbare Qualen bereiten.

Und seine Augen sahen Maigret immer wieder flehend an, als wollten sie sagen:

»Helfen Sie mir doch! Sie sehen doch, daß ich am Ende meiner Kräfte bin . . .«

Aber der Kommissar rührte sich nicht. Er war ebenso gelassen und hatte den gleichen neugierigen, aber leidenschaftslosen Blick, als stünde er im Zoo vor dem Käfig eines exotischen Tieres.

»Couchet hat mich überrascht . . . Und da . . .«

Maigret seufzte. Ein Seufzer, der nichts bedeuten sollte, oder der vielmehr auf hunderterlei Weise interpretiert werden konnte.

Saint-Quentin! Schritte im Gang. Ein untersetzter Reisender versuchte, die Tür des Abteils zu öffnen, merkte, daß sie verriegelt war, blieb einen Moment stehen, um die Nase gegen die Scheibe zu pressen und hineinzusehen, und machte sich dann resigniert auf die Suche nach einem anderen Platz.

»Wenn ich doch alles gestehe, nicht wahr? Es hat keinen Zweck, zu leugnen . . .«

Genau so, als ob er mit einem Tauben spräche oder mit einem Mann, der nicht ein Wort Französisch versteht. Maigret stopfte seine Pfeife sorgfältig mit dem Zeigefinger.

»Haben Sie Streichhölzer?«

»Nein. Ich rauche nicht. Das wissen Sie doch. Meine Frau mag den Tabakgeruch nicht . . . Ich möchte, daß es schnell vorbei ist, verstehen Sie? Das werde ich dem Verteidiger sagen, den zu nehmen ich verpflichtet sein werde. Keine Komplikationen! Ich gestehe alles . . . Ich habe in der Zeitung gelesen, daß man einen Teil der

Scheine wiedergefunden hat. Ich weiß nicht, warum ich das tat . . . Als ich sie in meiner Tasche fühlte, war mir, als ob mich alle Leute auf der Straße anstarrten. Zuerst dachte ich daran, sie irgendwo zu verstekken . . . Aber wozu?

Ich ging den Kai entlang. Dort lagen Schleppkähne. Ich fürchtete, von einem Schiffer gesehen zu werden . . .

Also ging ich über die Pont Marie, und auf der Ile Saint-Louis konnte ich das Bündel loswerden . . .«

Das Abteil war überheizt. Das Schwitzwasser rieselte die Scheiben hinab. Um die Deckenleuchte herum verteilte sich der Rauch nach den Seiten.

»Ich hätte Ihnen gleich beim ersten Mal, als ich Sie sah, alles gestehen sollen . . . Ich hatte nicht den Mut dazu . . . Ich hatte gehofft, daß . . .«

Martin stockte und sah neugierig seinen Begleiter an, der den Mund leicht geöffnet und die Augen geschlossen hatte. Ein gleichmäßiger Atem wie das Schnurren eines großen, zufriedenen Katers!

Maigret schlief!

Der andere warf einen Seitenblick zur Tür, die er nur hätte aufzuschieben brauchen. Und wie um der Versuchung zu entfliehen, kauerte er sich in eine Ecke und preßte die Schenkel zusammen, die fahrigen Hände auf den mageren Knien.

Gare du Nord. Ein grauer Morgen. Die unausgeschlafene Menge aus den Vororten drängte wie eine Herde durch die Sperren.

Der Zug hatte weit außerhalb der Halle gehalten.

Die Koffer waren schwer. Martin wollte aber nicht stehenbleiben. Er war außer Atem, und seine Arme taten ihm weh.

Sie mußten ziemlich lange auf ein Taxi warten.

»Bringen Sie mich zum Gefängnis?«

Sie hatten fünf Stunden im Zug verbracht, und Maigret hatte keine zehn Sätze gesagt. Und selbst die hatten keinerlei Bezug zu dem Verbrechen oder zu den dreihundertsechzigtausend Francs! Er hatte von seiner Pfeife gesprochen oder über die Hitze oder über die Ankunftszeit.

»Place des Vosges Nummer 61!« sagte er zu dem Fahrer.

Martin bettelte:

»Glauben Sie, daß es nötig ist, daß . . .«

Und zu sich selbst:

»Was werden sie im Büro denken! Ich hatte nicht einmal die Zeit gehabt, Bescheid zu sagen . . .«

In ihrer Loge sortierte die Concierge die Post: Ein großer Stoß für die Serumfirma und ein kleines Häufchen für den Rest des Hauses.

»Monsieur Martin! Monsieur Martin! Es war jemand von der Registerbehörde hier und hat gefragt, ob Sie krank seien . . . Offenbar haben Sie den Schlüssel vom . . .«

Maigret zog seinen Gefährten mit sich fort. Und Martin schleppte seine schweren Koffer die Treppen hoch, vorbei an den Milchkannen und frischen Broten, die vor den Türen standen.

Die Tür der alten Mathilde bewegte sich.

»Geben Sie mir den Schlüssel.«

»Aber . . .«

»Dann öffnen Sie selbst.«

Eine tiefe Stille. Das Klicken des Riegels. Dann sah man das aufgeräumte Eßzimmer, in dem alles exakt an seinem Platz stand.

Martin zögerte lange, bevor er mit lauter Stimme sagte:

»Ich bin es! . . . Und der Kommissar . . .«

Nebenan bewegte sich jemand im Bett. Martin schloß die Tür hinter sich und jammerte:

»Wir hätten nicht herkommen sollen . . . Sie hat doch nichts damit zu tun, nicht wahr? Und in ihrem Zustand . . .«

Er wagte nicht, in das Zimmer hineinzugehen. Um Haltung zu bewahren, nahm er seine Koffer wieder auf und legte sie auf zwei Stühle.

»Soll ich Kaffee machen?«

Maigret klopfte an die Tür des Schlafzimmers.

»Darf man hereinkommen?«

Keine Antwort. Er drückte die Klinke herunter und sah sich unvermittelt dem starren Blick von Madame Martin gegenüber, die unbeweglich im Bett lag, das Haar mit Nadeln aufgesteckt.

»Entschuldigen Sie die Störung . . . Ich habe Ihnen Ihren Mann zurückgebracht, der den Fehler begangen hat, die Nerven zu verlieren.«

Martin stand hinter ihm. Er spürte es, ohne ihn sehen zu können.

Schritte hallten im Hof, und man hörte Stimmen, vor allem Frauenstimmen: das Personal der Büros und Laboratorien traf ein. Es war eine Minute vor neun.

Nebenan ein erstickter Schrei der Verrückten. Medikamente auf dem Nachttisch.

»Geht es Ihnen schlechter?«

Er wußte genau, daß sie nicht antworten würde, daß sie trotz allem an der gleichen verbissenen Zurückhaltung festhalten würde.

Als ob sie Angst hätte, ein Wort, ein einziges Wort zu sagen! Als ob ein Wort Katastrophen auslösen könnte!

Sie war abgemagert. Ihr Teint war noch fahler geworden. Aber ihre Augen, diese merkwürdigen grauen Augen hatten ihr trotziges, leidenschaftliches Eigenleben behalten.

Martin kam herein, mit weichen Knien. Durch seine ganze Haltung schien er sich zu entschuldigen, um Verzeihung zu bitten.

Die grauen Augen richteten sich langsam auf ihn, so hart und eisig, daß er den Kopf zur Seite wandte und stammelte:

»Es war am Bahnhof in Jeumont . . . Eine Minute später, und ich wäre in Belgien gewesen . . .«

Worte, Sätze, Lärm wären nötig gewesen, um diese Leere zu füllen, die man um jede Person herum spürte. Eine Leere, die man mit Händen greifen konnte und in der die Stimmen wie in einem Tunnel oder in einer Höhle widerhallten.

Aber niemand sprach. Mühsam fielen einige Silben, begleitet von ängstlichen Blicken, dann senkte sich die Stille wieder wie ein unerbittlicher Nebel herab.

Und dennoch geschah etwas, langsam und verstohlen: eine Hand, die unter der Decke hochglitt und sich in einer unmerklichen Bewegung unter das Kopfkissen schob.

Die magere, feuchte Hand Madame Martins. Maigret verfolgte diese Bewegung, während er in eine andere Richtung blickte, und wartete auf den Augenblick, in dem die Hand ihr Ziel erreichen würde.

»Kommt der Arzt heute morgen nicht vorbei?«

»Ich weiß nicht . . . Wer kümmert sich denn schon um mich? Ich liege hier wie ein Tier, das man verenden läßt . . .«

Aber ihr Blick wurde noch klarer, weil ihre Hand endlich erreicht hatte, was sie suchte.

Ein kaum wahrnehmbares Rascheln von Papier. Maigret machte einen Schritt nach vorn und ergriff Madame Martin am Handgelenk. Sie schien kraftlos, fast ohne Leben zu sein. Und trotzdem entwickelte sie von einer Sekunde auf die andere eine unerhörte Energie.

Sie wollte nicht loslassen, was sie in der Hand hielt. Im Bett sitzend, verteidigte sie sich wütend. Es gelang ihr, die Hand zum Mund zu zerren. Mit den Zähnen zerriß sie das Blatt, das ihre Hand umklammerte.

»Lassen Sie mich los! Lassen Sie mich los, oder ich schreie! Und du? Du stehst dabei und tust nichts?«

»Herr Kommissar . . . Ich flehe Sie an . . .« jammerte Martin.

Er horchte ängstlich. Er fürchtete, die anderen Mieter würden zusammenlaufen. Er wagte nicht, sich einzumischen.

»Wüstling! Dreckiger Wüstling! Eine Frau zu schlagen!«

Nein! Maigret schlug sie nicht. Er begnügte sich damit, ihre Hand festzuhalten, indem er das Handgelenk vielleicht etwas unsanft drückte, um die Frau daran zu hindern, das Papier zu vernichten.

»Schämen Sie sich nicht? Eine Frau an der Schwelle des Todes . . .«

Eine Frau, die eine Energie entfaltete, wie Maigret sie in seiner ganzen Laufbahn bei der Polizei selten erlebt hatte! Sein Hut fiel auf das Bett. Plötzlich biß sie den Kommissar in das Handgelenk.

Aber sie konnte nicht lange Widerstand leisten, so angegriffen waren ihre Nerven, und es gelang Maigret schließlich, ihre Finger auseinanderzubiegen, während sie einen Schmerzensschrei ausstieß.

Jetzt weinte sie. Sie weinte ohne Tränen, vor Enttäuschung, oder vor Wut; vielleicht war es aber auch nur Theater.

»Und du, du läßt es zu, daß er mich . . .«

Maigrets Rücken war zu breit für das schmale Zimmer. Er schien den ganzen Raum zu füllen, das Licht abzufangen.

Er näherte sich dem Kamin und entfaltete das Blatt Papier, dessen Ecken fehlten, und überflog den maschinengeschriebenen Text, der unter dem Briefkopf stand:

Maîtres Laval & Piollet
Mitglieder der Anwaltskammer von Paris
Rechtsanwälte – Prozeßbevollmächtigte

Rechts, in Rot, der Vermerk: *Angelegenheit Couchet/ Martin. Beratung vom 18. November.*

Zwei Seiten gedrängter, engzeilig geschriebener Text. Maigret las nur Bruchstücke daraus, halblaut, während man draußen die Schreibmaschinen in den Büros der Serumfirma klappern hörte.

In Ansehung des Gesetzes vom ...

Angesichts der Tatsache, daß Roger Couchet nach seinem Vater verstorben ist ...

... daß kein Testament einem ehelichen Abkömmling den diesem zustehenden gesetzlichen Erbteil entziehen kann ...

... daß die zweite Ehe des Erblassers mit Madame Couchet geb. Dormoy unter dem Güterstand der Gütergemeinschaft geschlossen wurde ...

... daß Sie als Mutter Roger Couchets dessen gesetzliche Erbin sind ...

... beehren wir uns, Ihnen zu bestätigen, daß Sie Anspruch auf die Hälfte des von Raymond Couchet hinterlassenen beweglichen und unbeweglichen Vermögens haben, dessen Wert wir nach den von uns eingezogenen Informationen – Irrtum vorbehalten – auf ca. fünf Millionen schätzen, von denen etwa drei Millionen auf den Firmenwert der unter dem Namen »Dr. Rivières Seren« bekannten Firma entfallen ...

Wir stehen Ihnen für alle zur Anfechtung des Testamentes erforderlichen Maßnahmen zur Verfügung und ...

...

... bestätigen wir Ihnen, daß wir von den auf diese Weise beigetriebenen Beträgen eine Provision von zehn Prozent (10%) für unsere Bemühungen einbehalten werden ...

Madame Martin hatte aufgehört zu weinen. Sie hatte sich wieder hingelegt, und ihre kalten Augen starrten erneut zur Decke.

Martin blieb in der Türöffnung stehen, verwirrter als je zuvor, und wußte nicht, was er mit seinen Händen, seinen Augen, seinem ganzen Körper machen sollte.

»Da ist noch ein Postskriptum!« murmelte der Kommissar zu sich selbst.

Dieses Postskriptum trug den Vermerk: *Streng vertraulich!*

Wir haben Grund zu der Annahme, daß Madame Couchet geb. Dormoy ebenfalls beabsichtigt, das Testament anzufechten.

Darüber hinaus haben wir Erkundigungen über die dritte Begünstigte, Nine Moinard, eingezogen.

Es handelt sich um eine Frau von zweifelhaftem Lebenswandel, die bisher noch keine Schritte unternommen hat, um ihre Rechte geltend zu machen.

Da sie zur Zeit auch über keinerlei Mittel verfügt, dürfte es sich im Interesse der Beschleunigung der Sache empfehlen, ihr eine gewisse Summe als Entschädigung anzubieten.

Aus unserer Sicht würden wir einen Betrag von zwanzigtausend Francs vorschlagen, der für eine Per-

son in der Situation von Mademoiselle Moinard hinlänglich attraktiv sein dürfte.

Wir sehen Ihrer Entscheidung in diesem Punkt entgegen.

Maigret hatte seine Pfeife ausgehen lassen. Er faltete das Papier langsam wieder zusammen und steckte es in seine Brieftasche.

Um ihn herum herrschte absolutes Schweigen. Martin hielt sogar seinen Atem an. Seine Frau, die mit starrem Blick auf dem Bett lag, glich bereits einer Toten.

»Zweieinhalb Millionen Francs . . .« murmelte der Kommissar. »Abzüglich der zwanzigtausend Francs für Nine, damit sie keine Schwierigkeiten macht . . . Aber davon wird Madame Couchet bestimmt die Hälfte übernehmen . . .«

Er war sicher, ein kaum sichtbares, aber beredtes Lächeln des Triumphes auf den Lippen der Frau bemerkt zu haben.

»Eine hübsche Summe! . . . Sagen Sie mal, Martin . . .«

Monsieur Martin zitterte und nahm unwillkürlich eine abwehrende Haltung ein.

»Was glauben Sie, was Sie bekommen werden? . . . Ich meine nicht das Geld. Ich spreche von Ihrer Verurteilung. Diebstahl. Mord. Vielleicht erkennt das Gericht auch auf vorbedachten Mord . . . Was meinen Sie? Ein Freispruch kommt natürlich nicht in Betracht, denn es handelt sich schließlich nicht um ein Verbrechen aus Leidenschaft . . . Wenn Ihre Frau wenigstens wieder Beziehungen zu ihrem ersten Mann aufgenommen hätte! Aber das ist nicht der Fall. Es ging um Geld, um nichts als Geld . . . Zehn Jahre? Zwanzig Jahre? Wollen Sie wissen, was ich schätzen würde?

Aber denken Sie daran, daß niemand die Entscheidung der Geschworenen voraussagen kann . . .

Immerhin gibt es Präzedenzfälle . . . Nun gut! Man kann jedenfalls sagen, daß sie im allgemeinen, so milde sie bei Liebesdramen auch sein mögen, bei Verbrechen aus Gewinnsucht extrem hart urteilen . . .«

Er redete, als wollte er damit nur Zeit gewinnen.

»Das ist ja auch verständlich! Es sind Kleinbürger, biedere Kaufleute. Sie glauben, nichts von Maitressen befürchten zu müssen, denn entweder haben sie keine, oder sie sind sich ihrer sicher. Aber vor Dieben haben sie alle Angst . . . Zwanzig Jahre? . . . Nein, das glaube ich nicht! Ich würde eher sagen, die Todesstrafe . . .«

Martin rührte sich nicht mehr. Er war jetzt noch aschfahler als seine Frau. Er mußte sich am Türrahmen festhalten.

»Madame Martin hingegen wird reich sein . . . Sie ist in einem Alter, in dem man das Leben und den Reichtum zu genießen versteht . . .«

Er näherte sich dem Fenster.

»Es sei denn, daß dieses Fenster . . . Das ist der Haken an der Sache . . . Man wird nicht versäumen, darauf hinzuweisen, daß man von hier aus alles sehen konnte . . . Alles, verstehen Sie? Und das ist eine ernste Angelegenheit! Denn das könnte die Frage der Beihilfe zum Mord aufkommen lassen . . . Und im

Gesetz gibt es nun einmal diese kleine Vorschrift, die verhindert, daß der Mörder, selbst wenn er freigesprochen würde, sein Opfer beerben kann . . . Und das gilt nicht nur für den Mörder selbst, sondern auch für die Tatbeteiligten . . . Sie sehen, warum dieses Fenster so wichtig ist . . .«

Das war nicht nur Stille um ihn herum. Das war mehr, etwas Absolutes, Beunruhigendes, fast Unwirkliches: das Fehlen jeder Spur von Leben.

Und plötzlich eine Frage:

»Sagen Sie, Martin! Was haben Sie mit dem Revolver gemacht?«

Etwas hatte sich im Hausflur bewegt. Offenbar die alte Mathilde mit ihrem Mondgesicht, ihrem schlaffen Bauch unter der karierten Schürze.

Die schrille Stimme der Concierge im Hof:

»Madame Martin! Ein Paket von Dufayel!«

Maigret setzte sich in einen Lehnsessel, der schwankte, aber nicht sofort zusammenbrach.

11

Die Zeichnung an der Wand

Antworten Sie! . . . Dieser Revolver . . .«

Er folgte dem Blick Martins und bemerkte, daß Madame Martin, die immer noch zur Decke starrte, mit den Fingern an der Wand entlangstrich.

Der arme Martin strengte sich verzweifelt an, zu verstehen, was sie ihm sagen wollte. Er wurde ungeduldig. Er sah, daß Maigret wartete.

»Ich . . .«

Was konnte dieses Viereck bedeuten, oder dieses Trapez, das sie mit ihrem mageren Finger andeutete?

»Nun?«

In diesem Augenblick tat er Maigret wirklich leid. Diese Minute mußte schrecklich für ihn sein. Martin zuckte vor Ungeduld.

»Ich habe ihn in die Seine geworfen!«

Damit waren die Würfel gefallen! Während der Kommissar den Revolver aus der Tasche zog und ihn auf den Tisch legte, richtete Madame Martin sich in ihrem Bett auf, mit dem Gesicht einer Furie.

»Nun, ich habe ihn im Müllkasten wiedergefunden . . .« sagte Maigret.

Und die zischende Stimme der fiebernden Frau:

»Da! Begreifst du jetzt? Bist du nun zufrieden? Du hast die Gelegenheit verpatzt, wieder einmal, so wie du immer alles verpatzt hast! Als ob du es absichtlich getan hättest, aus Angst, ins Gefängnis zu gehen . . . Aber du wirst dennoch hingehen! Denn der Diebstahl, das warst du! Die dreihundertsechzig Scheine, die Monsieur in die Seine geworfen hat . . .«

Sie war furchterregend. Man merkte, daß sie sich zu lange zurückgehalten hatte. Die Reaktion war brutal. Sie war so erregt, daß manchmal mehrere Worte gleichzeitig über ihre Lippen kommen wollten und die Silben sich verhedderten . . .

Martin senkte den Kopf. Seine Rolle war ausgespielt. Und die Vorwürfe seiner Frau trafen zu: Er hatte kläglich versagt.

»Monsieur versucht sich als Dieb, aber seinen Handschuh läßt er auf dem Tisch liegen . . .«

Aller Haß und Jammer Madame Martins brach nun verstümmelt und ungeordnet heraus.

Maigret hörte hinter sich die unterwürfige Stimme des Mannes mit dem hellgrauen Mantel.

»Seit Monaten zeigte sie mir vom Fenster aus das Büro und Couchet, der die Angewohnheit hatte, zu den Toiletten zu gehen . . . Sie warf mir vor, für ihr ganzes Unglück verantwortlich zu sein und eine Frau nicht ernähren zu können . . . Also ging ich hin . . .«

»Haben Sie ihr gesagt, daß Sie hingingen?«

»Nein! Aber sie wußte es genau. Sie stand am Fenster . . .«

»Und von dort aus haben Sie den Handschuh gesehen, den Ihr Mann vergessen hatte, nicht wahr, Madame Martin?«

»Als wenn er seine Visitenkarte dagelassen hätte!

Man könnte meinen, er hätte es absichtlich getan, um mich zur Raserei zu bringen ...«

»Sie haben Ihren Revolver genommen und sind hinuntergegangen ... Couchet kam in dem Moment zurück, als Sie gerade in seinem Büro waren ... Er glaubte, Sie hätten das Geld gestohlen ...«

»Er wollte mich festnehmen lassen, jawohl! Als ob er es nicht mir zu verdanken hätte, daß er reich geworden ist! Wer hat sich denn um ihn gekümmert, im Anfang, als er nicht einmal das Salz in der Suppe verdiente? Und die Männer sind alle gleich! Er machte mir sogar zum Vorwurf, daß ich im gleichen Haus wohnte, in dem er seine Büros hatte ... Und er beschuldigte mich, das Geld mit meinem Sohn zu teilen, das er ihm gab ...«

»Und da haben Sie geschossen?«

»Er hatte schon den Hörer abgenommen, um die Polizei anzurufen!«

»Dann gingen Sie zu den Müllkästen. Unter dem Vorwand, dort einen kleinen Löffel zu suchen, verscharrten Sie den Revolver im Abfall ... Wem begegneten Sie dabei?«

Sie platzte heraus:

»Dem alten Spinner aus der ersten Etage ...«

»Sonst niemandem? Ich hatte geglaubt, Ihr Sohn wäre gekommen ... Er hatte kein Geld mehr ...«

»Na und?«

»Er wollte nicht zu Ihnen, sondern zu seinem Vater, nicht wahr? Aber Sie konnten ihn nicht hingehen lassen, weil er sonst die Leiche entdeckt hätte ... So standen Sie beide im Hof ... Was haben Sie Roger gesagt?«

»Daß er weggehen soll . . . Sie können nicht verstehen, was eine Mutter empfindet . . .«

»Und er ging fort. Ihr Mann kam zurück. Worte waren überflüssig. So war es doch? Martin dachte an die Geldscheine, die er schließlich in die Seine geworfen hatte, denn er ist im Grunde ein biederer armer Teufel . . .«

»Biederer armer Teufel!« wiederholte Madame Martin mit unerwarteter Heftigkeit. »Ha! Und ich? Ich, die ich mein ganzes Leben lang unglücklich war . . .«

»Martin weiß nicht, wer Couchet getötet hat. Er geht zu Bett. Ein ganzer Tag vergeht, ohne daß Sie sich aussprechen. Aber in der folgenden Nacht stehen Sie auf, um die Sachen zu durchsuchen, die er ausgezogen hat. Sie suchen die Geldscheine, aber vergeblich . . . Er sieht Ihnen zu . . . Sie fragen ihn . . . Und das ist der Wutausbruch, den die alte Mathilde hinter der Tür mitbekommen hat: Sie haben umsonst getötet! Dieser Trottel hat die Geldscheine fortgeworfen! Ein Vermögen in der Seine, nur weil Martin es mit der Angst bekommen hat . . . Das macht Sie krank. Sie bekommen Fieber. Martin weiß nicht, daß Sie der Mörder Couchets sind, und sucht Roger auf, um ihm die Nachricht zu überbringen . . .

Und Roger begreift. Er hat Sie im Hof gesehen. Sie haben ihn daran gehindert, weiterzugehen. Er kennt Sie . . .

Er glaubt, daß ich ihn verdächtige. Er malt sich seine Verhaftung aus, die Anklage. Und er kann sich nicht verteidigen, ohne seine Mutter zu beschuldigen . . .

Er ist vielleicht nicht gerade ein sympathischer

Junge. Aber für das Leben, das er führt, lassen sich gewiß manche Entschuldigungen finden. Er ist angewidert. Angewidert von den Frauen, mit denen er schläft, von den Drogen, vom Montmartre, auf dem er sich herumtreibt, und vor allem von diesem Familiendrama, dessen Hintergrund er allein durchschaut . . .

Er springt aus dem Fenster!«

Martin lehnte vornübergeneigt an der Wand und preßte das Gesicht in die verschränkten Arme. Aber seine Frau starrte den Kommissar an, als wartete sie nur auf den rechten Augenblick, seinen Monolog zu unterbrechen und ihrerseits zum Angriff überzugehen.

Maigret hielt noch einmal das Schreiben der beiden Anwälte hoch.

»Bei meinem letzten Besuch ist Martin so verängstigt, daß er seinen Diebstahl gestehen will . . . Aber Sie sind da. Er sieht Sie durch die halboffene Tür. Sie geben ihm energisch Zeichen, und er schweigt . . .

Das ist es doch, was ihm schließlich die Augen öffnet, nicht wahr? Er fragt Sie . . . Ja, Sie haben gemordet! Sie schreien es ihm ins Gesicht! Sie haben seinetwegen gemordet, um seine Dusseligkeit wettzumachen, gemordet wegen dieses Handschuhs, der auf dem Schreibtisch liegengeblieben war! Und weil Sie gemordet haben, werden Sie nicht einmal etwas erben, trotz des Testaments! Ach! Wenn Martin wenigstens Manns genug wäre! . . .

Er soll ins Ausland fliehen. Man würde ihn für den Schuldigen halten. Die Polizei würde Sie in Ruhe lassen, und Sie würden später mit den Millionen nachkommen . . .

Gute Reise, armer Martin!«

Beinahe hätte er den guten Mann erschlagen, so fest hieb Maigret ihm seine Pranke auf die Schulter. Er sprach mit gedämpfter Stimme, bedächtig, ohne seine Worte zu dramatisieren.

»So viel für dieses Geld durchgemacht zu haben! Der Tod Couchets ... Roger, der sich aus dem Fenster stürzt ... Um dann in letzter Minute festzustellen, daß Sie es doch nicht bekommen werden! Sie lassen es sich nicht nehmen, selbst die Koffer für Martin zu packen ... Sehr ordentlich gepackte Koffer ... Wäsche für Monate ...«

»Schweigen Sie!« flehte Martin.

Die Verrückte schrie. Maigret öffnete unvermittelt die Tür, und die alte Mathilde wäre fast vornübergefallen!

Sie nahm Reißaus, erschreckt durch den Tonfall des Kommissars, und zum ersten Mal zog sie ihre Wohnungstür richtig hinter sich ins Schloß und drehte den Schlüssel herum.

Maigret warf einen letzten Blick in das Zimmer. Martin wagte nicht, sich zu rühren. Seine Frau saß aufrecht im Bett, mager, mit Schulterblättern, die sich unter dem Nachthemd abzeichneten, und verfolgte jede Bewegung des Kommissars mit den Augen.

Sie war plötzlich so ernst, so ruhig, daß man sich besorgt fragte, was sie jetzt im Schilde führte.

Maigret erinnerte sich an bestimmte Blicke während der vorausgegangenen Szene, an bestimmte Bewegungen ihrer Lippen. Und zur gleichen Zeit wie Martin ahnte er plötzlich, was sich da abspielte.

Sie waren machtlos dagegen. Das vollzog sich außerhalb ihrer Sphäre, wie ein böser Traum.

Madame Martin war mager, sehr mager. Und ihre Züge verzerrten sich noch qualvoller. Was betrachtete sie, an Stellen, an denen es außer den banalen Gegenständen des Zimmers nichts zu sehen gab?

Was verfolgten ihre Blicke so aufmerksam quer durch den Raum?

Ihre Stirn legte sich in Falten. Ihre Schläfen pochten. Martin schrie:

»Ich habe Angst!«

Im Haus hatte sich nichts verändert. Ein Lieferwagen fuhr in den Hof, und man hörte die schrille Stimme der Concierge.

Es schien, als unternehme Madame Martin eine gewaltige Anstrengung, ganz allein, um ein unzugängliches Gebirge zu überwinden. Zweimal machte ihre Hand eine abwehrende Geste, als wollte sie etwas von ihrem Gesicht wegscheuchen. Schließlich schluckte sie schwer und lächelte dann wie jemand, der das Ziel erreicht hat:

»Irgendwann werden Sie alle doch noch zu mir kommen und um ein bißchen Geld betteln . . . Aber ich werde meinen Notar anweisen, Ihnen nichts zu geben . . .«

Martin schlotterte am ganzen Leib. Er begriff, daß dies kein vorübergehender Anfall, keine bloße Fieberphantasie war.

Sie hatte endgültig den Verstand verloren!

»Man kann es ihr nicht übelnehmen. Sie war niemals ganz so wie die anderen, nicht wahr?« jammerte er.

Er wartete darauf, daß der Kommissar zustimmte.

»Armer Martin!«

Martin weinte! Er ergriff die Hand seiner Frau und drückte sie gegen sein Gesicht. Sie stieß ihn zurück. Sie zeigte ein überlegenes, verächtliches Lächeln.

»Nicht mehr als fünf Francs auf einmal . . . Ich habe zu viel mitgemacht, als daß . . .«

»Ich werde das Sainte-Anne-Krankenhaus anrufen . . .« sagte Maigret.

»Glauben Sie? Ist es . . . muß sie in eine geschlossene Anstalt?«

Die Macht der Gewohnheit? Martin geriet in Panik bei der Vorstellung, seine Wohnung zu verlassen, diese Atmosphäre der Vorwürfe und täglichen Streitereien, dieses schäbige Leben, diese Frau, die ein letztes Mal zu denken versuchte, sich dann aber entmutigt und geschlagen hinlegte und in ihrem Wahn stammelte:

»Man soll mir den Schlüssel bringen . . .«

Einige Minuten später durchquerte Maigret wie ein Fremder das Gewimmel der Straße. Er hatte furchtbare Kopfschmerzen, was selten vorkam, und er ging in eine Apotheke, um eine Tablette zu nehmen.

Er sah nichts um sich herum. Die Geräusche der Stadt vermischten sich mit anderen, vor allem mit Stimmen, die in seinem Schädel nachhallten.

Ein Bild verfolgte ihn mehr als alle anderen: Madame Martin, die aufstand und die Kleidungsstücke ihres Mannes von der Erde aufhob, um das Geld zu suchen! Und Martin, der ihr von seinem Bett aus zusah!

Der forschende Blick seiner Frau!

»Ich habe es in die Seine geworfen . . .«

Von diesem Moment an war irgend etwas zerbrochen. Das heißt, irgend etwas in ihrem Kopf hatte schon immer einen Sprung gehabt! Schon damals, als sie noch in der Konditorei in Meaux lebte!

Nur hatte man das nicht merken können. Sie war ein junges, beinahe hübsches Mädchen! Niemand machte sich Sorgen wegen ihrer zu schmalen Lippen . . .

Und Couchet heiratete sie!

»Was soll aus mir werden, wenn dir etwas zustößt?«

Maigret mußte warten, ehe er den Boulevard Beaumarchais überqueren konnte. Unwillkürlich dachte er an Nine.

»Sie wird nichts bekommen! Nicht einen Sou . . .« murmelte er halblaut. »Das Testament wird für nichtig erklärt. Und es ist Madame Couchet, geborene Dormoy, die . . .«

Der Oberst hatte die notwendigen Schritte wahrscheinlich schon eingeleitet. Das war nur zu verständlich. Madame Couchet würde alles bekommen! Alle die Millionen . . .

Sie war eine Dame, die es verstehen würde, ihren Rang zu wahren . . .

Maigret stieg langsam die Treppe hoch und öffnete die Tür seiner Wohnung am Boulevard Richard-Lenoir.

»Rate mal, wer gekommen ist!«

Madame Maigret hatte das weiße Tischtuch ausgebreitet und legte vier Gedecke auf. Maigret bemerkte einen kleinen Krug Mirabellenschnaps auf dem Buffet.

»Deine Schwester!«

Das war nicht schwierig zu erraten, denn jedesmal,

wenn sie aus dem Elsaß zu Besuch kam, brachte sie eine Flasche Obstschnaps und einen geräucherten Schinken mit.

»Sie ist mit André ausgegangen, ein paar Einkäufe machen . . .«

Ihr Mann; ein netter Kerl, der eine Ziegelei hatte.

»Du siehst müde aus . . . Ich hoffe, du mußt wenigstens heute nicht mehr weg.«

Maigret ging nicht mehr weg. Um neun Uhr abends spielte er Schafkopf mit seiner Schwägerin und seinem Schwager. Das Eßzimmer duftete nach Mirabellenschnaps. Und Madame Maigret mußte immer wieder laut auflachen, weil sie die Karten nicht auseinanderhalten konnte und alle nur denkbaren Fehler machte.

»Bist du sicher, daß du keine Neun hast?«

»Doch, ich habe eine . . .«

»Und warum spielst du sie dann nicht aus?«

Auf Maigret wirkte das alles so beruhigend wie ein heißes Bad. Seine Kopfschmerzen waren verflogen.

Er dachte nicht mehr an Madame Martin, die ein Krankenwagen nach Sainte-Anne brachte, während ihr Mann schluchzend im leeren Treppenhaus zurückblieb.

Dezember 1931

Georges Simenon im Diogenes Verlag

● Biographisches

Als ich alt war
Tagebücher 1960–1963.
Aus dem Französischen von Linde Birk

Briefwechsel mit André Gide
Deutsch von Stefanie Weiss

Brief an meine Mutter
Deutsch von Trude Fein

Ein Mensch wie jeder andere
Mein Tonband und ich.
Deutsch von Hans Jürgen Solbrig

Über Simenon
Zeugnisse und Essays von Patricia Highsmith bis Alfred Andersch. Mit einem Interview, mit Chronik und Bibliographie. Herausgegeben von Claudia Schmölders und Christian Strich. detebe 20499

Außerdem liegt vor:

Das Georges Simenon Lesebuch
Ein Querschnitt durch das Gesamtwerk. Herausgegeben von Daniel Keel.
detebe 20500

● Sonderbände

Betty / Die Tür
Zwei Romane in einem Band.
Deutsch von Raymond Regh und Linde Birk

Der Neger / Das blaue Zimmer
Zwei Romane in einem Band.
Deutsch von Linde Birk und Angela von Hagen

Gesammelte Erzählungen
Deutsch von Wolfram Schäfer

Maigret hat Angst
Maigret erlebt eine Niederlage
Zwei Maigret-Romane in einem Band
Deutsch von Elfriede Riegler

Maigret gerät in Wut
Maigret verteidigt sich
Zwei Maigret-Romane in einem Band.
Deutsch von Wolfram Schäfer

Maigret-Geschichten
Deutsch von Linde Birk, Angelika Essig, Hans-Joachim Hartstein, Lislott Pfaff und Gisela Stadelmann

● Romane in Erstausgaben

Zum weißen Roß
Roman. Deutsch von Trude Fein

Der Tod des Auguste Mature
Roman. Deutsch von Anneliese Botond

● Non-Maigret Romane

Brief an meinen Richter
Roman. Deutsch von Hansjürgen Wille und Barbara Klau. detebe 20371

Der Schnee war schmutzig
Roman. Deutsch von Willi A. Koch.
detebe 20372

Die grünen Fensterläden
Roman. Deutsch von Alfred Günther.
detebe 20373

Im Falle eines Unfalls
Roman. Deutsch von Hansjürgen Wille und Barbara Klau. detebe 20374

Sonntag
Roman. Deutsch von Hansjürgen Wille und Barbara Klau. detebe 20375

Bellas Tod
Roman. Deutsch von Elisabeth Serelmann-Küchler. detebe 20376

Der Mann mit dem kleinen Hund
Roman. Deutsch von Stefanie Weiss.
detebe 20377

Drei Zimmer in Manhattan
Roman. Deutsch von Linde Birk.
detebe 20378

Die Großmutter
Roman. Deutsch von Linde Birk.
detebe 20379

Der kleine Mann von Archangelsk
Roman. Deutsch von Alfred Kuoni.
detebe 20584

Der große Bob
Roman. Deutsch von Linde Birk.
detebe 20585

Die Wahrheit über Bébé Donge
Roman. Deutsch von Renate Nickel.
detebe 20586

Tropenkoller
Deutsch von Annerose Melter.
detebe 20673

Ankunft Allerheiligen
Roman. Deutsch von Eugen Helmlé.
detebe 20674

Der Präsident
Roman. Deutsch von Renate Nickel.
detebe 20675

Der kleine Heilige
Roman. Deutsch von Trude Fein.
detebe 20676

Der Outlaw
Roman. Deutsch von Liselotte Julius.
detebe 20677

Die Glocken von Bicêtre
Roman. Deutsch von Hansjürgen Wille und Barbara Klau. detebe 20678

Der Verdächtige
Roman. Deutsch von Eugen Helmlé.
detebe 20679

Die Verlobung des Monsieur Hire
Roman. Deutsch von Linde Birk.
detebe 20681

Der Mörder
Roman. Deutsch von Lothar Baier.
detebe 20682

Die Zeugen
Roman. Deutsch von Anneliese Botond.
detebe 20683

Die Komplizen
Roman. Deutsch von Stefanie Weiss.
detebe 20684

Die Unbekannten im eigenen Haus
Roman. Deutsch von Gerda Scheffel.
detebe 20685

Der Ausbrecher
Roman. Deutsch von Erika Tophoven-Schöningh. detebe 20686

Wellenschlag
Roman. Deutsch von Eugen Helmlé.
detebe 20687

Der Mann aus London
Roman. Deutsch von Stefanie Weiss.
detebe 20813

Die Überlebenden der Télémaque
Roman. Deutsch von Hainer Kober.
detebe 20814

Der Mann, der den Zügen nachsah
Roman. Deutsch von Walter Schürenberg.
detebe 20815

● Maigret-Romane

Maigrets erste Untersuchung
Roman. Deutsch von Roswitha Plancherel.
detebe 20501

Maigret und Pietr der Lette
Roman. Deutsch von Wolfram Schäfer.
detebe 20502

Maigret und die alte Dame
Roman. Deutsch von Renate Nickel.
detebe 20503

Maigret und der Mann auf der Bank
Roman. Deutsch von Annerose Melter.
detebe 20504

Maigret und der Minister
Roman. Deutsch von Annerose Melter.
detebe 20505

Mein Freund Maigret
Roman. Deutsch von Annerose Melter.
detebe 20506

Maigrets Memoiren
Roman. Deutsch von Roswitha Plancherel.
detebe 20507

Maigret und die junge Tote
Roman. Deutsch von Raymond Regh.
detebe 20508

Maigret amüsiert sich
Roman. Deutsch von Renate Nickel.
detebe 20509

Hier irrt Maigret
Roman. Deutsch von Elfriede Riegler.
detebe 20690

Maigret und der gelbe Hund
Roman. Deutsch von Raymond Regh.
detebe 20691

Maigret vor dem Schwurgericht
Roman. Deutsch von Wolfram Schäfer.
detebe 20692

Maigret als möblierter Herr
Roman. Deutsch von Wolfram Schäfer.
detebe 20693

Madame Maigrets Freundin
Roman. Deutsch von Roswitha Plancherel.
detebe 20713

Maigret kämpft um den Kopf eines Mannes
Roman. Deutsch von Roswitha Plancherel.
detebe 20714

Maigret und die kopflose Leiche
Roman. Deutsch von Wolfram Schäfer.
detebe 20715

Maigret und die widerspenstigen Zeugen
Roman. Deutsch von Wolfram Schäfer.
detebe 20716

Maigret am Treffen der Neufundlandfahrer
Roman. Deutsch von Annerose Melter.
detebe 20717

Maigret bei den Flamen
Roman. Deutsch von Claus Sprick.
detebe 20718

Maigret und die Bohnenstange
Roman. Deutsch von Guy Montag.
detebe 20808

Maigret und das Verbrechen in Holland
Roman. Deutsch von Renate Nickel.
detebe 20809

Maigret und sein Toter
Roman. Deutsch von Elfriede Riegler.
detebe 20810

Maigret beim Coroner
Roman. Deutsch von Wolfram Schäfer.
detebe 20811

Maigret, Lognon und die Gangster
Roman. Deutsch von Wolfram Schäfer.
detebe 20812

Maigret und der Gehängte von Saint-Pholien
Roman. Deutsch von Sibylle Powell.
detebe 20816

Maigret und der verstorbene Monsieur Gallet
Roman. Deutsch von Roswitha Plancherel.
detebe 20817

Maigret regt sich auf
Roman. Deutsch von Wolfram Schäfer.
detebe 20820

Maigret und das Schattenspiel
Roman. Deutsch von Claus Sprick.
detebe 20734

Maigret und die Keller des Majestic
Roman. Deutsch von Linde Birk.
detebe 20735

Maigret contra Picpus
Roman. Deutsch von Hainer Kober.
detebe 20736

Maigret läßt sich Zeit
Roman. Deutsch von Sibylle Powell.
detebe 20755

Maigrets Geständnis
Roman. Deutsch von Roswitha Plancherel.
detebe 20756

Maigret zögert
Roman. Deutsch von Annerose Melter.
detebe 20757

Französische Literatur im Diogenes Verlag

● Honoré de Balzac

Die tödlichen Wünsche. Roman. Deutsch von Emil A. Rheinhardt. detebe 20901
Die Frau von dreißig Jahren. Roman. Deutsch von Erich Noether. detebe 20902
Eugénie Grandet. Roman. Deutsch von Mira Koffka. detebe 20903
Vater Goriot. Roman. Deutsch von Rosa Schapire. detebe 20904
Verlorene Illusionen. Roman. Deutsch von Otto Flake. detebe 20905
Glanz und Elend der Kurtisanen. Roman. Deutsch von Emil A. Rheinhardt. detebe 20906
Zwei Frauen. Roman. Deutsch von Gabrielle Betz. detebe 20907
Junggesellenwirtschaft. Roman. Deutsch von Franz Hessel. detebe 20908
Tante Lisbeth. Roman. Deutsch von Paul Zech. detebe 20909
Vetter Pons. Roman. Deutsch von Otto Flake. detebe 20910
Pariser Geschichten. Deutsch von Otto Flake. detebe 20896
Liebesgeschichten. Ausgewählt von Auguste Amédée de Saint-Gall. Verschiedene Übersetzer. detebe 20897
Mystische Geschichten. Verschiedene Übersetzer. detebe 20899

● Charles Baudelaire

Die Tänzerin Fanfarlo und Der Spleen von Paris. Sämtliche Prosadichtungen in einem Band. Deutsch von Walther Küchler. detebe 20387

● René Clair

Die Prinzessin von China. Roman. Deutsch von N. O. Scarpi. detebe 20579

● Alexandre Dumas Père

Horror in Fontenay. Roman. Deutsch von Alexander Schmitz. detebe 20367

● Erckmann/Chatrian

Der Rekrut. Roman. Deutsch von J. von Harten, K. Henninger und Tatjana Fischer, Vorwort von V. S. Pritchett. detebe 20012

● Gustave Flaubert

Jugendwerke. Erste Erzählungen. Übersetzt und herausgegeben von Traugott König
November. Jugendwerke II. Übersetzt und herausgegeben von Traugott König.
Briefe. Ausgewählt und übersetzt von Helmut Scheffel. detebe 20386
Madame Bovary. Roman. Deutsch von René Schickele und Irene Riesen. detebe 20721
Salammbô. Roman. Deutsch von Friedrich von Oppeln-Bronikowski. detebe 20722
Die Erziehung des Herzens. Roman. Deutsch von E. A. Rheinhardt. detebe 20723
Die Versuchung des heiligen Antonius. Deutsch von Felix Paul Greve. detebe 20719
Drei Geschichten. Deutsch von E. W. Fischer. detebe 20724
Bouvard und Pécuchet. Roman. Deutsch von Erich Marx. detebe 20725
Als Ergänzungsband liegt vor:
Über Gustave Flaubert. Zeugnisse und Essays. Herausgegeben von Gerd Haffmans und Franz Cavigelli. detebe 20726

● Joris-Karl Huysmans

Gegen den Strich. Roman. Deutsch von Hans Jacob. Einführung von Robert Baldick. Essay von Paul Valéry. detebe 20921

● Maurice Leblanc

Arène Lupin – Der Gentleman-Gauner. Roman. Deutsch von Erika Gebühr. detebe 20127
Die hohle Nadel oder Die Konkurrenten des Arsène Lupin. Deutsch von Erika Gebühr. detebe 20239
813 – Das Doppelleben des Arsène Lupin. Roman. Deutsch von Erika Gebühr. detebe 20931
Der Kristallstöpsel oder Die Mißgeschicke des Arsène Lupin. Roman. Deutsch von Erika Gebühr. detebe 20932
Die Gräfin von Cagliostro oder Die Jugend des Arsène Lupin. Roman. Deutsch von Erika Gebühr. detebe 20933

● Gaston Leroux

Das Geheimnis des gelben Zimmers. Roman. Deutsch von Klaus Walther. detebe 20924

● Guy de Maupassant

Meistererzählungen. Ausgewählt, übersetzt und eingeleitet von Walter Widmer. Ein Diogenes Sonderband

Molière

Komödien und Materialien in 8 Einzelbänden in der Neuübersetzung von Hans Weigel:

Der Wirrkopf / Die lächerlichen Schwärmerinnen / Sganarell oder Der vermeintliche Betrogene. Komödien I. detebe 20199

Die Schule der Frauen / Kritik der ›Schule der Frauen‹ / Die Schule der Ehemänner. Komödien II. detebe 20200

Tartuffe oder Der Betrüger / Der Betrogene oder George Dandin / Vorspiel in Versailles. Komödien III. detebe 20201

Don Juan oder Der steinerne Gast / Die Lästigen / Der Arzt wider Willen. Komödien IV. detebe 20202

Der Menschenfeind / Die erzwungene Heirat Die gelehrten Frauen. Komödien V. detebe 20203

Der Geizige / Der Bürger als Edelmann Der Herr aus der Provinz. Komödien VI. detebe 20204

Der Hypochonder / Die Gaunereien des Scappino. Komödien VII. detebe 20205

Als Ergänzungsband liegt vor:

Über Molière. Zeugnisse, Essays und Aufsätze von Anouilh bis Voltaire. Mit Chronik und Bibliographie. Herausgegeben von Christian Strich, Rémy Charbon und Gerd Haffmans. detebe 20067

Ernest Renan

Das Leben Jesu. Autorisierte Übersetzung von 1863. detebe 20419

Jean Renoir

Die Spielregel. Drehbuch mit Fotos. Deutsch von Angela von Hagen. detebe 20434

Die große Illusion. Drehbuch mit Fotos. Deutsch von Angela von Hagen. detebe 20435

Mein Vater Auguste Renoir. Ein Bericht. Deutsch von Sigrid Stahlmann. kunst-detebe 26024

Maurice Sandoz

Am Rande. Unheimliche Erzählungen. Deutsch von Gertrud Droz-Rüegg. detebe 20739

Georges Simenon

Neuedition in Einzelbänden. Bisher liegen vor:

Als ich alt war. Tagebücher 1960–1963. Deutsch von Linde Birk

Briefwechsel. Georges Simenon – André Gide. Deutsch von Stefanie Weiss

Brief an meine Mutter. Deutsch von Trude Fein

Ein Mensch wie jeder andere. Mein Tonband und ich. Deutsch von Hans Jürgen Solbrig

Über Simenon. Zeugnisse und Essays von Patricia Highsmith bis Alfred Andersch. Mit einem Interview, Chronik und Bibliographie. Herausgegeben von Claudia Schmölders und Christian Strich. detebe 20499

Das Georges Simenon Lesebuch. Herausgegeben von Daniel Keel. detebe 20500

Betty / Die Tür. Zwei Romane in einem Sonderband. Deutsch von Raymond Regh und Linde Birk

Der Neger / Das blaue Zimmer. Zwei Romane in einem Sonderband. Deutsch von Linde Birk und Angela von Hagen

Maigret hat Angst / Maigret erlebt eine Niederlage. Zwei Romane in einem Sonderband. Deutsch von Elfriede Riegler

Maigret gerät in Wut / Maigret verteidigt sich. Zwei Romane in einem Sonderband. Deutsch von Wolfram Schäfer

Gesammelte Erzählungen. Deutsch von Wolfram Schäfer. Ein Diogenes Sonderband

Maigret-Geschichten. Erste Folge. Ein Diogenes Sonderband

Zum weißen Roß. Roman. Deutsch von Trude Fein

Der Tod des Auguste Mature. Roman. Deutsch von Anneliese Botond

Brief an meinen Richter. Roman. Deutsch von Hansjürgen Wille und Barbara Klau. detebe 20371

Der Schnee war schmutzig. Roman. Deutsch von Willi A. Koch. detebe 20372

Die grünen Fensterläden. Roman. Deutsch von Alfred Günther. detebe 20373

Im Falle eines Unfalls. Roman. Deutsch von Hansjürgen Wille und Barbara Klau. detebe 20374

Sonntag. Roman. Deutsch von Hansjürgen Wille und Barbara Klau. detebe 20375

Bellas Tod. Roman. Deutsch von Elisabeth Serelmann-Küchler. detebe 20376

Der Mann mit dem kleinen Hund. Roman. Deutsch von Stefanie Weiss. detebe 20377

Drei Zimmer in Manhattan. Roman Deutsch von Linde Birk. detebe 20378

Die Großmutter. Roman. Deutsch von Linde Birk. detebe 20379

Der kleine Mann von Archangelsk. Roman. Deutsch von Alfred Kuoni. detebe 20584

Der große Bob. Roman. Deutsch von Linde Birk. detebe 20585

Die Wahrheit über Bébé Donge. Roman. Deutsch von Renate Nickel. detebe 20586

Tropenkoller. Roman. Deutsch von Annerose Melter. detebe 20673

Ankunft Allerheiligen. Roman. Deutsch von Eugen Helmlé. detebe 20674
Der Präsident. Roman. Deutsch von Renate Nickel. detebe 20675
Der kleine Heilige. Roman. Deutsch von Trude Fein. detebe 20676
Der Outlaw. Roman. Deutsch von Liselotte Julius. detebe 20677
Die Glocken von Bicêtre. Roman. Deutsch von Hansjürgen Wille und Barbara Klau. detebe 20678
Der Verdächtige. Roman. Deutsch von Eugen Helmlé. detebe 20679
Die Verlobung des Monsieur Hire. Roman. Deutsch von Linde Birk. detebe 20681
Der Mörder. Roman. Deutsch von Lothar Baier. detebe 20682
Die Zeugen. Roman. Deutsch von Anneliese Botond. detebe 20683
Die Komplizen. Roman. Deutsch von Stefanie Weiss. detebe 20684
Die Unbekannten im eigenen Haus. Roman. Deutsch von Gerda Scheffel. detebe 20685
Der Ausbrecher. Roman. Deutsch von Erika Tophoven. detebe 20686
Wellenschlag. Roman. Deutsch von Eugen Helmlé. detebe 20687
Der Mann aus London. Roman. Deutsch von Stefanie Weiss. detebe 20813
Die Überlebenden der Télémaque. Roman. Deutsch von Hainer Kober. detebe 20814
Der Mann, der den Zügen nachsah. Roman. Deutsch von Walter Schürenberg. detebe 20815
Maigrets erste Untersuchung. Roman. Deutsch von Roswitha Plancherel. detebe 20501
Maigret und Pietr der Lette. Roman. Deutsch von Wolfram Schäfer. detebe 20502
Maigret und die alte Dame. Roman. Deutsch von Renate Nickel. detebe 20503
Maigret und der Mann auf der Bank. Roman. Deutsch von Annerose Melter. detebe 20504
Maigret und der Minister. Roman. Deutsch von Annerose Melter. detebe 20505
Mein Freund Maigret. Roman. Deutsch von Annerose Melter. detebe 20506
Maigrets Memoiren. Roman. Deutsch von Roswitha Plancherel. detebe 20507
Maigret und die junge Tote. Roman. Deutsch von Raymond Regh. detebe 20508
Maigret amüsiert sich. Roman. Deutsch von Renate Nickel. detebe 20509
Hier irrt Maigret. Roman. Deutsch von Elfriede Riegler. detebe 20690
Maigret und der gelbe Hund. Roman. Deutsch von Raymond Regh. detebe 20691
Maigret vor dem Schwurgericht. Roman. Deutsch von Wolfram Schäfer. detebe 20692
Maigret als möblierter Herr. Roman. Deutsch von Wolfram Schäfer. detebe 20693
Madame Maigrets Freundin. Roman. Deutsch von Roswitha Plancherel. detebe 20713
Maigret kämpft um den Kopf eines Mannes. Roman. Deutsch von Roswitha Plancherel. detebe 20714
Maigret und die kopflose Leiche. Roman. Deutsch von Wolfram Schäfer. detebe 20715
Maigret und die widerspenstigen Zeugen. Roman. Deutsch von Wolfram Schäfer. detebe 20716
Maigret am Treffen der Neufundlandfahrer. Roman. Deutsch von Annerose Melter. detebe 20717
Maigret bei den Flamen. Roman. Deutsch von Claus Sprick. detebe 20718
Maigret und die Bohnenstange. Roman. Deutsch von Guy Montag. detebe 20808
Maigret und das Verbrechen in Holland. Roman. Deutsch von Renate Nickel. detebe 20809
Maigret und sein Toter. Roman. Deutsch von Elfriede Riegler. detebe 20810
Maigret beim Coroner. Roman. Deutsch von Wolfram Schäfer. detebe 20811
Maigret, Lognon und die Gangster. Roman. Deutsch von Wolfram Schäfer. detebe 20812
Maigret und der Gehängte von Saint-Pholien. Roman. Deutsch von Sibylle Powell. detebe 20816
Maigret und der verstorbene Monsieur Gallet. Roman. Deutsch von Roswitha Plancherel. detebe 20817
Maigret regt sich auf. Roman. Deutsch von Wolfram Schäfer. detebe 20820
Maigret und das Schattenspiel. Roman. Deutsch von Claus Sprick. detebe 20734
Maigret und die Keller des Majestic. Roman. Deutsch von Linde Birk. detebe 20735
Maigret contra Picpus. Roman. Deutsch von Hainer Kober. detebe 20736
Maigret läßt sich Zeit. Roman. Deutsch von Sibylle Powell. detebe 20755
Maigrets Geständnis. Roman. Deutsch von Roswitha Plancherel. detebe 20756
Maigret zögert. Roman. Deutsch von Annerose Melter. detebe 20757

● Stendhal

Denkwürdigkeiten über Napoleon. Fragmente. Deutsch von S. Adler. detebe 20966
Über die Liebe. Deutsch von Franz Hessel. detebe 20967

Armance. Roman. Deutsch von A. Elsaesser. detebe 20968
Rot und Schwarz. Roman. Deutsch von Rudolf Lewy. detebe 20969
Eine Geldheirat. Erzählungen. Deutsch von Arthur Schurig, Franz Hessel, Franz Blei und Otto von Gemmingen. detebe 20970
Die Äbtissin von Castro. Erzählungen. Deutsch von M. von Musil und Franz Blei. detebe 20971
Lucian Leuwen. Romanfragment. Deutsch von Joachim von der Goltz. detebe 20972
Leben des Henri Brulard. Autobiographie. Deutsch von Adolf Schirmer. detebe 20973
Die Kartause von Parma. Roman. Deutsch von Erwin Rieger. detebe 20974
Amiele. Romanfragment. Deutsch von Arthur Schurig. detebe 20975

Als Ergänzungsband liegt vor:
Über Stendhal. Essays und Zeugnisse. Mit Chronik und Bibliographie. Herausgegeben von Irene Riesen. detebe 20976

● Roland Topor

Memoiren eines alten Arschlochs. Roman. Deutsch von Eugen Helmlé. detebe 20775
Der Mieter. Roman. Deutsch von Wolfram Schäfer. detebe 20358

● Jules Verne

Die Hauptwerke, ungekürzt, originalgetreu, mit allen Stichen der französischen Erstausgabe. Bisher liegen vor:
Reise um die Erde in achtzig Tagen. Roman. Aus dem Französischen von Erich Fivian. detebe 20126
Fünf Wochen im Ballon. Roman. Deutsch von Felix Gasbarra. detebe 20241
Von der Erde zum Mond. Roman. Deutsch von William Matheson. detebe 20242
Reise um den Mond. Roman. Deutsch von Ute Haffmans. detebe 20243
Zwanzigtausend Meilen unter Meer. Roman in zwei Bänden. Deutsch von Peter Laneus und Peter G. Hubler. detebe 20244 + 20245
Reise zum Mittelpunkt der Erde. Roman. Deutsch von Hansjürgen Wille und Barbara Klau. detebe 20246
Der Kurier des Zaren. Roman in zwei Bänden. Deutsch von Karl Wittlinger. detebe 20401 + 20402
Die fünfhundert Millionen der Begum. Roman. Deutsch von Erich Fivian. detebe 20403
Die Kinder des Kapitäns Grant. Roman in zwei Bänden. Deutsch von Walter Gerull. detebe 20404 + 20405
Die Erfindung des Verderbens. Roman. Deutsch von Karl Wittlinger. detebe 20406
Die Leiden eines Chinesen in China. Roman. Deutsch von Erich Fivian. detebe 20407
Das Karpathenschloß. Roman. Deutsch von Hansjürgen Wille und Barbara Klau. detebe 20408
Die Gestrandeten. Roman in zwei Bänden. Deutsch von Karl Wittlinger. detebe 20409 + 20410
Der ewige Adam. Erzählungen. Deutsch von Erich Fivian. detebe 20411
Robur der Eroberer. Roman. Deutsch von Peter Laneus. detebe 20412
Zwei Jahre Ferien. Ein Abenteuerroman. Deutsch von Erika Gebühr. Mit 91 Illustrationen von Benett und einer Karte. detebe 20440
Das erstaunliche Abenteuer der Expedition Barsac. Roman. Deutsch von Eva Rechel-Mertens. Mit 54 Illustrationen von G. Roux. Ein Diogenes Sonderband
Die großen Seefahrer und Entdecker. Eine Geschichte der Entdeckung der Erde im 18. und 19. Jahrhundert. Auswahl und Redaktion von Claudia Schmölders. Mit Illustrationen von Philippoteaux und Benett sowie 125 Karten und Faksimiles (nach alten Dokumenten) von Matthis und Morieu. Register. Ein Diogenes Sonderband

● Ambroise Vollard

Erinnerungen eines Kunsthändlers. Deutsch von Margaretha Freifrau von Reischach-Scheffel. Reproduktionen von 29 Bildern, 22 Zeichnungen, 10 Fotos und 15 Dokumenten. kunst-detebe 26022

● Das Diogenes Lesebuch französischer Erzähler

Von Stendhal bis Simenon. Herausgegeben von Anne Schmucke und Gerda Lheureux. detebe 20304

● Liebesgeschichten aus Frankreich

Von Sade bis Simenon. Herausgegeben von Anne Schmucke und Gerda Lheureux.

Klassische und moderne Kriminal-, Grusel- und Abenteuergeschichten in Diogenes Taschenbüchern

● Joan Aiken
Die Kristallkrähe. Roman. detebe 20138

● Margery Allingham
Die Handschuhe des Franzosen. Kriminalgeschichten. detebe 20929

● Eric Ambler
Die Maske des Dimitrios. Roman. detebe 20137
Der Fall Deltschev. Roman. detebe 20178
Eine Art von Zorn. Roman. detebe 20179
Schirmers Erbschaft. Roman. detebe 20180
Die Angst reist mit. Roman. detebe 20181
Der Levantiner. Roman. detebe 20223
Waffenschmuggel. Roman. detebe 20364
Topkapi. Roman. detebe 20536
Schmutzige Geschichte. Roman. detebe 20537
Das Intercom-Komplott. Roman. detebe 20538
Besuch bei Nacht. Roman. detebe 20539
Der dunkle Grenzbezirk. Roman. detebe 20602
Ungewöhnliche Gefahr. Roman. detebe 20603
Anlaß zur Unruhe. Roman. detebe 20604
Nachruf auf einen Spion. Roman. detebe 20605
Doktor Frigo. Roman. detebe 20606
Bitte keine Rosen mehr. Roman. detebe 20887

● John Bellairs
Das Haus das tickte. Roman. Mit Zeichnungen von Edward Gorey. detebe 20638

● Marie Belloc Lowndes
Jack the Ripper oder Der Untermieter. Roman. detebe 20130

● Ambrose Bierce
Die Spottdrossel. Erzählungen. detebe 20234

● Ray Bradbury
Die Mars-Chroniken. Roman in Erzählungen. detebe 20863
Der illustrierte Mann. Erzählungen. detebe 20365
Fahrenheit 451. Roman. detebe 20862
Die goldenen Äpfel der Sonne. Erzählungen. detebe 20864
Medizin für Melancholie. Erzählungen. detebe 20865
Das Böse kommt auf leisen Sohlen. Roman. detebe 20866

● Fredric Brown
Flitterwochen in der Hölle. Schauer- und Science-fiction-Geschichten. detebe 20600

● John Buchan
Die neununddreißig Stufen. Roman. detebe 20210
Grünmantel. Roman. detebe 20771
Mr. Standfast oder Im Westen was Neues. Roman. detebe 20772
Die drei Geiseln. Roman. detebe 20773

● Raymond Chandler
Der große Schlaf. Roman. detebe 20132
Die kleine Schwester. Roman. detebe 20206
Das hohe Fenster. Roman. detebe 20208
Der lange Abschied. Roman. detebe 20207
Die simple Kunst des Mordes. Essays, Briefe, Fragmente. detebe 20209
Die Tote im See. Roman. detebe 20311
Lebwohl, mein Liebling. Roman. detebe 20312
Playback. Roman. detebe 20313
Mord im Regen. Frühe Stories. detebe 20314
Erpresser schießen nicht. Detektivstories I. detebe 20751
Der König in Gelb. Detektivstories II. detebe 20752
Gefahr ist mein Geschäft. Detektivstories III. detebe 20753
Englischer Sommer. Geschichten und Essays. detebe 20754

● Erskine Childers
Das Rätsel der Sandbank. Roman. detebe 20211

● Agatha Christie
Villa Nachtigall. Kriminalgeschichten. detebe 20133
Der Fall der enttäuschten Hausfrau. Kriminalgeschichten. detebe 20826

● **Wilkie Collins**
Ein schauerliches fremdes Bett. Gruselgeschichten. detebe 20589

● **Joseph Conrad**
Lord Jim. Roman. detebe 20128
Der Geheimagent. Roman. detebe 20212
Herz der Finsternis. Erzählung. detebe 20363

● **Stephen Crane**
Das blaue Hotel. Klassische Geschichten aus dem Wilden Westen. detebe 20789

● **Guy Cullingford**
Post mortem. Roman. detebe 20369

● **Dolly Dolittle's**
Crime Club. detebe 20277–20279, 20664

● **Alexandre Dumas, Père**
Horror in Fontenay. Roman. detebe 20367

● **Lord Dunsany**
Smetters erzählt Mordgeschichten. detebe 20597
Jorkens borgt sich einen Whisky. Club-Geschichten. detebe 20598

● **Friedrich Dürrenmatt**
Der Richter und sein Henker / Der Verdacht. Zwei Romane. detebe 20849

● **David Ely**
Aus! Eine Atomkatastrophengeschichte. detebe 20036

● **Erckmann/Chatrian**
Der Rekrut. Roman. detebe 20012

● **William Faulkner**
Der Springer greift an. Kriminalgeschichten. detebe 20182

● **Celia Fremlin**
Klimax. Roman. detebe 20916

● **Egon Friedell**
Die Rückkehr der Zeitmaschine. Phantastische Novelle. detebe 20177

● **Felix Gasbarra**
Schule der Planeten. Roman. detebe 20549

● **Eric Geen**
Tolstoi lebt in 12N B9. Roman. detebe 20221

● **Rider Haggard**
Sie. Roman. detebe 20236
König Salomons Schatzkammern. Roman. detebe 20920

● **Dashiell Hammett**
Der Malteser Falke. Roman. detebe 20131
Rote Ernte. Roman. detebe 20292
Der Fluch des Hauses Dain. Roman. detebe 20293
Der gläserne Schlüssel. Roman. detebe 20294
Der dünne Mann. Roman. detebe 20295
Fliegenpapier. 5 Stories. detebe 20911
Fracht für China. 3 Stories. detebe 20912
Das große Umlegen. 3 Stories. detebe 20913
Das Haus in der Turk Street. 3 Stories. detebe 20914
Das Dingsbums Küken. 3 Stories. Nachwort von Steven Marcus. detebe 20915

● **Cyril Hare**
Mörderglück. Kriminalgeschichten. detebe 20196

● **W. F. Harvey**
Die Bestie mit den fünf Fingern. Gruselgeschichten. detebe 20599

● **Harry Hearson & J. C. Trewin**
Euer Gnaden haben geschossen? Eine Geschichte. detebe 20240

● **Frank Heller**
Herrn Collins Abenteuer. Roman. detebe 20238

● **O. Henry**
Glück, Geld und Gauner. Ausgewählte Geschichten. detebe 20235
Die klügere Jungfrau. Geschichten. detebe 20871
Das Herz des Westens. Geschichten. detebe 20872
Der edle Gauner. Geschichten. detebe 20873
Wege des Schicksals. detebe 20874
Streng geschäftlich. detebe 20875
Rollende Steine. detebe 20876

● **Patricia Highsmith**
Der Stümper. Roman. detebe 20136
Zwei Fremde im Zug. Roman. detebe 20173
Der Geschichtenerzähler. Roman. detebe 20174
Der süße Wahn. Roman. detebe 20175

Die zwei Gesichter des Januars. Roman. detebe 20176
Der Schrei der Eule. Roman. detebe 20341
Tiefe Wasser. Roman. detebe 20342
Die gläserne Zelle. Roman. detebe 20343
Das Zittern des Fälschers. Roman. detebe 20344
Lösegeld für einen Hund. Roman. detebe 20345
Der talentierte Mr. Ripley. Roman. detebe 20481
Ripley Under Ground. Roman. detebe 20482
Ripley's Game. Roman. detebe 20346
Der Schneckenforscher. Geschichten. detebe 20347
Ein Spiel für die Lebenden. Roman. detebe 20348
Kleine Geschichten für Weiberfeinde. detebe 20349
Kleine Mordgeschichten für Tierfreunde. detebe 20483
Venedig kann sehr kalt sein. Roman. detebe 20484
Ediths Tagebuch. Roman. detebe 20485
Der Junge, der Ripley folgte. Roman. detebe 20649

● E. W. Hornung
Raffles – Der Dieb in der Nacht. Geschichten. detebe 20237

● Mary Hottinger
Mord. Mehr Morde. Noch mehr Morde. Kriminalgeschichten. detebe 20030–20032
Wahre Morde. detebe 20587
Gespenster. Geschichten aus England, Schottland und Irland. Herausgegeben von Mary Hottinger. detebe 20497

● Gerald Kersh
Mann ohne Gesicht. Phantastische Geschichten. detebe 20366

● Maurice Leblanc
Arsène Lupin – Der Gentleman-Gauner. Roman. detebe 20127
Die hohle Nadel oder Die Konkurrenten des Arsène Lupin. Roman. detebe 20239
813 – Das Doppelleben des Arsène Lupin. Roman. detebe 20931
Der Kristallstöpsel oder Die Mißgeschicke des Arsène Lupin. Roman. detebe 20932
Die Gräfin von Cagliostro oder Die Jugend des Arsène Lupin. Roman. detebe 20933

● Sheridan Le Fanu
Carmilla, der weibliche Vampir. detebe 20596
Der ehrenwerte Herr Richter Harbottle. Unheimliche Geschichten. detebe 20619

● Ross Macdonald
Dornröschen war ein schönes Kind. Roman. detebe 20227
Unter Wasser stirbt man nicht. Roman. detebe 20322
Ein Grinsen aus Elfenbein. Roman. detebe 20323
Die Küste der Barbaren. Roman. detebe 20324
Der Fall Galton. Roman. detebe 20325
Gänsehaut. Roman. detebe 20326
Der blaue Hammer. Roman. detebe 20541
Durchgebrannt. Roman. detebe 20868
Geld kostet zuviel. Roman. detebe 20869
Die Kehrseite des Dollars. Roman. detebe 20877
Der Untergrundmann. Roman. detebe 20878

● W. Somerset Maugham
Silbermond und Kupfermünze. Roman. detebe 20087
Auf Messers Schneide. Roman. detebe 20088
Rosie und die Künstler. Roman. detebe 20086

● Margaret Millar
Liebe Mutter, es geht mir gut . . . Roman. detebe 20226
Die Feindin. Roman. detebe 20276
Fragt morgen nach mir. Roman. detebe 20542
Ein Fremder liegt in meinem Grab. Roman. detebe 20646
Die Süßholzraspler. Roman. detebe 20926
Von hier an wird's gefährlich. Roman. detebe 20927

● Fanny Morweiser
Lalu lalula, arme kleine Ophelia. Roman. detebe 20608
La vie en rose. Roman. detebe 20609
Indianer-Leo. Geschichten. detebe 20799

● Edgar Allan Poe
Der Untergang des Hauses Usher. Geschichten. detebe 20233

● Patrick Quentin
Bächleins Rauschen tönt so bang. Kriminalgeschichten. detebe 20195
Familienschande. Roman. detebe 20917

● Saki
Die offene Tür. Erzählungen. detebe 20115

● Maurice Sandoz
Am Rande. Unheimliche Erzählungen. Deutsch von Gertrude Droz-Rüegg. detebe 20739

● **Hermann Harry Schmitz**
Buch der Katastrophen. detebe 20548

● **Georges Simenon**
Maigrets erste Untersuchung. Roman. detebe 20501
Maigret und Pietr der Lette. Roman. detebe 20502
Maigret und die alte Dame. Roman. detebe 20503
Maigret und der Mann auf der Bank. Roman. detebe 20504
Maigret und der Minister. Roman. detebe 20505
Mein Freund Maigret. Roman. detebe 20506
Maigrets Memoiren. Roman. detebe 20507
Maigret und die junge Tote. Roman. detebe 20508
Maigret amüsiert sich. Roman. detebe 20509
Hier irrt Maigret. Roman. detebe 20690
Maigret und der gelbe Hund. Roman. detebe 20691
Maigret vor dem Schwurgericht. Roman. detebe 20692
Maigret als möblierter Herr. Roman. detebe 20693
Madame Maigrets Freundin. Roman. detebe 20713
Maigret kämpft um den Kopf eines Mannes. Roman. detebe 20714
Maigret und die kopflose Leiche. Roman. detebe 20715
Maigret und die widerspenstigen Zeugen. Roman. detebe 20716
Maigret am Treffen der Neufundlandfahrer. Roman. detebe 20717
Maigret bei den Flamen. Roman. detebe 20718
Maigret und die Bohnenstange. Roman. detebe 20808
Maigret und das Verbrechen in Holland. Roman. detebe 20809
Maigret und sein Toter. Roman. detebe 20810
Maigret beim Coroner. Roman. detebe 20811
Maigret, Lognon und die Gangster. Roman. detebe 20812
Maigret und der Gehängte von Saint-Pholien. Roman. detebe 20816
Maigret und der verstorbene Monsieur Gallet. Roman. detebe 20817
Maigret regt sich auf. Roman. detebe 20820
Maigret und das Schattenspiel. Roman. detebe 20734
Maigret und die Keller des Majestic. Roman. detebe 20735
Maigret contra Picpus. Roman. detebe 20736
Maigret läßt sich Zeit. Roman. detebe 20755
Maigrets Geständnis. Roman. detebe 20756
Maigret zögert. Roman. detebe 20757

● **Henry Slesar**
Das graue distinguierte Leichentuch. Roman. detebe 20139
Vorhang auf, wir spielen Mord! Roman. detebe 20216
Erlesene Verbrechen und makellose Morde. Kriminalgeschichten. detebe 20225
Ein Bündel Geschichten für lüsterne Leser. Roman. detebe 20275
Hinter der Tür. Roman. detebe 20540
Aktion Löwenbrücke. Roman. detebe 20656
Ruby Martinson. Geschichten. detebe 20657

● **Bram Stoker**
Draculas Gast. Gruselgeschichten. detebe 20135

● **Julian Symons**
Auf den Zahn gefühlt. Geschichten. detebe 20601
Ein Pekinese aus Gips. Kriminalgeschichten. detebe 20740

● **Jules Verne**
Reise um die Erde in achtzig Tagen. Roman. detebe 20126
Fünf Wochen im Ballon. Roman. detebe 20241
Von der Erde zum Mond. Roman. detebe 20242
Reise um den Mond. Roman. detebe 20243
Zwanzigtausend Meilen unter Meer. Roman in zwei Bänden. detebe 20244 + 20245
Reise zum Mittelpunkt der Erde. Roman. detebe 20246
Der Kurier des Zaren. Roman in zwei Bänden. detebe 20401 + 20402
Die fünfhundert Millionen der Begum. Roman. detebe 20403
Die Kinder des Kapitäns Grant. Roman in zwei Bänden. detebe 20404 + 20405
Die Erfindung des Verderbens. Roman. detebe 20406
Die Leiden eines Chinesen in China. Roman. detebe 20407
Das Karpathenschloß. Roman. detebe 20408
Die Gestrandeten. Roman in zwei Bänden. detebe 20409 + 20410
Der ewige Adam. Geschichten. detebe 20411
Robur der Eroberer. Roman. detebe 20412
Zwei Jahre Ferien. Roman. detebe 20440

● **Walter Vogt**
Husten. Erzählungen. detebe 20621
Wüthrich. Roman. detebe 20622
Melancholie. Erzählungen. detebe 20623
Der Wiesbadener Kongreß. Roman. detebe 20306
Booms Ende. Roman. detebe 20307

● **H. G. Wells**
Der Krieg der Welten. Roman. detebe 20171
Die Zeitmaschine. Roman. detebe 20172

- Hé ! C'est super gentil de me dire ça. Merci !
- De rien.

- Tu sais, Boris, moi aussi je te trouve beau!

- Hop!
- Hop!
- Ouille!

- Alors, qui c'est
le plus beau ?
C'est moi !
- Gnagnagna...

– Mais pas du tout… c'est toi le plus beau !
Smack ! Et je t'aime… smack !
Et smack, smack, smack !

– Hi hi hi !

– C'est lui, maman.
Il dit que je suis moche !

– Maman !
Maman !

– Que se passe-t-il
mon petit chéri ?

- Vous trois, ouste!!!
- Toi, tu es un gros menteur. Et je vais le prouver!

– Très bien. Miroir, dis-moi que je suis le plus beau Boris de la Terre !

– En vérité, de tous les Boris de la Terre, c'est toi le plus moche !

- C'est vrai, ça ?
- Oui, je dis toujours la vérité.

– Tu veux dire que j'ai une drôle de tête, moi ?

– Les miroirs ne mentent jamais.

- Mais, Boris, c'est toi! C'est ton reflet dans le miroir...
- Quoi?
- Ah, misère... et en plus, je suis bête!

- Regardez, il est drôle, non ?

– Venez vite ! Il y a un drôle de bonhomme avec une drôle de tête qui dit qu'il est moi !

– Ha ha ha!

- Ouille!
- Ah, misère... que je suis maladroit!

- Oups!
- Mais?

- Ha ha ha!
N'importe quoi!
- Mais si,
c'est vrai!

- T'es qui, toi?
- Je suis toi.

– Hop!

– Ouille!

- Ouille!

- Ouille!

Mathis

T'es qui, toi ?

EDITIONS THIERRY MAGNIER

Mit dem Wörterbuch arbeiten

1 Lies die Beispiele der Wörterbucheinträge. Schreibe dann zu den drei Wörtern eigene Beispiele, wie sie im Wörterbuch zu finden sein könnten.

kurz, kürzen, die Kürze, die Kürzung, kürzlich, der Kurzschluss, kurzsichtig, den Kürzeren ziehen

rech|nen, er rechnete, das Rechnen, die Rechnung

der **Grund,** die Gründe, begründen, gründlich, das Grundstück

kühl

verletzen

die Spur

2 Markiere den Wortstamm farbig.

süß, süßen, die Süße, die Süßigkeit

der **Krampf,** die Krämpfe, krampfhaft, verkrampft

pa|cken, sie packte, auspacken, einpacken, die Packung, das Päckchen

der **Rhyth|mus,** die Rhythmen, rhythmisch

3 Schreibe diese Wörter auf. Schlage die Schreibweise im Wörterbuch nach.

4 Schlage die Trennung der Wörter nach und zeichne die Trennstriche ein.

tropfen ✶ sinken ✶ schätzen ✶ wecken ✶ retten ✶ sozial ✶ teuer ✶ Revolution ✶ Sopran ✶ empfangen ✶ Rhythmus ✶ Tacho ✶ Station

Fremdwörter aufschreiben und erklären

1 Suche für die Fremdwörter ein deutsches Wort.

Adjektiv: ______________ Computer: ______________

Monitor: ______________ TV: ______________

Inlineskates: ______________ Dessert: ______________

2 Hier sind französische Wörter gesucht. Löse das Rätsel mit Hilfe des Wörterbuchs.

Anderes Wort für Geldbeutel: P o _ _ _ _ _ _ _ _ i e

Ein Pilz, den wir häufig zum Kochen verwenden: C h _ _ _ _ _ _ _ _

Ein Mitbringsel von einer Reise: _ _ _ _ _ _ _ _

Typisch französisches Weißbrot: B _ _ _ _ _ _ _

Dort kann man gemütlich Kaffee trinken und Kuchen essen: _ _ f é

Im Sommer ist in den meisten Reiseländern Hoch-… S _ _ _ _ _

Er schneidet die Haare: _ _ _ _ _ _ _

Dort hängen wir Jacken und Mäntel auf: _ _ _ _ _ _ _ _ _

Eine Süßigkeit zum Lutschen:  _ _ _ _ _ _

3 Erkläre zwei der Fremdwörter mit eigenen Worten.

Popcorn ✶ Pasta ✶ Pommes ✶ Pizza ✶ Ketschup

____

____

____

____

Mit dem eigenen Namen spielen

Ein Anagramm ist das Umstellen der einzelnen Buchstaben eines Wortes zu neuen Wörtern.

Beispiel: P A L M E — L E I D
L A M P E — L I E D

1 Schreibe mit den Buchstaben deines Vornamens ein Anagramm.

a) Notiere zuerst alle Buchstaben deines Namens nach dem Alphabet.

b) Probiere nun aus, wie man aus diesen Buchstaben eine neue sprechbare Lautfolge machen kann. Es kann auch ein Fantasie-Name werden.

2 Stelle auch Anagramme aus folgenden Wörtern her. Finde dadurch neue Wörter und schreibe sie auf die Zeilen.

NEBEL

ROT

LAGER

FERIEN

MEHL

ACHSE

Lesen und systematisch ordnen

1 Lies die Hinweise und fülle die Tabelle auf Seite 11 aus.

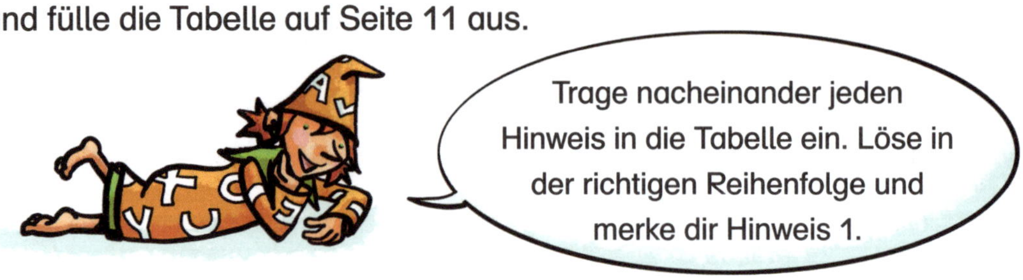

So beginnst du:
Lies alle Hinweise nacheinander.
Lies Hinweis 2 und mache in der Spalte (↓) für die Klasse 3b einen ✓ für all das, was die Klasse anbietet. In allen anderen Kästchen dieser Zeilen (→) machst du einen Strich. —
Wenn die Klasse in einem Bereich bereits einen Haken hat, kannst du alle anderen gleichfarbigen Felder für diese Klasse streichen.
Lies nun Hinweis 3 und gehe genauso vor.

Hinweis 1: Jede Klasse bietet aus jedem Bereich eine Sache an: **Verpflegung**, **Spiel & Spaß**, **Sport** und **Basteln**.

Hinweis 2: Die Klasse 3b organisiert den Pizzastand, das Glücksrad, die Pedalo-Rallye und bastelt mit den Gästen Kaleidoskope.

Hinweis 3: Die Klasse 4a bietet das Basteln von Rasseln sowie die Schwammschleuder und einen Getränkestand an. Aber um die Grillwürste, das Einradfahren und das Jonglieren kümmert sie sich nicht.

Hinweis 4: Die Klasse 4b bietet weder Waffeln noch Fingerpuppen an. Um das Eierlaufen kümmert sie sich auch nicht.

Hinweis 5: Um das Dosenwerfen, den Waffelstand und das Einradfahren kümmert sich die Klasse 3a. Sie organisiert das Basteln von Fingerpuppen, aber nicht das Flechten von Freundschaftsbändern.

Hinweis 6: Das Eierlaufen wird von der Klasse 4a veranstaltet.

Bereich	Beitrag	Kl. 3a	Kl. 3b	Kl. 4a	Kl. 4b
Verpflegung 	Waffeln				
	Getränke				
	Pizza				
	Grillwurst				
Spiel & Spaß 	Schminken				
	Schwammschleuder				
	Glücksrad				
	Dosenwerfen				
Sport 	Eierlaufen				
	Pedalo-Rallye				
	Einradfahren				
	Jonglieren				
Basteln 	Fingerpuppen				
	Kaleidoskope				
	Rasseln				
	Freundschaftsbänder				

2 Schreibe auf, was die Klasse 4b zum Schulfest beiträgt.

Die Klasse 4b baut zum Schulfest den Stand für Grillwurst ________ und

für das ________ auf. Sie bietet die Station ________

und das Basteln von ________ an.

Verben in Aufforderungssätzen finden

1 Unterstreiche die Verben in der Aufforderungsform.

2 Setze in allen Sätzen die richtigen Satzzeichen ein.

Mit Silben arbeiten 1

1 Lies oder singe den Liedtext und zeichne die Silbenbögen ein.

Zwei mal drei macht vier, widewidewitt und drei macht neune,

ich mach mir die Welt, widewide wie sie mir gefällt.

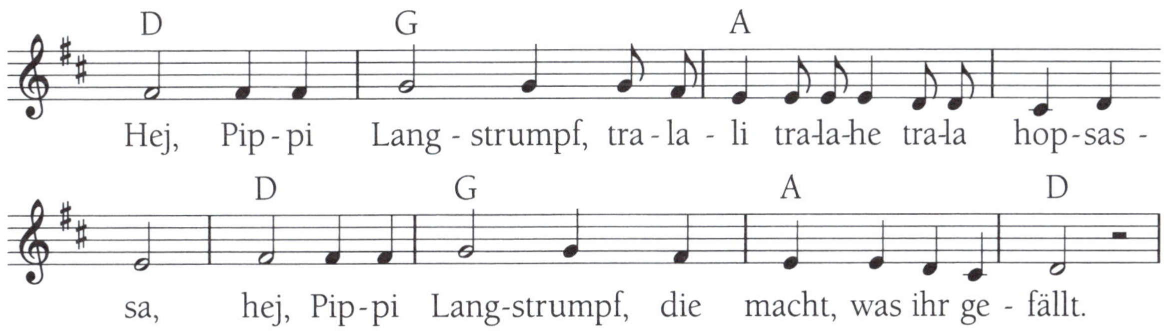

Drei mal drei macht sechs, widewide wer will's von mir lernen?

Alle, Groß und Klein, tralalala lad' ich zu mir ein.

Ich habe ein Haus, ein kunterbuntes Haus,

ein Äffchen und ein Pferd, die schauen dort zum Fenster raus.

Ich habe ein Haus, ein Äffchen und ein Pferd,

und jeder, der uns mag, kriegt unser Einmaleins gelehrt.

Text: A. Lindgren
Musik: J. Johansson, K. Elfers

2 Sprich Pippis kompletten Namen in Silben, decke ihn ab und schreibe ihn aus dem Gedächtnis auf. Kontrolliere mit Hilfe der Silbenbögen.

Mit Silben arbeiten 2

1 Ergänze in Pippis Seeräuber-Lied die fehlenden Silbenkerne.

Seeräub_e_r-Op___ Fabi___n
trieb s___ manch___n Schabern___ck,
kreuz und qu___r auf d___m Oze___n,
tjoa hadelitan jak.

S___r___ber-___pa F___b___an
war bek___nnt auf der g___nzen W___lt,
er r___bte Geld von j___dem K___hn,
tjoa hadelitan delt…

Text: Helmut Harun

2 Trage die fehlenden Silben ein.

„Prima", sagte Pippi. „Der Schrecken des Karibischen Meeres, das wol_len_ wir beide wer___, Thomas. Wir rau___ Gold und Ju___len und Edel___ne und tief drinnen in ei___ Höhle ha___ wir ein Versteck für un___re Schät___, auf einer un___wohnten In___ im Stillen O___an, und drei Gerip___, die die Höh___ bewa___. Und eine Fah___ ha___ wir mit einem ___tenschädel drauf und zwei gekreuzten Kno___, und dann sin___ wir „Fünfzehn Gespenster", so dass man es von einem En___ des Atlantischen O___ans bis zum andern hört, und al___ Seefah___ werden ganz blass, wenn sie uns ___ren, und ü___legen, ob sie sich nicht ins Meer stür___ sollen, um unserer blu___gen, blutigen Ra___ zu entge___!"

Text: Astrid Lindgren

3 Male die Silben der Lösungswörter in der richtigen Farbe aus.

Dort wohnt Pippi	Vil	ner	ber		
So heißt Pippis Pferd	Klei	la	On	ter	a
So heißt das Segelschiff von Pippis Papa	Hop	räu	Kun	li	se
Das möchte Pippi einmal werden	See	tu	a	kel	bunt
Pippis zweiter Vorname	Vik	pe	tos		

Merkmale einer E-Mail kennenlernen

1 Trage die Angaben an der richtigen Stelle ein.

Schulstraße 7	0177-123456	Lola Mauracher	lola@einsterns-schwester.de	77123 Nirgendwo

E-Mail lola ______________________________

Handy ______________________________

Brief ______________________________

____

2 Ergänze die Betreff-Zeile der beiden E-Mails.

An: maxi.lehmann@ini.de

CC: ______________________

Betreff: ______________________

Liebe Maxi,
magst du Montag nach der
Schule zu mir kommen?
Liebe Grüße
Isa

An: leomann@eins.com

CC: ______________________

Betreff: ______________________

Lieber Leonhard,
hast du Lust auf eine Radtour
am Wochenende?
Sag Bescheid,
Jonas

3 Übe das Schreiben des @-Zeichens (ausgesprochen: ät).

@ @ @

Anredepronomen finden und unterscheiden

13

1 Trage die richtigen Anredepronomen ein.

Von: Ina
Betreff: Geburtstag
An: elsa.boell@xyz.de

Liebe Oma,
vielen Dank für dein ________ tolles Geschenk zu meinem Geburtstag. fudhuk. Das war eine echte Überraschung, als ________ Päckchen ankam. Ich war :-). Noch schöner wäre es gewesen, wenn ________ selbst gekommen wärst. Aber ich weiß, dass ________ Bein noch nicht wieder richtig in Ordnung ist. Über dein Foto musste ich lol. Ich wünsche ________ weiterhin gute Besserung.
hdl, Ina

Von: Alexa Grund
Betreff: Einladung
An: martin.wiese@zyx.de

Lieber Herr Wiese,
zu unserer nächsten Verkaufsaktion laden wir ________ herzlich ein. Wir stellen ________ die aktuellen Produkte unseres Unternehmens vor. Bei Kaffee und Kuchen beantworten wir alle ________ Fragen. Selbstverständlich können ________ auch gern mit der ganzen Familie kommen. Bitte melden ________ sich und ________ Familie rechtzeitig bei uns an.
Mit freundlichen Grüßen
Alexa Grund

2 Übersetze die Abkürzungen.

fudhuk fall ________

:-) ________

lol ________

1 Lies das Interview aufmerksam durch.

Der Spurenleser

Spannende Berufe: Detlef Engel ist Spurensicherer

VON REGINE WARTH

Ihm bleibt nur wenig verborgen, denn Detlef Engel lässt Dinge sichtbar werden, die man normalerweise mit bloßem Auge nicht erkennen würde. Der 42-jährige Polizist arbeitet nämlich bei der Spurensicherung im Polizeipräsidium Stuttgart. Als solcher wird er immer wieder zu Tatorten gerufen, um Fingerabdrücke, Schuhabdrücke oder Haare zu sichern. Diese sollen helfen, die Tat aufzuklären.

Hallo Herr Engel, hinterlässt jeder Mensch Spuren?
Kommt darauf an. Manche stellen sich sehr geschickt an und hinterlassen fast keine Spuren oder solche, die man nur schwer erkennen kann. Die Aufgabe der Spurensicherer ist es dann, diese Spuren zu entdecken und zu sichern.

Was sind das für Spuren?
Das können Fingerabdrücke sein, Hautschüppchen, aber auch Schuhabdrücke oder Blut. Wenn jemand beispielsweise ein Fenster aufgehebelt hat, hinterlässt das Werkzeug, das er dazu benutzt hat, ebenfalls Spuren. Einer schlägt vielleicht eine Scheibe ein und bleibt dann mit dem Ärmel hängen. Dann bleiben Fasern von seiner Kleidung oder auch Blut zurück.

Aber viele Spuren sind doch so winzig klein, dass man sie mit bloßem Auge gar nicht erkennen kann. Wie sehen Sie diese trotzdem?
Wir können erst auch mal nur vermuten, dass sich irgendwo Spuren befinden. Wir suchen beispielsweise einen Fensterrahmen ab, ob dort jemand hingefasst hat. Oder wir sprühen einen Teppich mit Chemikalien ein, um herauszufinden, ob dort jemand versucht hat, Blutspuren auszuwaschen.

Was hat ein Mitarbeiter der Spurensicherung immer dabei?
Wir haben in unserem Koffer Wattestäbchen, um Blut oder andere Flüssigkeiten aufzunehmen. Eine Lupe ist dabei und auch ein Pinsel samt Rußpulver. Damit stäuben wir Tischplatten und Fensterrahmen ein, um zu sehen, ob jemand darauf Fingerabdrücke hinterlassen hat. Natürlich darf auch eine Taschenlampe nicht fehlen.

Warum tragen die Mitarbeiter der Spurensicherung einen Schutzanzug?
Zum einen, um uns nicht schmutzig zu machen, wenn wir am Tatort sind. Aber der Hauptgrund ist, dass wir so selber keine Spuren hinterlassen.

Wie sind Sie Spurensicherer geworden?
Zuerst muss man Polizist werden. Dazu kann man studieren oder eine Ausbildung machen. Um in der Spurensicherung zu arbeiten, muss man dann weitere Fortbildungen machen.

Wenn Sie so viel über Spuren wissen, dann wissen Sie sicher auch, wie man möglichst keine Spuren hinterlässt?
Ja, das verrate ich aber nicht. Sonst werde ich ja arbeitslos.

2 Kennzeichne die Antworten mit den passenden Farben.

Blau: Hier arbeitet Detlef Engel.

Gelb: Das ist seine Aufgabe.

Rot: Nach diesen Spuren sucht er am Tatort.

Grün: Das alles gehört zur Ausrüstung der Spurensicherung.

Braun: Diesen Beruf muss ein Spurensicherer zuerst lernen.

Informationen in einem Flyer finden

1 Lies und markiere alle Medien, die du in dieser Bibliothek ausleihen kannst.

Was muss ich für das Ausleihen bezahlen?

Für das Ausleihen von Büchern und Heften musst du nichts bezahlen. Willst du auch DVDs, Blu-Rays, CD-ROMs, CDs oder Spiele ausleihen, kostet das einmal im Jahr 3,00 €.

Wie bekomme ich dann einen Bibliotheksausweis?

In der Kinder- und Jugendbibliothek bekommst du eine Anmeldekarte, die deine Mutter oder dein Vater unterschreiben. Du bekommst dann einen Ausweis von uns, den du zur Ausleihe immer brauchst. Wenn du umziehst oder den Ausweis verloren hast, melde das sofort in der Bibliothek. Ein Ersatzausweis kostet 2,50 €.

Und wie funktioniert das Ausleihen?

In die Bücher oder auf die Spiele, Filme oder CDs, die du ausgesucht hast, stempelst du mit dem bereitgestellten Stempel das Datum ein, an dem du sie spätestens zurückbringen musst.

Wichtig!

Dann lässt du die Sachen an der Theke verbuchen. Da darfst alle Medien 4 Wochen behalten. Einzige Ausnahme: Alle DVDs, Blu-Rays und die Zeitschriften aus der Lesestube musst du schon nach 2 Wochen abgeben. Willst du etwas länger behalten, gib bitte in der Bibliothek Bescheid. Du kannst zum Verlängern der Ausleihfrist auch anrufen oder es im Internet von zu Hause aus selbst erledigen. Für 1,00 € pro Titel kannst du dir auch etwas vorbestellen.

Aber aufgepasst!

Bringst du die Bücher zu spät zurück, musst du eine Mahngebühr bezahlen. In der Kinderbibliothek sind das je Buch, DVD, Blu-Ray, CD oder CD-ROM 1,00 € pro Woche, die du zu spät bist. Alles aus der Erwachsenenbibliothek kostet bei verspäteter Rückgabe auch für dich 1,50 € Mahngebühr pro Woche. Bitte behandle die Bücher ordentlich, denn es wollen noch viele andere Leute Freude daran haben. Transportiere die Bücher immer in einer Tasche. Hast du einmal ein Buch beschädigt oder verloren, melde es bitte in der Bibliothek. Es muss dann ersetzt werden.

2 Kreuze die richtigen Aussagen an.

- ◯ Ein Ausweis für Kinder, die nur Bücher ausleihen möchten, kostet 2,50 Euro.
- ◯ Wer auch andere Medien ausleihen möchten, muss 3 Euro im Jahr bezahlen.
- ◯ Wenn man seinen Ausweis verloren hat, muss man das der Polizei melden.
- ◯ Ein Ersatzausweis kostet 2,50 Euro.
- ◯ Bücher und DVDs darf man nur zwei Wochen lang ausleihen.
- ◯ Wenn man drei Bücher vorbestellen möchte, kostet das 3 Euro.
- ◯ Wer ein Buch verloren hat, muss das der Bücherei melden und es ersetzen.

Verben in verschiedenen Zeitformen erkennen

1 Finde zu den einzelnen Verben jeweils die verschiedenen Zeitformen und markiere sie in der gleichen Farbe.

- ich gebe
- er hat genommen
- wir gaben
- fahren
- du läufst
- ihr habt gekauft
- nehmen
- du kauftest
- ihr lieft
- ihr seid gefahren
- wir nehmen
- geben
- laufen
- er hat gegeben
- du nahmst
- kaufen
- ich fuhr
- es ist gelaufen
- sie fährt
- sie kaufen

2 Wähle drei Verben aus und trage sie in die Tabelle ein.

Gegenwart	1. Vergangenheit	2. Vergangenheit
ich gebe	wir gaben	er hat gegeben

3 Ergänze die Tabelle mit den Verben **sein** und **haben** in den zwei Zeitformen.

Grundform	Präsens	1. Vergangenheit
sein	er	wir
haben	ihr	ich

Verben in der Zukunft finden und bilden

1 Setze die Verben in der Zukunftsform in den Text ein.

Fahrrad fahren im Jahr 2050

Im Jahr 2050 werden_____ die Fahrräder ganz anders aussehen_____ als heute (aussehen). In den Fahrradfabriken _____ man alle Fahrräder mit einem Sonnenschutzdach _____ (bauen).
Die Mechaniker _____ Räder für verschiedene Altersstufen _____ (entwickeln). Schon Babys _____ ein Krabbelrad mit 4 Pedalen _____ (bekommen). Alle Schulkinder _____ ein Turborad _____ (besitzen), mit dem sie nie mehr zu spät in die Schule _____ _____ (kommen).
Das Lehrerkollegium jeder Schule _____ mit großen Teamrädern zur Schule _____ (fahren). Leute im Großelternalter _____ Sitzflächen mit der Bequemlichkeit eines Ohrensessels und mit Liegefunktion _____ (genießen).
Jede Stadt _____ verschiedene Fahrradautobahnen _____ (einrichten).

2 Kreise die Verben farbig ein, die in der Zukunftsform stehen.

du wirst radeln	wir schieben	sie saust	du spaziertest
wir schreiten	er ist gerannt	du rolltest	es ist gewandert
er ist gelaufen	es wird gehen	ihr werdet eilen	ich werde trödeln
wir schlenderten	sie hüpften	er zog	ihr werdet rasen

Merkwörter mit ai

1 Schreibe die zusammengesetzten Nomen auf.

Kaiserkrone

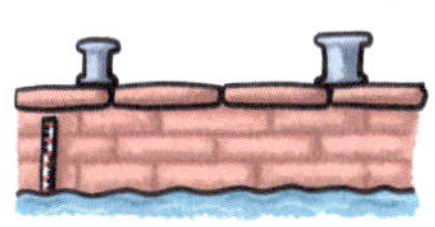

2 Schreibe die Fremdwörter auf. Alle Wörter enthalten ein **ai**.

Übungsleiter im Sportverein: Tr

Große Metallkisten, die auf Schiffen transportiert werden: C

Hauptreisezeit: S

Eine elektronische Post nennt man:

3 Finde die zwei Wörter mit **ai**. Schreibe sie auf:

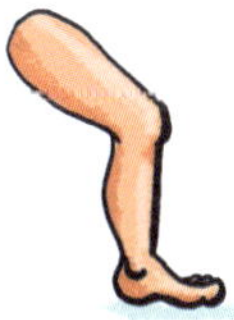

Eine Erlebnisgeschichte ordnen

1 Lies die Textabschnitte.

Ein unvergesslicher Höhlenbesuch

–	Nur die Lichter der Taschenlampen zeigten uns den Weg. Mir wurde es zu eng und ich hatte Angst, weiterzukriechen. Ich zitterte am ganzen Körper und traute mich weder vor noch zurück. Ich war wie gelähmt und fragte mich, ob ich je wieder aus der Höhle kommen würde.	
3	Letzte Woche habe ich mit meiner Klasse einen Ausflug zur Wilden Höhle gemacht.	E
6	Zum Ausgang war es nicht mehr weit. Wir waren alle froh und stolz, als wir wieder aus der Höhle kamen. Dieses Erlebnis werde ich so schnell nicht mehr vergessen.	
+	Nach einer einstündigen Busfahrt kamen wir endlich an einem Parkplatz an. Von dort aus mussten wir noch einen steilen Hang zur Höhle hinabklettern.	
4	Hinter mir rief Timo: „Los jetzt, du Angsthase. Wir verlieren noch die Gruppe." Zum Glück rief Lea: „Ich kann wieder stehen, hier ist ein großer Raum."	
=	Daraufhin nahm ich all meinen Mut zusammen und merkte, dass es mit jedem Meter besser ging. Bald schon konnte ich stehen.	
7	Mit einer Taschenlampe und einem Helm durften wir in Fünfergruppen mit einem Höhlenführer hintereinander in den engen Eingang hineinkrabbeln.	

a) Bringe die Textabschnitte in die richtige Reihenfolge. Trage die Zahlen und Rechenzeichen in die Tabelle unten ein. Es entsteht eine Rechenaufgabe.

1.	2.	3.	4.	5.	6.	7.

b) Ordne die Textabschnitte den verschiedenen Teilen einer Geschichte zu: Einleitung (E), Hauptteil (H), Schluss (S)

Spannende Überschriften zu Bildern finden

1 Finde möglichst spannende Überschriften zu den Bildern.
Vergleiche deine Überschriften mit denen eines anderen Kindes.

Der vergiftete Apfel

2 Zeichne selbst ein Bild und lasse ein anderes Kind eine Überschrift finden.

Wichtige Wörter finden und einsetzen

1 Finde im Kasten die fehlenden Wörter für den Text. Schreibe sie in die Lücken. Die Bilder helfen dir.

Glasröhrchen ✱ sehr kalt ✱ Außentemperatur ✱ kochendes Wasser ✱ anzeigen ✱ Schnee ✱ dehnte sich aus ✱ Winter ✱ Einteilung (Skala) ✱ Minusbereich ✱ ~~Thermometer~~

Das Thermometer

Vor ungefähr 250 Jahren führte der Schwede Anders Celsius Versuche durch, für die er die Temperatur der Gegenstände wissen musste. Daher baute er ein Messgerät, ein Thermometer. So könnte er vorgegangen sein:

Celsius füllte Quecksilber in ein ____________________. Dann hielt er

das Röhrchen in ____________________________. Das Quecksilber

____________________________. Celsius schrieb an diesen Punkt 0 Grad.

Danach stellte er das Glasröhrchen in den _____________, weil der

so kalt wie gefrierendes Wasser ist. Das Quecksilber zog sich zusammen. Celsius schrieb an diesen Punkt 100 Grad. Anschließend überlegte er sich eine ____________________________. Später wurde die Skala allerdings umgedreht.

2 Kreise im Text mit Hilfe der Wortrahmen die wichtigen Wortstellen ein.

Die Skala

Für diese Skala zerlegte er den Abstand zwischen den beiden Punkten in 100 gleich große Teile und markierte sie. Jeder Strich steht für ein Grad. Noch heute messen wir die Temperatur nach dieser Einteilung in Grad Celsius. Der Gefrierpunkt wurde mit 0°C und der Siedepunkt mit 100°C markiert.

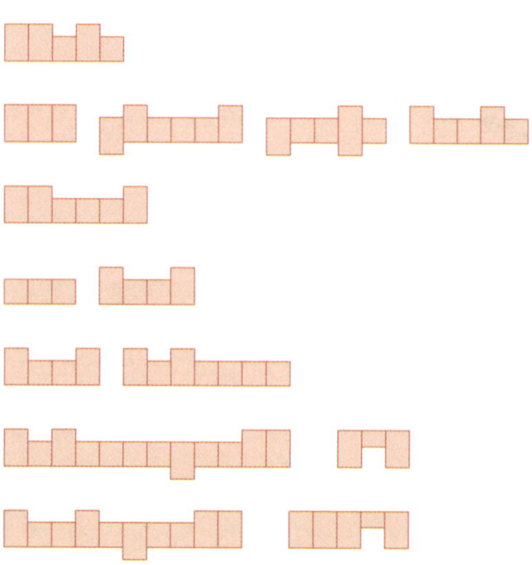

3 Schreibe mit allen wichtigen Wörtern aus den Wortrahmen von 2 einen eigenen Text.

4 Finde die fünf wichtigen Wortstellen. Kreise sie ein.

Fahrenheit

Der deutsche Physiker Gabriel Fahrenheit erfand das Alkohol- und auch das Quecksilberthermometer. Im Gegensatz zu der Celsius-Skala (°C) legte Fahrenheit in seiner Skala den Gefrierpunkt von Wasser bei 32°F und den Siedepunkt bei 212°F fest.

Die Körpertemperatur eines Menschen von 37,7°C liegt bei ungefähr 100°F.

In den USA wird die Temperatur heute in Fahrenheit gemessen.

5 Im Kasten von 1 sind fünf wichtige Begriffe übrig geblieben.
Entwirf einen kurzen Text, in dem diese Begriffe als wichtige Wörter auftauchen.

Treffende Adjektive zuordnen

1 Finde die passenden Adjektive zu dem Waldbild und zu dem Comicbild heraus. Unterstreiche die Wörter, die zum **Wald** passen, **grün** und die Wörter, die zum **Comic** passen, **blau**.

dunkel ✤ romantisch ✤ unterhaltsam ✤ tropisch ✤ dicht ✤ traumhaft ✤
abenteuerlich ✤ groß ✤ wild ✤ märchenhaft ✤ schauderhaft ✤ feucht ✤
prächtig ✤ düster ✤ langweilig ✤ humorvoll ✤ kalt ✤ spannend ✤ verwildert ✤
witzig ✤ interessant ✤ hell ✤ aufregend ✤ schattig ✤
unheimlich ✤ wunderbar ✤ fantasievoll ✤ hässlich ✤ licht ✤ lustig ✤
undurchdringlich ✤ kühl ✤ geheimnisvoll ✤ gefährlich ✤ bunt

2 Zeichne ein eigenes Bild, das du mit Adjektiven beschreiben möchtest. Finde dazu mindestens zehn eigene passende Adjektive und schreibe sie auf.

23

Wörter mit ä / äu ableiten und merken

1 Löse das Rätsel.

Waagerecht (→)

1. Nomen, das von „Kalb“ abgeleitet wird
2. Nomen zum Verb „bauen“
3. Ein kleiner Stall
4. Zu einer Kugel aufgewickelter Wollfaden
5. Weißes Federvieh
6. Mehrzahl von „Kraut“
7. Mehrzahl von „Bauch“
8. Ein Monat im Frühling

Senkrecht (↓)

9. „Schneewittchen“ und „Aschenputtel“ gehören hierzu.
10. Verb zum Nomen „Traum“
11. Großes Raubtier in Schwarz, Weiß oder Braun
12. Nomen zum Verb „rauben“
13. Dritte Person Einzahl von „laufen“

2

a) Schreibe die vier Merkwörter auf, die im Rätsel versteckt sind.

b) Ergänze weitere Merkwörter mit **ä**. Schaue im Merkwort-Fächer nach.

Wörter verlängern

1 Finde die acht Wörter, die man verlängern kann und schreibe ihre Verlängerung auf.
Beispiel: eng – enge Straße

A	W	R	C	M	B	S	Z	J	S	Z	E	H
S	T	E	H	T	A	C	K	L	I	N	G	T
F	N	Q	T	B	N	H	D	O	N	S	H	R
D	R	E	H	T	K	U	A	H	G	W	M	S
L	A	N	G	J	X	H	F	E	T	E	N	G

Verb mit ng/nk	silbentrennendes h

2 Schreibe die Wörter auf die Schwungmuster. Achte auf das Ende der Sprechsilben.

Wäschekorb * Bergkamm * Treibstofflager * Flusspferdohr * Grillanzünder * Rennauto * Gartenzwergparade * Eurogeldschein * Knallfrosch

Wäschekorb

Beschreibungen zuordnen

1 Ordne die Beschreibungen den Bildern zu.

1 Lolas weit geschnittener Mantel reicht fast bis zu den Knöcheln.
Der grüne Kragen ist am Rand gezackt.
Auf dem orangefarbenen Stoff sind verschiedene blaue Buchstaben aufgedruckt.
Die Knopfleiste ist verdeckt, sodass man sie nicht sieht.

____

____

2 Lolas weit geschnittener Mantel reicht fast bis zu den Knöcheln.
Der gelbe Kragen ist am Rand gezackt.
Auf dem orangefarbenen Stoff sind verschiedene blaue Buchstaben aufgedruckt.

____

______________ oder: ______________

3 Lolas weit geschnittener Mantel reicht fast bis zu den Knöcheln.
Der Kragen ist am Rand gezackt.
Auf dem Stoff sind verschiedene blaue Buchstaben aufgedruckt.

______________ oder: ______________

____

______________ oder: ______________

2 Ergänze die Beschreibungen so, dass man sie eindeutig einem Bild zuordnen kann.

Eine Brillenbeschreibung verfassen

1 Male die Brille an.
Ergänze die Brille fantasievoll, zum Beispiel mit Federn, Silberpapier, Bändern …

2 Sammle nun für die Beschreibung deiner gezeichneten Brille die richtigen Stichworte zu den unterschiedlichen Kategorien.

Form: ______________________________

____

Größe: ______________________________

____

Farbe: ______________________________

____

Material: ______________________________

____

Besonderheit: ______________________________

____

Über eine Fabel nachdenken

Fuchs und Ziegenbock

Ein Fuchs und ein Ziegenbock waren gemeinsam auf Wanderschaft. Der Ziegenbock war eindrucksvoll von Gestalt, mit zwei langen Hörnern, aber vom Verstand nicht besonders weitsichtig und klug. Sein Freund, der Fuchs, dagegen war findig im Betrug. Auf ihrem Weg bekamen sie Durst und kletterten in einen Brunnen. Sie tranken ausreichend und dann sagte der Fuchs: „Und was, mein Freund, tun wir jetzt? Der Durst ist gestillt, doch wir müssen noch heraussteigen. Stemm deine Vorderbeine gegen die Brunnenwand. Ich steige dann auf deinen Rücken, auf deine Hörner und schließlich zum Brunnen hinaus. Danach kommst du." „Bei meinem Bart", staunte der Bock, „das ist gut. So schlaue Gefährten sind selten; ich allein wäre nie auf diese Idee gekommen." Der Fuchs stieg aus dem Brunnen und mahnte den Ziegenbock zur Geduld. „Wäre dein Verstand so groß, wie dein Bart lang ist, wärst du so unbedacht nicht gewesen. Leb wohl. Ich bin oben, sieh zu, wie du herauskommst. Mir läuft die Zeit davon."

nach Jean de la Fontaine

1. Unterstreiche die Stellen im Text farbig, bei denen du etwas über die Eigenschaften vom Fuchs (grün) und vom Ziegenbock (blau) erfährst.

Unterstreiche beim Fuchs zwei Textstellen, beim Ziegenbock drei.

2. Finde weitere Eigenschaften, die zu den beiden Tieren passen.

Fuchs	Ziegenbock

3. Welche Lehre (Moral) passt zur Fabel? Kreuze zwei Aussagen an.

- ○ Erst denken, dann handeln
- ○ Am Ende gewinnt der Dumme.
- ○ Verlass dich nicht auf andere.
- ○ Der Starke hat immer recht.

Über eine Fabel nachdenken

4 Schreibe die Fabel in vier bis fünf Sätzen weiter und erzähle, was mit dem Ziegenbock geschieht.

5 Gestalte einen Comic.

a) Male dazu das erste Bild passend in den Bildkasten.

1

b) Trage zur wörtlichen Rede der beiden Tiere einen passenden Text in die restlichen Sprechblasen ein.

Die Wortartenproben anwenden

1 Finde mit Hilfe der Wortartenproben alle **Nomen**, **Verben** und **Adjektive**. Unterstreiche alle Nomen blau, alle Verben rot und alle Adjektive grün. Unterstreiche keine Namen.

„RUHIG, MISSI, RUHIG!“, SAGTE EMMA, ZOG DIE ZÜGEL ETWAS FESTER UND TRIEB DIE STUTE MIT SANFTEM SCHENKELDRUCK AN FRAU DOCKENFUß UND IHREM RADIO VORBEI. DANN LENKTE SIE MISSI ÜBER DIE SCHMALE STRAßE ZUM DORFTEICH HINÜBER. …

MISSISSIPPIS HUFE KLAPPERTEN ÜBER DEN BUCKLIGEN ASPHALT. EMMA FÜHLTE SICH WUNDERBAR, SO WUNDERBAR WIE NOCH NIE IN IHREM LEBEN. SIE SAH ZUM HIMMEL HOCH, GUCKTE DEN WOLKEN NACH UND STELLTE SICH VOR, GANZ WOANDERS ZU SEIN, IN EINEM WILDEN UND WEITEN LAND, DURCH DAS SIE UND MISSISSIPPI TAGELANG RITTEN OHNE EINEM MENSCHEN ZU BEGEGNEN.

EIN HUND SCHRECKTE EMMA AUS IHREN TRÄUMEN. BREITBEINIG, KAUM GRÖßER ALS EIN KANINCHEN STAND ER MITTEN AUF DER STRAßE UND BELLTE SICH HEISER. MISSI SCHEUTE UND WAR NICHT ZU BEWEGEN, AN DEM KLEINEN UNGEHEUER VORBEIZUGEHEN.

EMMA KANNTE DEN HUND. ER GEHÖRTE DEM SCHWIEGERSOHN DER DICKEN HENRIETTE UND KLÄFFTE JEDEN AN, DER SICH DEM HOF NÄHERTE. EMMA KONNTE SICH WIRKLICH NUR WUNDERN, DASS HENRIETTES LADEN TROTZDEM IMMER VOLL WAR.

Cornelia Funke

2 Schreibe auf, wie viele Nomen, Verben und Adjektive der Text enthält.

______ **Nomen**, ______ **Verben**, ______ **Adjektive**

Verben werden zu Nomen

1 Kreise die zehn Verben ein, die zu Nomen geworden sind. Mache die Nomenprobe. Finde die Lösungen der Rätsel.

MAN BRAUCHT ES ZUM MISCHEN DES TEIGS.
OBEN AM GRIFF HAT ES EINEN SCHALTER
UND BEIM RÜHREN SPRITZT ES HÄUFIG.

Lösung: Qu ____________

BEIM DRÜCKEN DES KNÖPFCHENS GEHT ES AN.
BEIM FAHREN MIT DEM AUTO LÄUFT ES OFT.

Lösung: ____________

DAS KAUFEN EINES CHIPS BERECHTIGT
ZUM FAHREN. BEIM EINSTEIGEN
GIBT MAN IHN AB. VOM DREHEN WIRD
EINEM MANCHMAL SCHLECHT.

Lösung: ____________

FÜRS FANGEN HAT SIE
SCHARFE KRALLEN.
ZUM RIECHEN HAT SIE
EINE GUTE NASE.
ABER IN DAS MÄUSELOCH
PASST NUR IHRE PFOTE.

Lösung: ____________

2 Erfinde selbst ein Rätsel mit Verben, die zu Nomen wurden.

____

____

____

____

____

Die Groß- und Kleinschreibung üben

1 Trainiere für das **Wortanfangsdiktat**.
Schreibe wie im Beispiel.

- Satzanfang → groß
- Nomen → groß
- Verb → klein
- Adjektiv → klein
- Restwort → klein

M/m ein	Satzanfang → groß
V/v ater	Nomen → groß
G/g eht	Verb → klein
M/m it	
M/m ir	
I/i ns	
K/k ino.	

D/d ie	
D/d icke	
K/k atze	
J/j agt	
E/e ine	
S/s üße	
M/m aus.	

D/d er	
P/p olizist	
S/s ucht	
S/s eine	
N/n eue	
R/r unde	
K/k elle.	

A/a m	
A/a bend	
I/i sst	
F/f amilie	
M/m eier	
A/a m	
K/k iosk.	

Eine Geschichte erzählen

1 Lies die Fabel.
Notiere neben jedem Abschnitt passende Stichwörter.

Der Fuchs und der Storch

Ein Fuchs hatte einen Storch zum Mittagessen eingeladen und setzte ihm die leckersten Speisen vor. Aber diese waren nur auf ganz flachen Schüsseln angerichtet, aus denen der Storch mit seinem langen Schnabel nicht fressen konnte. Gierig fraß der Fuchs alles allein. Dabei sprach er zu seinem Gast: „Lass es dir schmecken, mein Freund. Genieße das Essen.“

Der Storch fühlte sich betrogen, tat aber weiterhin ganz fröhlich. Er lobte die Gastfreundschaft und bat den Fuchs auch einmal bei ihm zu essen.
Der Fuchs ahnte, dass der Storch sich rächen wollte, und schlug die Einladung ab. Der Storch aber blieb hartnäckig und bat den Fuchs so lange, bis dieser endlich zusagte.

Als am nächsten Tag der Fuchs zum Storch kam, standen alle möglichen Leckerbissen auf dem Tisch. Der Anblick der Speisen ließ dem Fuchs das Wasser im Mund zusammenlaufen.

Aber alle Lebensmittel waren nur
in Gefäßen mit langem Hals
und schmaler Öffnung aufgetischt.
„Bediene dich", sagte der Storch.
„Lass es dir schmecken und fühle dich
wie zu Hause."
Er selbst aß mit seinem schmalen
Schnabel alles voller Freude und Genuss.
Der Fuchs dagegen ärgerte sich sehr.
Hungrig stand er vom Tische auf und
begriff, dass ihn der Storch für seinen
Betrug nun bestraft hatte.

nach Aesop

2 Überlege, welche Stichworte wirklich wichtig sind.
Streiche die anderen durch.

3 Schreibe einen oder mehrere zusammenfassende Sätze über den Text.
Nutze dazu deine Stichworte.

Ein Lesekreuzworträtsel lösen

1 Löse das Kreuzworträtsel. Schlage dazu im Autorenlexikon des Themenheftes nach.

Lösungswort: _ _ _ _ _ _ _ _
1 2 3 4 5 6 7 8

Waagerecht (→)

1. Vorname von Kästner
2. Einer von R. Bertrams Berufen
3. Lieblingsbuch/-figur von A. Lindgren
4. Heutiger Wohnort von C. Funke
5. So heißt der Dackel in Frauke Scheunemanns Romanen.
6. Nach ihr wurde ein Asteroid im Weltall benannt (nur Nachname).
7. Er hat am selben Tag Geburtstag wie E. Donnelly (nur Nachname).
8. Für diese TV-Serie hat A. Steinhöfel Drehbücher geschrieben.

Senkrecht (↓)

1. Tier in J. Guggenmos' Gedichtband
2. G. Bydlinski hat mehr als 4000 gehalten.
3. Tierische Hauptfigur von E. Donnelly
4. Mädchen in Ch. Nöstlingers erstem Buch
5. Geburtsstadt von Ch. Nöstlinger
6. Geburtsland von A. Lindgren
7. Geburtsort von S. Naoura
8. So heißt der Junge aus Bertrams „Coolman und ich".
9. Berufswunsch von M. Musgrove

Erfahren, wie ein Theaterstück entsteht

38

1 Lies das Interview aus der Kinderzeitschrift aufmerksam durch.

Die Theatermacher: Im Hamburger Thalia Theater wird dieser Tage „Reckless“ aufgeführt, ein Stück nach dem neuen Roman von Erfolgsautorin Cornelia Funke.
Wir haben jene Menschen getroffen, die vor, hinter, auf und neben der Bühne an diesem Theaterstück arbeiten. Vorhang auf!
Vielleicht sind sie so etwas wie die Chefs der Aufführung. Dramaturgin Susanne Meister, 43, und Regisseur Marco Storman, 30, erwecken den Text zum Leben.

GEOlino: Setzen Sie fort: „Der Spiegel öffnet sich nur für den, der sich selbst nicht sieht. Jacob schloss die Augen …“

Susanne Meister: „… und plötzlich war der Raum, den er hinter sich im Spiegel sah, nicht mehr das Zimmer seines Vaters.“

Marco Storman (lacht): Mittlerweile kennt man die Geschichte echt in- und auswendig. (…)

Erzählen Sie mehr: Worum geht es bei Reckless? Um zwei Brüder, Jacob und Will, die durch den Spiegel in eine Märchenwelt gelangen. Samt Rotkäppchen und Feen, Grasmenschen und Goyl – das sind Steinwesen. Eines davon greift Will an, der nun nach und nach auch versteinert. Um seinen Bruder zu retten, begibt sich Jacob auf eine gefährliche Reise zur dunklen Fee; sie allein hat die Macht, die Versteinerung zu stoppen.

Die Buchvorlage ist 350 Seiten dick. Wie wird daraus ein anderthalbstündiges Theaterstück? Indem sich Menschen wie wir damit beschäftigen. Zunächst Dramaturgen: Sie wählen das Stück aus, arbeiten es manchmal um, kürzen es. Und dann ist es an Regisseuren wie Marco, diesen Text zum Leben zu erwecken.

Wie denn? Ich lese und lese und überlege gemeinsam mit der Dramaturgin: Was ist uns wichtig in dieser Geschichte? Bei Reckless ist es die Beziehung zwischen den Brüdern Jacob und Will, die sich zugleich lieben und hassen. Wenig soll davon ablenken: kein überbordendes Bühnenbild zum Beispiel. Was wir uns überlegen, gibt ein Stück weit auch die Richtung vor, in der die Bühnen- und Kostümbildner, Maske, Beleuchter weiterdenken.

Und dann? Dann überlege ich mir, mit welchen Mitteln ich diese Geschichte auf der Bühne erzählen will. Wie spielen wir etwa jene Szene, in der 1 000 Einhörner durch den Wald brettern? Wir können ja nicht 1 000 Statisten über die Bühne jagen. Darum wird Jacob in dieser Szene total gehetzt sprechen – sodass der Eindruck entsteht, er hätte 1 000 Tiere im Nacken. Für mich ist es das Schönste, wenn bei der Erarbeitung des Stückes nach und nach solche Bilder in meinem Kopf entstehen und sich dann irgendwann wie ein Daumenkino verbinden.

Schöner noch als die ersten Proben und die Premiere? Schon. Denn wenn das Stück zum ersten Mal auf die Bühne kommt, muss man es als Regisseur hergeben. Die Schauspieler bringen so viele eigene Ideen und Fantasie mit, dass sich vieles ja immer wieder verändert. Genau das ist gleichzeitig aber auch ganz wunderbar.

Katharina Beckmann, aus: GEOlino 12/2010

2 Unterstreiche alle Berufe, die im Text genannt werden.

3 Kreuze an, worin die Aufgaben dieser Menschen bestehen.

	Dramaturg	Regisseur
wählt das Buch aus	X	
entscheidet, was an der Geschichte wichtig ist		
kürzt den Buchtext auf Theaterlänge		
gibt die Richtung für Bühnenbild, Maske, Kostüm und Beleuchtung vor		
erweckt den Text zum Leben		
arbeitet den Buchtext um		

Etwas über einen Autor erfahren

1 Nummeriere die Textabschnitte in der richtigen Reihenfolge.

Ende, Michael (*12.11.1929 – †28.8.1995)

☐ 1929 wurde Michael Ende in Garmisch-Partenkirchen geboren. Später zog er mit seinen Eltern nach München. Dort besuchte er das Gymnasium. Im Zweiten Weltkrieg wurde seine ganze Schule evakuiert[1] und er kam im Rahmen der „Kinderlandverschickung“ wieder in seinen Geburtsort zurück.

☐ Wie es weitergehen sollte, wusste er selber nicht. Viele Monate später aber war eine lange Geschichte daraus geworden von der Insel Lummerland, von Lukas dem Lokomotivführer und seinem Freund Jim Knopf. So entstand 1958 das Manuskript zu „Jim Knopf und Lukas der Lokomotivführer“. Zwölf Verlage lehnten sein erstes Kinderbuch zunächst ab.

☐ Als er dort als Fünfzehnjähriger den Befehl erhielt, in den Krieg zu ziehen, zerriss er den Brief und schlug sich zurück nach München durch. Später besuchte er die Schauspielschule. Eines Tages bat ihn ein Freund um einen kurzen Text für ein Bilderbuch. Michael Ende tippte den ersten Satz in seine Schreibmaschine: „Das Land, in dem Lukas der Lokomotivführer lebte, war nur sehr klein.“

☐ Ein großer Fehler, denn bis heute ist es ein äußerst bekanntes und beliebtes Buch. Auch die Augsburger Puppenkiste nahm seine Geschichte in ihr Repertoire[2] auf. 1977 schrieb Michael Ende „Die unendliche Geschichte“, deren Verfilmung ihm zum Weltruhm verhalf. Auch sein Buch „Momo“ wurde verfilmt. Seine Werke sind in über 40 Sprachen erschienen.
1995 verstarb Michael Ende nach schwerer Krankheit in der Nähe von Stuttgart.

1 evakuieren: umsiedeln, in Sicherheit bringen
2 Repertoire: Programm

2 Beantworte die Fragen zum Text.

Welches war Michael Endes erstes Kinderbuch?

____

Welche Informationen bekommst du zu diesem Buch im Text? _______________

____

Welche Bücher wurden verfilmt? _______________

Bindewörter einsetzen

1 Kreuze die Sätze an, in denen das richtige Bindewort eingesetzt ist.

○ Der Kater Findus kam zu dem alten Mann, obwohl dieser so einsam war.

○ Der Kater Findus kam zu dem alten Mann, nachdem dieser so einsam war.

○ Der Kater Findus kam zu dem alten Mann, weil dieser so einsam war.

○ Der Kater Findus kam zu dem alten Mann, damit dieser so einsam war.

○ Pettersson redet mit dem Kater, obwohl Findus auch sprechen lernt.

○ Pettersson redet mit dem Kater, nachdem Findus auch sprechen lernt.

○ Pettersson redet mit dem Kater, weil Findus auch sprechen lernt.

○ Pettersson redet mit dem Kater, damit Findus auch sprechen lernt.

2 Setze die passenden Bindewörter ein.

weil	obwohl	nachdem

Findus trägt eine gestreifte Hose, obwohl er ein Kater ist.

Einen Hut hat er nicht, ______________ er diesen immer verlieren würde.

damit	obwohl	nachdem

Jeden Morgen kitzelt der Kater den alten Mann am Kinn, ______________ dieser aufwacht. Der alte Mann möchte aber erst spielen, ______________ er einen Kaffee getrunken hat.

damit	weil	obwohl	bevor	während

Der alte Mann war oft traurig, ______________ der Kater zu ihm kam.

Jetzt liegt der Kater gern auf Petterssons Bauch, ______________ es dort gemütlich ist.

Beide sind gute Freunde, ______________ es nicht immer einfach ist.

Redezeichen einsetzen

41

1 Trage die richtigen Satzzeichen in den Text ein.

Das Unglück

Hannes ist in der zweiten Klasse und neu in der Schule.

Er hat heute zum ersten Mal Sportunterricht in der Sporthalle.

Der Lehrer trifft Hannes auf dem Weg dorthin. Hannes steht allein und weint.

Der Lehrer fragt Hannes [:] [„] Hallo Hannes, warum bist du so unglücklich?

Haben deine Mitschüler dich nicht mitgenommen [ ] [ ]

Hannes schüttelt den Kopf und sagt [ ] [ ] Das ist es nicht [ ] [ ]

[ ] Hat dich jemand geärgert [ ] [ ] [ ] will der Lehrer weiter wissen.

Aber auch diesmal antwortet Hannes [ ] [ ] Nein, alle sind nett zu mir [ ] [ ]

Nun ist der Lehrer ratlos. [ ] Was ist denn dann passiert [ ] [ ] [ ] fragt er.

Hannes holt tief Luft und schluchzt [ ] [ ] Ein Junge aus der Nachbarklasse

ist vorbeigekommen [ ] [ ]

Das versteht der Lehrer nicht und bohrt nun weiter [ ] [ ] Und was ist daran

so schlimm [ ] [ ]

[ ] Er hat mich angestoßen, dabei ist mir mein Brötchen heruntergefallen

und nun kann ich es nicht mehr essen [ ] [ ] jammert der Junge.

Der Lehrer stimmt ihm zu [ ] [ ] Da hast du wohl recht, das ist jetzt ungenießbar.

Du musst es in den Müll tun [ ] [ ] Er schaut den traurigen Hannes an

und beruhigt ihn [ ] [ ] Ich werde mit dem Jungen sprechen [ ] [ ]

Zur Sicherheit fragt er noch mal [ ] [ ] Und es war mit Absicht [ ] [ ]

[ ] Nein, mit Salami [ ] [ ] [ ] beteuert Hannes ganz ernst.

Redebegleitsätze erkennen

1 Unterstreiche die vorangestellten Redebegleitsätze blau und die nachgestellten Redebegleitsätze rot. Markiere die Anführungszeichen mit einer anderen Farbe.

Jonas zeigt auf den Roboter und fragt: „Ist der immer so lustig?“

Der Professor nickt und antwortet: „Hab ihn erfunden, damit mir nicht langweilig wird.“

Jonas sagt erstaunt: „Einem Erfinder wird doch nie langweilig!“

Der Professor zuckt mit den Achseln und sagt: „Aber wenn ich doch nicht weiß, was ich erfinden soll? Sieh mal, meine letzte Erfindung ist schon sechs Wochen alt. Außerdem taugt sie nichts.“

„Was haben Sie denn erfunden?“, will Jonas wissen.

„Einen Fernseher, der das Fernsehprogramm von morgen zeigt. Natürlich mit Spezialantenne. Aber wie gesagt, das Ding taugt nichts. Wenn man das Programm von morgen guckt, hat man keine Zeit, das Programm von heute zu gucken. Zu blöd.“

Jonas sagt zögernd: „Ich wüsste schon eine Erfindung, die ich gebrauchen könnte.“

„Da bin ich neugierig.“

„Eine Morgenbrille, mit der mir morgens nicht die Augen schmerzen“, erklärt Jonas gewichtig.

„Verstehe. Sehr gut! Müsste weich sein. Unzerbrechlich. Vielleicht mit eingebauter Leselampe. Verstehe. Natürlich wasserdicht, für Unterwasserschläfer. Verstehe. Sehr gut! Wird gemacht!“

„Und was kostet eine solche Brille?“, will Jonas wissen.

Justus Turbozahn reibt mit seinem rechten Finger über seine Stirn. Gleichzeitig zieht er seine Nase kraus und wackelt mit den Ohren. Das sieht komisch aus. Aber das ist sein Erfindergesicht. Das macht er immer, wenn er etwas erfindet oder scharf nachdenkt.

„Ich hab es!“, sagt er. „Deine Morgenbrille kostet dich zwei neue Ideen.“ *KNISTER*

2 An vier Stellen spricht Professor Turbozahn in der wörtlichen Rede ohne Redebegleitsatz. Kreise diese wörtlichen Reden ein.

Wörter mit tz und z, mit ck und k unterscheiden

1 Löse das Silbenrätsel. Markiere in den Lösungswörtern die Besonderheit farbig.

Wei	chen	Schnau	zung	Pau	zen
Hei	Käuz	zung	Kreu	ze	ke
Hit	cker	Brü	Zu	cke	ze

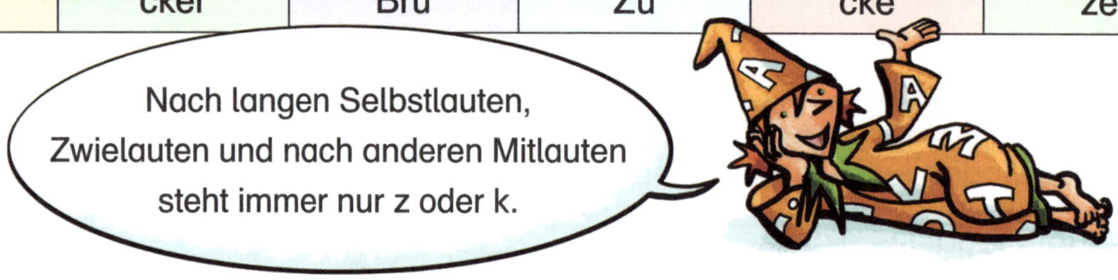

Nase und Mund des Hundes: Schnau______

Daraus macht man Mehl: ______

Gegenteil von eisige Kälte: ______

Dieses Instrument schlägt man mit Schlägeln: ______

Es ruft nachts im Wald: ______

Wird zum Süßen gebraucht: ______

Sie macht die Wohnung warm: ______

Dort biegen wir ab: ______

Verbindung über den Fluss: ______

2 Ergänze die Wörter mit **lz**, **nz**, **rz** oder **lk**, **nk**, **rk**.

das He rz	der Pi___	der Gesta___	ta___en
die Scha___e	der Kra___	der Mä___	ta___en
der Sche___	der Pe___	der Fi___	die Pa___ba___
die Wa___e	die Po___a	bla___	wü___en
ku___			

Wörter mit doppelten Mitlauten, mit tz und ck üben

1 Trage die richtigen Mitlaute ein.

Was a ___ (l/ll) es so pa ___ (s/ss) iert

Mein Va ___ (t/tt) er wird noch einen Kuchen ba ___ (k/ck) en.

Oma hat Hannes einen We ___ (ck/k) er im Pä ___ (ck/k) chen zum Geburtstag geschi ___ (ck/k) t.

Meine Mu ___ (t/tt) er mu ___ (s/ss) noch So ___ (ck/k) en fli ___ (ck/k) en.

Ich pu ___ (tz/z) e meine Zähne, damit ich keine Schmer ___ (tz/z) en beko ___ (mm/m) e.

Opa fü ___ (t/tt) ert noch die Ka ___ (tz/z) e.

Mein Onkel wi ___ (l/ll) sich eine Pfei ___ (f/ff) e aus Hol ___ (tz/z) schni ___ (tz/z) en.

Wir wo ___ (l/ll) en noch drei Mü ___ (k/ck) en fangen.

Außerdem müssen wir fünf Ko ___ (ff/f) er pa ___ (ck/k) en,

die Pfü ___ (tz/z) en tro ___ (ck/k) nen und die Lo ___ (ck/k) en wi ___ (ck/k) eln.

2 Lies die Wörter. Schreibe jeweils das zum Bild passende Wort auf und kennzeichne den kurzen oder langen Selbstlaut.

der Schall oder ___

zu Gott beten oder ___

die Tür steht offen oder ___

die Hütte oder ___

Die Teile einer Geschichte kennzeichnen

1 Rahme alle Teile der Geschichte farbig ein. Achtung! Einige Teile fehlen.
Einleitung: grün   Hauptteil: blau   Höhepunkt: gelb   Schluss: rot

Das Gespenst der sieben Meere

Auf einer winzigen Insel im Ozean spukt ein besonders gruseliges Gespenst: die Weiße Frau.

Sie tanzt mit dem Sturmwind, und sie duscht sich im Regen. Sie lässt sich mit den Wolken übers Wasser treiben und ärgert die Fische. Ihr schauriger Gespenstergesang versetzt die tapfersten Seefahrer in Angst und Schrecken.

Eines Tages ankert ein Piratenschiff an dieser unheimlichen Insel. Die Piraten wollen einen Schatz verbuddeln.

„Ihr werdet euer blaues Wunder erleben!“, ruft die Weiße Frau, und schon geht der Spuk los. Das Gespenst nimmt die sonderbarsten Gestalten an. Es saust über den Piraten hin und her und heult so Furcht erregend, dass sich die Krebse im Sand verbuddeln. Die Piraten verstecken sich zitternd hinter den Felsen. Nur der Käpten stellt sich tapfer dem Gespenst entgegen.

Erhard Dietl

2 Schreibe auf, welche Teile der Geschichte fehlen.

____

3 Kreuze an, was du beim Schreiben einer Fantasiegeschichte beachten musst.

- [x] wörtliche Rede verwenden
- [ ] kurze knappe Sätze
- [ ] nur Tatsachen berichten
- [ ] in der Zeitform Zukunft erzählen
- [ ] abwechslungsreiche Adjektive verwenden
- [ ] Gefühle der handelnden Personen beschreiben

Aus verschiedenen Sichtweisen schreiben

1 Schreibe zur Szene unten aus der Sicht jeder Person einen **Einleitungssatz**. Beachte den Leitfaden auf Seite 39 im Themenheft.

Georg: ______________________________

Lotta: ______________________________

Clara: ______________________________

2 Wähle eine Person aus und schreibe aus der Sicht dieser Person Stichworte für einen Hauptteil auf.

____

____

____

____

3 Schreibe zu jedem Hauptteil aus der Sicht jeder Person einen **Schlusssatz**.

Georg: ______________________________

Lotta: ______________________________

Clara: ______________________________

4 Finde eine gute Überschrift zu deiner Geschichte:

____

Ein Hörspieldrehbuch schreiben und aufnehmen

1 Lies das etwas andere Rotkäppchen-Märchen aufmerksam durch.

Rotkäppchen

Es war einmal ein Mädchen, das wurde von allen Leuten Rotkäppchen genannt.
Eines Tages sagte seine Mutter:
„Rotkäppchen, geh hinaus zur Großmutter und bring ihr Kaffee und Kuchen.
Aber geh nicht vom Weg ab und komm wieder heim, bevor es dunkel ist."
Rotkäppchen nahm den Korb mit Kaffee und Kuchen und machte sich auf den Weg.
Als es schon ein Stück gegangen war, kam plötzlich der Wolf.
„Wohin gehst du?", fragte er.
„Zu meiner Großmutter", antwortete Rotkäppchen.
„Wo wohnt deine Großmutter?"
Rotkäppchen überlegte nicht lange und sagte:
„Du musst bis zur großen Eiche laufen.
Dann siehst du rechts ein kleines Haus am Waldrand.
Da wohnt sie, meine Großmutter."
Der Wolf lief schnell davon. Rotkäppchen aber ging singend in die andere Richtung,
in dem kleinen Haus am Waldrand wohnte in Wirklichkeit der Jäger.

Manfred Mai

2 Vervollständige den Text und ergänze die Geräusche des Hörspieldrehbuchs.

Erzähler: Es war einmal ein Mädchen, das wurde von allen Leuten Rotkäppchen genannt. Eines Tages sagte seine Mutter:	
______________: Rotkäppchen, geh hinaus zur Großmutter und bring ihr Kaffee und Kuchen. Aber geh nicht vom Weg ab und komm wieder heim, bevor es dunkel ist.	mit Tasse, Gabel … klappern
Rotkäppchen: ______________________________ ______________________________ ______________________________	Tür auf und zu

Erzähler: Rotkäppchen nahm den Korb mit Kaffee und Kuchen und machte sich auf den Weg. Als es schon ein Stück gegangen war, kam plötzlich der Wolf.	Schritte: auf den Tisch patschen, leise Schlurf-Geräusche für den Wolf oder bei „plötzlich“: Gong
Wolf: ___	___
___: Zu meiner Großmutter.	___
Wolf: ___ ___	___ ___
Erzähler: Rotkäppchen überlegte nicht lange und sagte:	___
___: Du musst bis zur großen Eiche laufen. Dann siehst du rechts ein kleines Haus am Waldrand. Da wohnt sie, meine Großmutter.	___ ___
___: Der Wolf lief schnell davon. Rotkäppchen aber ging singend in die andere Richtung, in dem kleinen Haus am Waldrand wohnte in Wirklichkeit der Jäger.	___ ___
Wolf: Zu Hilfe ... ___ ___ ___	___ ___ ___ Gewehr knallt: Knall

3 Lest den Text mit verteilten Rollen und gestaltet ihn mit den Geräuschen. Nehmt das Hörspiel auf.

53

Satzglieder bestimmen 1

1 Bestimme die Satzglieder und unterstreiche sie in der entsprechenden Farbe:
Subjekt, Prädikat, Wem-Ergänzung, Wen- oder Was-Ergänzung, Ergänzung des Ortes

1. Die Klasse 4 c plant ein großes Ritterfest.
2. An einer Infowand im Klassenzimmer sammeln die Kinder ihre Ideen.
3. Alle bereiten Vorträge, Spiele und eine Ausstellung vor.
4. Die Klassensprecher schreiben den Eltern eine Einladung.
5. Die Kinder bieten den Zuschauern ein abwechslungsreiches Programm.
6. Auf dem Heimweg erfinden Eltern und Kinder neue Rittergeschichten.

2 Verbinde die richtige Frage mit jedem Satzglied.

Wer oder was schickt allen Kindern in die Klassen einen Gruß?

Wem schickt die Schulleiterin einen Gruß in die Klassen?

Die Schulleiterin | schickt | allen Kindern | in die Klassen | einen Gruß.

Was tut die Schulleiterin?

Wen oder was schickt die Schulleiterin allen Kindern in die Klassen?

Wohin schickt die Schulleiterin allen Kindern den Gruß?

3 Finde das zweigeteilte Prädikat im Text zu Aufgabe 1.
Schreibe es in seiner Grundform (Infinitiv) auf.

Satzglieder bestimmen 2

1 Trenne die einzelnen Satzglieder voneinander ab.
Bestimme Subjekt, Prädikat und die Ergänzungen, die du kennst.
Unterstreiche sie in den passenden Farben.

1. In der Bücherei | leiht | die Klasse interessante Ritterbücher aus.
2. Die Bibliothekarin packt sie in eine Bücherkiste.
3. Jede Gruppe sammelt wichtige Informationen.
4. Ihre Lehrerin hilft ihnen.
5. Das mittelalterliche Leben beeindruckt alle.
6. Mit Freude schreiben die Kinder ihre Texte auf buntes Papier.
7. Andere zeichnen wie mittelalterliche Baumeister stundenlang Pläne.
8. Alle Ergebnisse finden bei den Besuchern großen Anklang.

2 Schreibe jeweils einen Satz mit den vorgegebenen Satzgliedern auf.

Subjekt (wer oder was?) und Prädikat (was tut?)

____

Subjekt (wer oder was?), Prädikat (was tut?), Wen-Ergänzung (wen oder was?)

____

Subjekt (wer oder was?), Prädikat (was tut?), Wem-Ergänzung (wem?)

____

Subjekt (wer oder was?), Prädikat (was tut?), Ergänzung des Ortes (wo?, woher?, wohin?)

____

Subjekt (wer oder was?), Prädikat (was tut?), Wen-Ergänzung (wen oder was?), Wem-Ergänzung (wem?)

____

____

Wörter mit s, ß und ss unterscheiden

1 Ordne die Wörter.

Do✱e ★ Pri✱e ★ Sträu✱e ★ Grü✱e ★ Mei✱e ★ Stra✱e ★ Va✱e ★ Rei✱e ★ Klö✱e ★ Fü✱e

mit s: ______

mit ß: ______

2 Bilde mit diesen Buchstaben Wörter mit **ß**.
Die Buchstaben können mehrmals verwendet werden.

beißen

______

3 Entscheide, bei welchen Wörtern du **ss** hörst
und bei welchen Wörtern du zuerst verlängern musst.
Setze Silbenbögen.

Pa✱✱bild Teeta✱✱e Gurkenfa✱✱ klatschna✱✱ Ki✱✱enschlacht

Pässe

Nu✱✱knacker Schrankschlü✱✱el Me✱✱erwerfer Schlangenbi✱✱

______

Eine Spielanleitung untersuchen

1 Lies die Quartett-Spielanleitung.

Quartett ist ein sehr bekanntes und beliebtes Kartenspiel. Ziel des Spiels ist es, möglichst viele Quartette zu sammeln. Ein kompletter Quartett-Kartensatz besteht aus acht Quartetten und somit aus 32 Karten.

Zunächst werden die Karten gemischt und gleichmäßig unter den Spielern verteilt. Unter Umständen erhalten bei einer ungeraden Anzahl von Mitspielern einige Spieler mehr Karten als andere. Das ist aber nicht weiter schlimm. Der Spieler links vom Kartengeber beginnt das Spiel, indem er nach einer eindeutigen Karte fragt. Beispielsweise: „Lisa, hast du einen Karo König?"

Nach einer bestimmten Karte darf nur dann gefragt werden, wenn man mindestens eine Karte des Quartetts auf der Hand hat. Hat der befragte Mitspieler diese Karte, dann muss er sie hergeben, und der Fragende darf weiter nach Karten fragen.

Sobald ein Mitspieler die gefragte Karte nicht besitzt, ist er dran und darf andere nach Karten fragen.

Hat ein Spieler ein vollständiges Quartett, dann legt er dieses offen auf den Tisch. Sind alle Karten, die ein Spieler auf der Hand hatte, verbraucht, scheidet er aus, und der Spieler links von ihm ist dran.

2 Kreuze an, welche Punkte in der Spielanleitung beschrieben sind:

- ☒ Name
- ○ Ziel
- ○ Mitspieler
- ○ Spielmaterial
- ○ Vorbereitung
- ○ Spielbeginn
- ○ Spielende
- ○ Alter

3 Kreuze an, ob die fehlenden Erklärungen der Spielanleitung für das Verständnis des Spiels wichtig sind.

- ○ Ja
- ○ Nein

Eine Mindmap zu deinem Lieblingsspiel ergänzen

47

1 Ergänze die Mindmap zu deinem Lieblingsspiel in Stichpunkten.

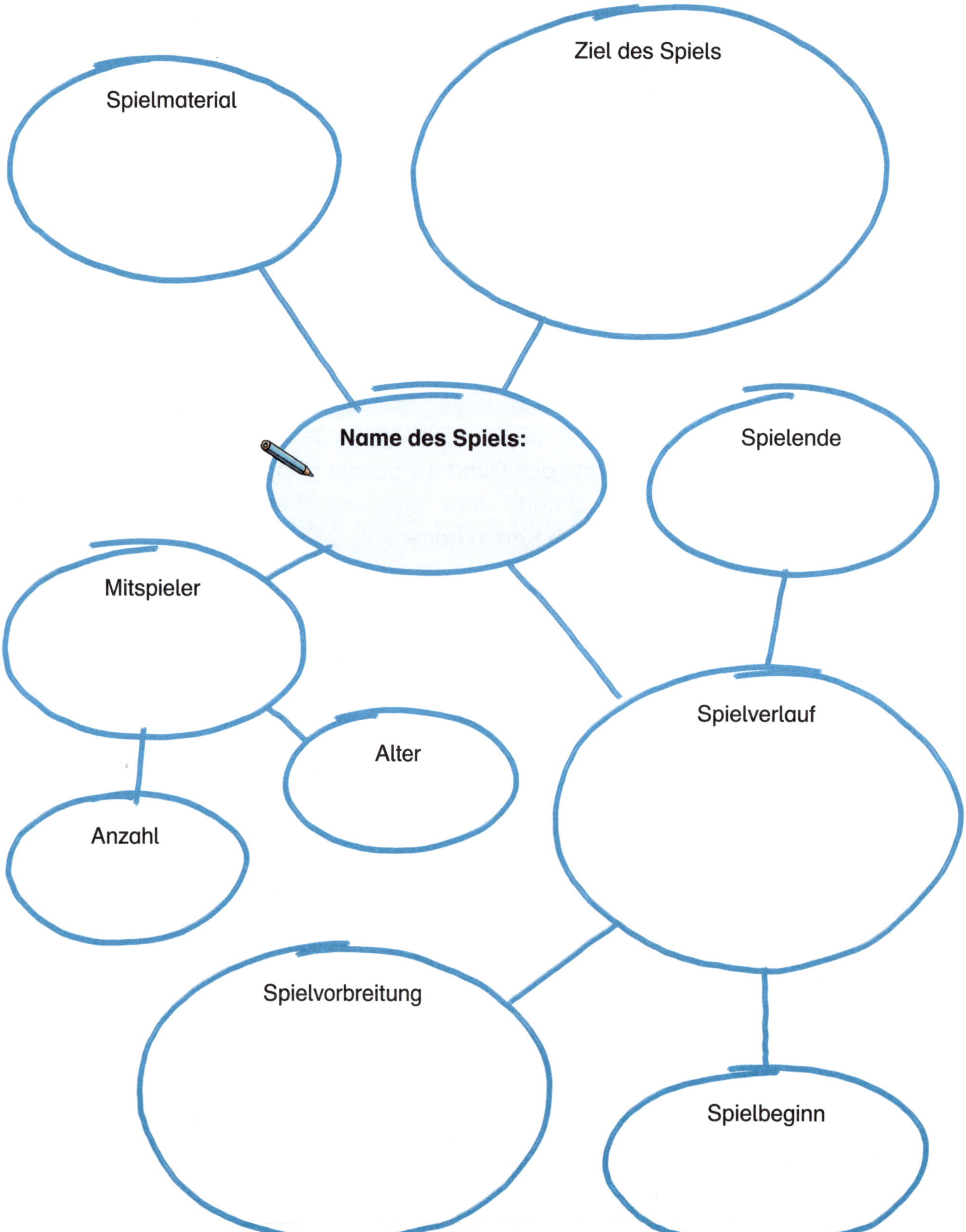

Reimmuster überprüfen

1 Lies das Gedicht.

a) Ergänze das fehlende letzte Wort.

Gestern

Gestern hab ich mir vorgestellt,
ich wär der einzige Mensch auf der Welt.
Ganz einsam war ich und weinte schon,
da klingelte leider das ____________ .

Frantz Wittkamp

b) Überprüfe nun das Reimmuster. Nimm dazu verschiedene Farben und unterstreiche die Reimwortpaare immer mit derselben Farbe.

Reimmuster: ____________

2 Lies das zweite Gedicht.

a) Ergänze auch hier das letzte Wort.

Im Park

Ein ganz kleines Reh stand am ganz kleinen Baum
Still und verklärt wie im Traum.
Das war nachts elf Uhr zwei.
Und dann kam ich um vier
Morgens wieder vorbei,
Und da träumte noch immer das Tier.
Nun schlich ich mich leise – ich atmete kaum –
Gegen den Wind an den Baum
Und gab dem Reh einen ganz kleinen Stips.
Und da war es aus ____________ .

Joachim Ringelnatz

b) Markiere die Reimwörter mit verschiedenen Farben. Notiere das Reimmuster.

____

Gedichte in die richtige Form bringen

1 Dieses Gedicht hat nur eine Strophe, besteht aber aus vier Versen.

a) Trenne die Verse mit Schrägstrichen.

Der Frosch

Der Frosch, der Frosch, der schwimmt nicht schlecht und liebt das Wasser sehr. Doch weiter unten schwimmt ein Hecht, der liebt die Frösche mehr.

Gerd Bauer

b) Schreibe jeden Vers in eine eigene Zeile.

Der Frosch

____

____

____

____

2 Markiere die Reimwörter farbig und kreuze das Reimmuster an.

○ Paarreim ○ Kreuzreim ○ gemischter Reim

3 Lies das Gedicht *Der Wolf und die sieben Geißlein*.

a) Unterstreiche die Reimwortpaare, nimm dazu verschiedene Farben.

b) Trenne auch bei diesem Gedicht die Verse mit Schrägstrichen.

Der Wolf und die sieben Geißlein

Mutter geht. / Wolf steht auf der Lauer, ziemlich sauer. Geißlein sagen: „Nein, wir lassen dich nicht rein. Mutter hat's verboten!" Wolf mit weißen Pfoten spricht ganz gemein: „Bin's Mütterlein!" So öffnen ihm die Geißenjungen und werden sogleich vom Wolf verschlungen. Großes Geschrei. Alles vorbei.

Moral:

Ein Wolf bleibt ein Wolf, denke daran, hat er auch weiße Handschuhe an.

Rolf Krenzer

Die Bedeutung von Redensarten finden

Eine lange Leitung haben

Früher hatten alle Telefone eine Leitung aus Draht.
Da hindurch konnte man mit Hilfe von Strom die Sprache übertragen
Vor gut hundert Jahren wirkte so ein sprechender Draht
wie ein Wunder. Klar, dass man viel über ihn sprach.
Bald stellte man sich auch das Gehirn wie einen Apparat
mit Leitungen vor. In denen sausten die Gedanken
wie die Wörter im Telefondraht hin und her. Wenn jemand
eine lange Zeit braucht, um etwas zu verstehen, sagt man deshalb:

eine lange Leitung haben

Rolf-Bernhard Essig

1 Verbinde die Redensarten mit der passenden Bedeutung.

jemandem die Würmer aus der Nase ziehen	besonders empfindlich sein
Der Apfel fällt nicht weit vom Stamm.	sehr unachtsam sein und so etwas Peinliches tun
blaumachen	jemandem etwas sehr vorsichtig berichten
ins Fettnäpfchen treten	wenn jemand auf Fragen nur sehr zögerlich antwortet
die Salamitaktik anwenden	seinen Eltern sehr ähnlich sein
sich wie eine Prinzessin auf der Erbse benehmen	nicht zur Arbeit oder Schule gehen

Texte verbessern

1 Vergleiche die beiden Texte. Markiere im linken Text alle Fehler. Trage jeweils darunter das passende Strategiezeichen ein, das dir beim Finden der Fehler geholfen hat.

Opa angelte wieder, Oma schwam,	Opa angelte wieder, Oma schwamm,
ich ekundete die Gegent. Es war meine	ich erkundete die Gegend. Es war meine
Verpflichtung, den ich hatte den beiden	Verpflichtung, denn ich hatte den beiden
ja mein Word gegeben. Und weil ich ein	ja mein Wort gegeben. Und weil ich ein
krorekter Enkelson bin, machte ich mich	korrekter Enkelsohn bin, machte ich mich
auch gleich dran, das zweite Versprechen	auch gleich daran, das zweite Versprechen
einzulöhsen: Kinder kennenlernen.	einzulösen: Kinder kennenlernen.

Milena Baisch

2 Finde und korrigiere die Fehler.

a) Streiche die Fehlerstellen in den Wörtern an.	b) Schreibe die richtigen Wörter mit Hilfe der Strategien.
Die Mision war lecherlich.	Die ______ war ______.
In meinem normalen Lebn wäre	In meinem normalen ______ wäre
ich nimals losgezogen, um Kinder	ich ______ losgezogen, um Kinder
kennen zu lenen. Die gap	______. Die ______
es doch haufenweise im Nez, kaum	es doch haufenweise im ______, kaum
jemant hatte so viele Tschät-	______ hatte so viele ______
freunde wie ich. aber das	______ wie ich. ______ das
Leben kann Manchmal ein	Leben kann ______ ein
verreter sein, und nun war ich	______ sein, und nun war ich
hir, in einem Loch im Nirg-	______, in einem Loch im ______
endwo, und muste	______, und ______
Kinder suchen.	Kinder suchen.

Verschiedene Gedichtarten erkennen

1 Verbinde die Baupläne mit den richtigen Gedichtarten.

1. Zeile: 1 Wort
2. Zeile: 2 Wörter
3. Zeile: 3 Wörter
4. Zeile: 4 Wörter
5. Zeile: 1 Wort

Ein Gedicht mit insgesamt 17 Silben.
Wichtig ist die Anzahl der Silben pro Zeile.
1. Zeile: 5 Silben
2. Zeile: 7 Silben
3. Zeile: 5 Silben

Schneeballgedicht | Haiku | Reimgedicht | Elfchen | Rondell

Vers-Enden reimen sich.
Beispiel:
a a b b
a b a b

ein Gedicht mit sieben Zeilen, ohne Reim, aber mit regelmäßig wiederkehrenden Versen

Wichtig ist in diesem Gedicht die wachsende Anzahl der Buchstaben in jeder Zeile.
1. Zeile: 1 Buchstabe
2. Zeile: 2 Buchstaben
3. Zeile: 3 Buchstaben
…

2 Schreibe den Bauplan für diese Gedichtstrophe auf.

Es war einmal ein schlauer Mann,
der lernte stets, so viel er kann.
Denn eines wusste er genau:
Nur Bildung macht Gescheite schlau.

Sean-Andrew Kollak

Sich in eine Person hineinversetzen

1 Lies den Text und versuche dich in Jule hineinzuversetzen.

… „Mama", brüllte Jule. „Affi stoppt schon wieder meine Klozeit!"
Als keine Antwort kam, stampfte Jule wütend aus dem Zimmer. …
Jule stürmte durchs Haus und suchte nach einem Erwachsenen. Sie marschierte ins Wohnzimmer, aber Mama hatte ihre Nase mal wieder in ihrem Lieblingsstück von Shakespeare. „Gönnt mir noch fünf Minuten, Euer Hochwohlgeboren", sagte Mama, „dann leihe ich Euch mein Ohr …, ich meine, dann hör ich dir zu, Schatz."
Jule verdrehte die Augen und machte sich auf die Suche nach Papa. Papa stand in der Waschküche und bastelte an einem Vulkanmodell. In diesem Zustand konnte man ihn unmöglich dazu bringen, über etwas anderes zu sprechen als über Lava, Asche oder Explosionen. Jule runzelte die Stirn und hielt als Nächstes Ausschau nach Nana.
Nana wohnte in der Omawohnung hinten im Garten, aber als Jule dort ankam, fand sie nur einen an die Tür geklebten Zettel vor: Bin zum Bastelkreis. Diese Woche: „Topflappen kreativ geknüpft" Jule fuhr schnaubend herum. …

Marianne Musgrove

2 Was passiert mit Jule im Laufe des Textes?

3 Markiere alle Ausdrücke, die den Zustand von Jules Gefühlen beschreiben.

4 Notiere in Stichworten, was du an Jules Stelle jetzt tun würdest.

Einen Werbetext lesen und verfassen

1 Lies den Werbetext für die Einbau-Mutter aufmerksam durch.

Der Hit der Saison!
Die EINBAU-MUTTER

Wir führen diverse Produkte in Spitzenqualität.
Die Einbau-Mutter kann sich nicht vom Fleck rühren,
ist daher immer vorhanden und einsatzbereit.
Sie hat drei stabile Arbeitsflächen.
Ihre Abdeckplatte gibt es in diversen hübschen Designs.
Jede Einbau-Mutter ist mit einem Thermostat ausgestattet,
sie wird nicht mehr wutheiß oder zornkalt.
Die Einbau-Mutter hat vier handliche, unauffällige
Bedienungsknöpfe und eine Zwanzig-Jahres-Garantie.
Zugreifen, solange der Vorrat reicht!
Alte Mütter werden gegen 20 % Rabatt zurückgenommen.

Christine Nöstlinger

2 Nenne Vorteile und Nachteile der Einbau-Mutter.

3 Schreibe einen eigenen Werbetext für den Hausaufgaben-Automaten.

4 Erfinde weitere Produkte, die deinen Alltag erleichtern würden.

Einsterns Schwester 4

Arbeitsheft

Herausgegeben von: Roland Bauer, Jutta Maurach

Erarbeitet von: Katrin Baudendistel, Daniela Dreier-Kuzuhara, Wiebke Gerstenmaier, Sonja Grimm Annette Schumpp, Jutta Sorg

Redaktion: Milena Schulze, Kirsten Pauli

Illustration: Yo Rühmer, Frankfurt am Main

Umschlaggestaltung: Cornelia Gründer, agentur corngreen, Leipzig

Layout und technische Umsetzung: lernsatz.de

www.cornelsen.de

Alle Drucke dieser Auflage sind inhaltlich unverändert und können im Unterricht nebeneinander verwendet werden.

1. Auflage, 2. Druck 2018
Einsterns Schwester 4 Arbeitsheft
978-3-06-083584-3

1. Auflage, 1. Druck 2017
Einsterns Schwester 4 Arbeitsheft mit Lösungen
978-3-06-083585-0

Druck: Parzeller print & media GmbH & Co. KG, Fulda

PEFC
PEFC/04-31-1308

PEFC zertifiziert
Dieses Produkt stammt aus nachhaltig bewirtschafteten Wäldern und kontrollierten Quellen.
www.pefc.de